Franckhs
Eisenbahnbibliothek

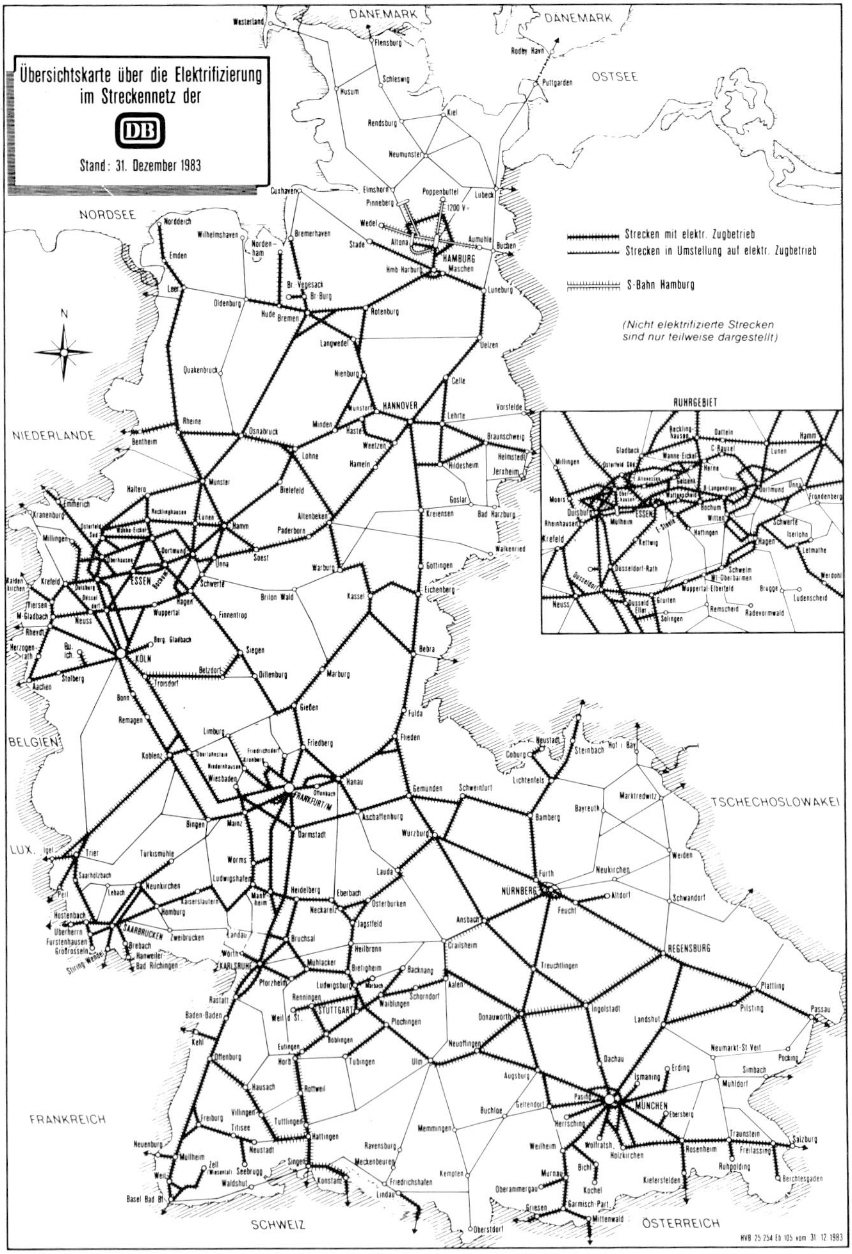
Übersichtskarte über die Elektrifizierung
im Streckennetz der
DB
Stand: 31. Dezember 1983
Strecken mit elektr. Zugbetrieb
Strecken in Umstellung auf elektr. Zugbetrieb
S-Bahn Hamburg
(Nicht elektrifizierte Strecken sind nur teilweise dargestellt)
N
DÄNEMARK
DÄNEMARK
OSTSEE
NORDSEE
NIEDERLANDE
BELGIEN
LUX.
FRANKREICH
SCHWEIZ
ÖSTERREICH
TSCHECHOSLOWAKEI
RUHRGEBIET
HAMBURG
HANNOVER
ESSEN
KÖLN
FRANKFURT/M
NÜRNBERG
REGENSBURG
SAARBRÜCKEN
KARLSRUHE
STUTTGART
MÜNCHEN
Westerland
Flensburg
Schleswig
Husum
Kiel
Rendsburg
Neumünster
Lübeck
Puttgarden
Rødby Havn
Cuxhaven
Bremerhaven
Bremen
Oldenburg
Emden
Norddeich
Wilhelmshaven
Leer
Rotenburg
Lüneburg
Uelzen
Celle
Nienburg
Osnabrück
Rheine
Münster
Bielefeld
Hamm
Dortmund
Duisburg
Düsseldorf
Wuppertal
Hagen
Soest
Altenbeken
Paderborn
Braunschweig
Hildesheim
Goslar
Göttingen
Kassel
Bebra
Fulda
Marburg
Gießen
Siegen
Aachen
Bonn
Koblenz
Trier
Wiesbaden
Mainz
Darmstadt
Hanau
Aschaffenburg
Würzburg
Bamberg
Bayreuth
Weiden
Schwandorf
Heidelberg
Mannheim
Ludwigshafen
Heilbronn
Pforzheim
Offenburg
Freiburg
Basel Bad Bf
Singen
Konstanz
Lindau
Ulm
Augsburg
Ingolstadt
Landshut
Passau
Rosenheim
Salzburg
Garmisch-Part.
Mittenwald
Berchtesgaden
HVB 25.254 Eb 105 vom 31.12.1983

Wolfgang Messerschmidt

Eisenbahnen in Deutschland

Ein Reiseführer für Eisenbahnfreunde

Dritte, überarbeitete Auflage

Franckh'sche Verlagshandlung
Stuttgart

Mit 148 Schwarzweißfotos und 5 Zeichnungen

Umschlaggestaltung von Siegfried Fischer unter Verwendung eines Fotos der Deutschen Bundesbahn (Filmstelle Mainz).
Das Bild zeigt Lok 103 137 mit einem Intercity in deutscher Mittelgebirgslandschaft.

CIP-Kurztitelaufnahme der Deutschen Bibliothek

Messerschmidt, Wolfgang:
Eisenbahnen in Deutschland : e. Reiseführer für Eisenbahnfreunde / Wolfgang Messerschmidt. – 3., überarb. Aufl. – Stuttgart : Franckh, 1984.
(Franckhs Eisenbahnbibliothek)
ISBN 3-440-05411-X

3. Auflage/ 14.–17. Tausend
Franckh'sche Verlagshandlung, W. Keller & Co., Stuttgart / 1984

L 10ab H He / ISBN 3-440-05411-X
Printed in Germany / Imprimé en Allemagne
Satz und Druck: Brönner & Daentler KG, Eichstätt

Seite 2:
Das elektrifizierte Streckennetz der Deutschen Bundesbahn ist 1983 um 30 km auf insgesamt rund 11 200 km gewachsen. (Zeichnung: DB)

Eisenbahnen in Deutschland

Vorwort zur dritten Auflage

Die erfreulich gute Aufnahme, die der Reiseführer durch die deutsche Eisenbahnlandschaft bei den Lesern gefunden hat, und die nie erloschene Nachfrage haben Verlag und Autor zur Herausgabe einer überarbeiteten Auflage ermuntert. Der Verfasser ist dem Wunsch nach einer Aktualisierung gern gefolgt; neue Reiseziele, verkehrsbedingte Wandlungen und betriebstechnische Entwicklungen waren sowohl im Text als auch im Bildteil zu berücksichtigen.

Wie für die ersten beiden Auflagen, so wurden dem Verfasser auch für diese Ausgabe von vielen Pressestellen, Unternehmen und Eisenbahnfreunden zahlreiche Informationen und Fotos zur Verfügung gestellt. Besonderer Dank gilt der Hauptverwaltung der Deutschen Bundesbahn, den einzelnen Bundesbahndirektionen, dem Bundesverband Deutscher Eisenbahnen, der Deutschen Lufthansa, den verschiedenen Stadtverwaltungen sowie den Herren Herbert E. Stemmler und Karl-Friedrich Seitz.

Möge der „Eisenbahn-Reiseführer“ auch in der aktualisierten dritten Auflage der verläßliche Begleiter bleiben und zu vielen Entdeckungsfahrten anregen.

Im Frühjahr 1984 Wolfgang Messerschmidt

Wegweiser im Reisegepäck

Wohl noch nie war das Angebot an Urlaubs- und Studienreisen so groß wie in unserer Zeit. Offenbar trifft es auf verbreitete und tiefsitzende Bedürfnisse; Inseln, Badestrände, Uferpromenaden, historische Herbergen mit exotischen Parkanlagen, Wälder, Seen oder die Bergwelt gehören eben genauso ins Ferienbild wie holländische Windmühlen, märchenhafte Korallenriffe oder gigantische Wasserfälle zauberhafter Länder in Übersee. Unsere Reiseziele liegen in beiden Teilen Deutschlands längs der Eisenbahn mit ihren großen Personen- und Verschiebebahnhöfen, Stellwerken alter und neuer Bauart, mit ihren großen und kleinen Kunstbauten.

Uns geht es auf der Entdeckungsreise nicht allein um Zeitvertreib und Erholung. Es soll vielmehr reichlich Raum zum Ansehen, zum Spurenfinden und Bewundern einer Eisenbahn inmitten der Landschaft verbleiben – einer Eisenbahn, die im Daseinskampf nicht die besten Bedingungen hat, die aber versucht, sich zu erneuern, die aber auch an alten, noch sichtbaren Daseinsformen demonstriert, welche Beachtung sie einst fand und künftig sicherlich wieder finden wird. Wir können sogar die Kleinbahn-Romantik wieder im Kursbuch entdecken. Was nämlich vor einem Jahrzehnt noch Erstaunen zu wecken vermochte, hat sich inzwischen eingeführt: Eine große Zahl von deutschen Museumsbahnen steht mit ihren Fahrplänen auch im Kursbuch der Deutschen Bundesbahn, und auch Freizeitparks werben mit der (Modell-)Eisenbahn.

Immerhin, die Befriedigung des Spieltriebs gehört zu den wichtigsten Freizeitbeschäftigungen. Und trotzdem wollen wir uns von der Wirklichkeit faszinierender Technik nicht völlig distanzieren. Viele Zeugen einer vergessenen Wirtschafts- und Kulturepoche, darunter auch manche Manifestationen der (Dampf-) Eisenbahn, sind dem Verfall preisgegeben. Die meisten Dokumente der Industrie- und Verkehrsgeschichte wurden schon vernichtet, sie fielen den Kriegen zum Opfer oder standen auf viel zu teurem Boden. So verschwanden berühmte Fördertürme, großartige Bahnhofsbauten, charakteristische Wassertürme, Meisterwerke der Kranbaukunst, kühne Brücken und Schleusenanlagen. Noch ist es nicht zu spät, Technikgeschichte am Objekt nachzuvollziehen. Der Bahnhof Rolandseck am Rhein etwa, die Fragmente des Bayrischen Bahnhofs in Leipzig oder zahlreiche, von Städten, Museen und Vereinigungen „konservierte" Dampflokomotiven konnten überleben.

Doch viele großartige Dokumente industrieller Entwicklung sind bedroht. Der Sinn für die historischen Wurzeln einer entwickelten Technik, für die Bedeutung technischer Leistungen und die Zeugnisse richtungweisender Konstruktionen und Stilschöpfungen sind im Bewußtsein der Öffentlichkeit noch längst nicht geschärft. Kulturgeschichte und technischer Fortschritt gelten oft als Gegensätze. Aber es sind eben nicht allein Residenzen der Feudalherrschaft, Königsschlösser, Burgen und Klöster, die mit ihrer großartigen Architektur und künstlerischen Ausstattung als Repräsentanten der Kultur- und Menschheitsgeschichte gelten sollen, sondern auch Fabriken, Lagerhallen, Ladekräne, Arbeitersiedlungen, Eisenbahnbrücken oder Tunnelbauten. Das klingt vielleicht banal, doch diese Bauten lassen vielfach eine bewundernswerte Zweckarchitektur mit kulturhistorischem Eigenwert erkennen; sie müßten ihren Erinnerungswert behalten und dürften nicht der Spitzhacke zum Opfer fallen. Auch die Technik kann Kunstgeschichte „machen", wenngleich manchmal zu-

gegebenermaßen von ehrgeizigen Gestaltungsabsichten – trotz gußeiserner Filigranarbeit – nicht viel zu erkennen ist.
Die alte und verbreitete Ansicht, die Technik diene der Ausbeutung des Menschen und führe zum Verlust von Heimat, mag nur noch in seltenen Fällen ihre Rechtfertigung finden. Daß die moderne Technik auch negative Auswirkungen offenbart – der Raubbau an der Natur sei als eklatanteste genannt –, wollen wir nicht leugnen. Doch im Falle unserer Eisenbahnen gibt's bei Wahrung aller abwägenden Sachlichkeit wohl kaum entscheidende Streitfragen.
Widmen wir also unsere Sympathie nicht nur Kirchenbauten, Denkmälern und Kleinstadtidyllen, sondern auch den noch vorhandenen Zeugen der (Eisenbahn-)Technik aus diesem und dem vergangenen Jahrhundert. Die Schienenwege, diese Wegbereiter der modernen Industriegesellschaft, haben heute wohl mehr Gegner als jemals zuvor. Die Freunde der Eisenbahn aber folgen dem immer noch dichten deutschen Schienennetz und haben für die Zeugen der Technikgeschichte ein offenes Auge. Aber keine Angst vor einem Übermaß an technikhistorischen Einzelheiten oder kulturhistorischen Betrachtungen. Wir wollen nur das Erlebnis der Eisenbahnen in Deutschland fördern und mit unserem „Wegweiser im Reisegepäck" einige Anregungen geben.
Seit dem Erscheinen von Velhagen & Klasings „Taschenatlas für Eisenbahnreisende mit erläuterndem Text und einem Ortsverzeichnis" (Bielefeld und Leipzig 1925) sind immerhin bald sechs Jahrzehnte verstrichen. Und die damals ausgefüllte „merkbare Lücke am Büchermarkt" beginnt sich erst in jüngerer Zeit durch die Neuerscheinung eisenbahnspezifischer Reiseführer wieder zu schließen, nachdem sie sich erneut aufgetan hatte. Auch im jetzt vorliegenden Werk können wir keinesfalls mit allen Sehenswürdigkeiten, mit allen Besonderheiten des Betriebsgeschehens, mit jedem bahnbetrieblich relevanten Ort aufwarten. Es muß ja wohl auch noch ein gewisses Quentchen an Entdeckerfreude provoziert werden, muß ein gerüttelt Maß an Überraschung möglich sein. Fortwährende Veränderungen in den Beständen der Archive und Museen und im Geschehen des Bahnbetriebes wird es ohnehin jederzeit geben.

Der Bleistift fährt mit

Unser Buch ist kein Leitfaden mit Patent-Reiserezepten. Reisen und entdecken muß schon jeder selbst. Wer aber „in Sachen Eisenbahn" reist, der möge den vorliegenden Reiseführer zunächst einmal zur Hand nehmen, um sich im voraus zu orientieren. Dann weiß man jedenfalls in groben Zügen darüber Bescheid, was interessieren und was als Reiseziel oder „Anlaufpunkt" in Frage kommen könnte.
Freilich ist hier nicht die ganze Schar der Denkmallokomotiven lückenlos aufgeführt. Nicht zuletzt deshalb, weil viele der stählernen Veteranen vom Zahn der Zeit angenagt und ohne sorgende Pflege dahingerostet sind und weil sich die Standorte sehr schnell ändern können. Andererseits wird der Bestand an Denkmal- und Museumslokomotiven weiter „aufgeforstet". Schließlich sind es auch nicht

die Lokomotiven und Triebfahrzeuge allein, die unsere Aufmerksamkeit auf Reisen wekken werden. Die Atmosphäre der Eisenbahn greift ja hinein in die Technik allgemein wie auch in die landschaftliche Umgebung. Das „Speicherwerk“ eines Menschenhirns muß also ein bißchen mithelfen, zu sehen, zu erfassen und zu ordnen. Und sicher wird mancher hier und da im Buchtext mit dem Grün- oder Rotstift sein Kringelchen als Merkhilfe anbringen und Notizen machen. Der größte bedruckte Stapel Papier ist nun einmal wertlos, wenn der ordnende, überschauende und bewertende Kopf dazu fehlt.

Vieles wäre noch zu sagen. Doch möge das Buch zuerst einmal von „Neugierigen“, von den Reisenden in die Hand genommen werden. Sie haben darüber zu urteilen, ob der Versuch, den vorliegenden Reiseführer zusammenzustellen, geglückt ist. Korrekturen und Hinweise sind immer willkommen!

Dem Leser werden keine Reisewege vorgeschrieben. Der Autor hat im Buch bewußt auf solche „Richtlinien“ bestimmter, ausgewählter Routen verzichtet. Nicht zu Unrecht behauptet man, daß die individuelle Planung einer Reise zu den schönsten Erlebnissen des ganzen Unternehmens zählt. Und kritische, eigenwillige und unter ganz persönlichen Gesichtspunkten reisende Leser lassen sich ihre Routen nicht unbedingt vorschreiben.

Eine festgelegte Reihenfolge der Ziele ist für Individualisten nur schwer „verdaulich“, weil sie auf die unterschiedlichen Wünsche, sowohl im Hinblick auf die Dauer der „Erkundungen“ als auch im Hinblick auf die geforderten Anschlußmöglichkeiten – die in der Aufeinanderfolge mehrerer Fahrplanperioden und (leider auch) mancher Streckenstillegungsvorhaben ohnehin keine Konstante sind –, einfach nicht Rücksicht nehmen kann.

Unser Reiseführer schwelgt nicht in Erzählungen und Routenbeschreibungen. Es handelt sich eher um eine Nennung von eisenbahntechnisch oder eisenbahnhistorisch wichtigen Zielen, wobei eine strenge Gebietseinteilung geographischer, politischer oder verwaltungstechnischer Art nicht einzuhalten war. Scharfe Gebietstrennungen sind schon deshalb abzulehnen, weil die Eisenbahn ein grenzüberschreitendes Verkehrsmittel und der Blick in Nachbarregionen immer notwendig ist.

Gewisse Veränderungen an einzelnen Standorten, am Betriebsgeschehen sind kontinuierlich im Gange. Das werden unsere Leser, die diesen Reiseführer sicher zu ganz verschiedenen „Stichtagen“ zur Hand nehmen, beachten müssen. In ihre Wunschliste gehören aber sicher auch Besuche bei Unternehmen, besonders bei solchen, die ein Werksmuseum oder bedeutende Archive besitzen, darunter die Daimler-Benz AG in Stuttgart (mit Motor-Schienenfahrzeugen). Einer neueren Mitteilung der Linke-Hofmann-Busch GmbH in Salzgitter zufolge ist das dortige Werksmuseum der Öffentlichkeit gegenwärtig nicht zugänglich. Aber auch alte Wassertürme sind sehenswerte Ziele, und der heutige „Bier-Turm“ des einstigen Dampflok-Betriebswerkes Wuppertal-Steinbeck ist eine originelle Möglichkeit zur Rast.

Wer sein Wissen sinnvoll auf Reisen bereichern möchte, der sollte schon bei der Abreise einige Kenntnisse mitnehmen. Unser Buch kann dabei eine Art von Wissen und Genuß vermittelnder „Speisekarte“ sein, die man am besten einmal für sich studiert.

Nun, Deutschland umfaßt heute nicht mehr die Grenzen von 1937. Es ist politisch aufgeteilt in die Bundesrepublik Deutschland, die Deutsche Demokratische Republik und eine Viermächtestadt Berlin. Es gibt kein natürlich gewachsenes Zentrum mehr. Eine unglückliche Geschichte hat sich nach dem Zweiten Weltkrieg gegen das Werden eines gemeinsamen Staates gestellt. Und so macht es uns dieses Deutschland nicht leicht, es in seiner Gesamtheit als Reiseland zu erfassen.

In dem Konglomerat mehr oder weniger souveräner Staaten, das Deutschland bis weit in das 19. Jahrhundert darstellte, hatten Handel und Verkehr im Konflikt zwischen den Interessensphären große Schwierigkeiten zu bewältigen. Historisches Verdienst eines Friedrich List, des Mitbegründers des Deutschen Handels- und Gewerbevereins, ist es, zum Abbau der innerdeutschen Zollschranken entscheidend beigetragen zu haben. Und als im Jahre 1833 in Leipzig die berühmte Schrift „Über ein sächsisches Eisenbahnsystem als Grundlage eines allgemeinen deutschen Eisenbahnsystems, und insbesondere über die Auslegung einer Eisenbahn von Leipzig nach Dresden" verteilt wurde, hatte Friedrich List vermutlich mehr Feinde als Freunde.

Länderbahnen gibt es nun schon lange nicht mehr. Am 1. April 1920 gaben die Länder ihre Eisenbahnhoheit auf, die Deutsche Reichsbahn-Gesellschaft wurde 1924, die Deutsche Reichsbahn 1937 geschaffen. Nach dem Zweiten Weltkrieg, am 1. August 1945, wurde in der damaligen sowjetischen Zone die „Deutsche Zentralverwaltung des Verkehrs" in Berlin etabliert, die sich aus der „Hauptverwaltung der Deutschen Reichsbahn", der Generaldirektion Schiffahrt und der Generaldirektion Kraftverkehr und Straßenwesen zusammensetzte. In der amerikanischen Zone wurde am 19. Juli 1945 die „Oberbetriebsleitung United States Zone" mit Sitz in Frankfurt (Main) ins Leben gerufen. Die britische Zone erhielt am 20. August 1945 in Bielefeld eine „Reichsbahn-Generaldirektion", und schließlich – Anfang 1946 – bekam die französische Zone eine „Oberdirektion der Deutschen Eisenbahnen".

Als am 1. Oktober 1946 die „Bizone" geschaffen wurde, entstand die gemeinsame „Hauptverwaltung der Eisenbahnen des amerikanischen und britischen Besatzungsgebietes" mit Sitz zunächst in Bielefeld, vom 11. Dezember 1947 an in Offenbach; die Verlegung nahm allerdings längere Zeit in Anspruch. Im Oktober 1949 trat nach Errichtung der Bundesrepublik Deutschland die „Deutsche Bundesbahn" das Erbe der früheren Reichsbahn an, wobei die Südwestdeutschen Eisenbahnen der französischen Zone vorübergehend noch eine gewisse Selbständigkeit behielten. Durch das Bundesbahn-Gesetz vom 13. Dezember 1951 erhielten die staatlichen Eisenbahnen der Bundesrepublik wieder eine einheitliche Eisenbahnverfassung und einen einheitlichen Verwaltungsaufbau. Nur in der Deutschen Demokratischen Republik trägt die Deutsche Reichsbahn ihre angestammte Bezeichnung bis zum heutigen Tage.

Der Leser, besonders der mit den Verhältnissen im deutschen Schienenverkehr nicht so vertraute Ausländer, wird mit dieser kurzen Darstellung eine erstaunliche Turbulenz in der Eisenbahn-Historie angesprochen sehen. Gott sei Dank haben die verwaltungspolitischen Wirren unsere geographische Landschaftsgliederung nicht verändern können. Interessant bleibt die Reise also allemal.

Lufthansa Airport Express (ET 403 der DB) vor der Pfalz bei Kaub. (Foto: Lufthansa)

Schlafwagen vom Baumuster MU der Internationalen Eisenbahn Schlafwagen Gesellschaft, gebaut in Donauwörth. (Foto: MBB)

Lufthansa Airport Express

INTERNATIONALE
VOITURE - LITS
4601

Bundesrepublik Deutschland

Die Deutsche Bundesbahn

Das elektrifizierte Streckennetz der Deutschen Bundesbahn (DB) umfaßte zum Jahresanfang 1984 insgesamt 11 200 km. Damit waren 40 % des insgesamt 28 009 km langen DB-Schienennetzes elektrifiziert. Auf ihnen wurden zu diesem Zeitpunkt etwa 86 % der betrieblichen Leistungen (Brutto-Tonnenkilometer) abgewickelt. In absehbarer Zeit werden auch die Abschnitte Ansbach – Crailsheim – Goldshöfe (Strecke Nürnberg – Stuttgart) und Niedernhausen – Limburg (Lahn) auf elektrischen Betrieb umgestellt sein. Im Jahre 1983 standen insgesamt 2713 elektrische Lokomotiven zur Verfügung. Darüber hinaus gab es im gleichen Jahr

3077 Diesellokomotiven
1234 Motor-Kleinlokomotiven
1616 Elektrische Triebwagen einschließlich S-Bahnen (jeder Triebwagenkopf einzeln gezählt)
228 Akkumulatoren-Triebwagen
254 Dieseltriebwagen
480 Schienenbusse.

Die organisatorische und betriebliche Entwicklung der DB, insbesondere des Betriebsmaschinen- und elektrotechnischen Dienstes, hatte in jüngerer Zeit zahlreiche Umstrukturierungen, Dienststellen-Zusammenfassungen, Schließungen von Ausbesserungs- und Betriebswerken zur Folge. Verschiedene Geschäftsbereiche erhielten gewisse Sonderaufgaben mit „Resultatsverantwortung" und folgenden Zuordnungen:

Bodenseeschiffsbetriebe (Direktion Karlsruhe)
Fährbetriebe Vogelfluglinie (Direktion Hamburg)
Geschäftsbereich S-Bahn Hamburg (Direktion Hamburg)
Inselverkehr Wangerooge (Direktion Hannover).

Die Leistungsfähigkeit des Streckennetzes der DB soll nicht nur durch den Bau neuer Strekken, sondern auch durch den Ausbau vorhandener Trassen verbessert werden. Zu den Ausbaustrecken gehören Hamburg – Münster (287 km), Hamburg – Hannover (181 km), Dortmund – Braunschweig (275 km), Gießen – Friedberg (32 km), Frankfurt/M – Mannheim (81 km) und Würzburg – Augsburg (240 km). Bereits im Jahre 1980 wurden im Zuge der knapp 100 km langen Neubaustrecke Mannheim – Stuttgart ein 10 km langer Bahnkörper mit einer 1100 m langen Brücke sowie drei Viertel des Pfingstberg-Tunnels fertiggestellt.

Neubaustrecke	Mannheim – Stuttgart	Hannover – Würzburg
Gesamtlänge	99 km	327 km
Tunnel	29 km	110 km
Einschnitte	40 km	99 km
Brücken	6 km	41 km
Flächenbedarf	360 ha (3,6 ha/km)	1055 ha (3,2 ha/km)
Baubeginn	1976	1973

Auf der Neubaustrecke Hannover – Würzburg wird ein 12 km langes Teilstück südlich von Hannover bereits seit 1979 befahren. Die Arbeiten auf der Gesamtstrecke sind in vollem Gange.
Zahlreiche Gleisneubauten und Einrichtungen für den Nahverkehr in Ballungsgebieten (Stuttgart, Essen, München, Düsseldorf, Nürnberg, Dortmund und Mannheim) verbessern das Angebot der Verkehrsleistungen. Bauliche Schwerpunkte der letzten Jahre lagen beispielsweise in München bei der Einführung der S 7 ab München-Harras über Donnersberger Brücke in die innerstädtische Tunnelstrecke, in Stuttgart durch die Inbetriebnahme der S 5 Schwabstraße – Bietigheim-Bissingen sowie der S 2 Schwabstraße – Schorndorf und der S 3 Schwabstraße – Backnang. In Hamburg wurde die S 2 (Pinneberg – Aumühle) über die sogenannte „Diebsteichkurve" angeschlossen. Darüber hinaus lagen die Akzente bei der planmäßigen Weiterführung der Harburger S-Bahn, bei der S-Bahn Ruhr im Verlängerungsabschnitt Bochum – Dortmund Hauptbahnhof und bei dem durch die Einführung der S-Bahn und die Kreuzung der U-Bahn bedingten Umbau des Düsseldorfer Hauptbahnhofes sowie bei der Verlängerung der innerstädtischen Tunnelstrecken der S-Bahnen Rhein-Main und Stuttgart. Im Zuge der westlichen Einführung der Riedbahn (Frankfurt/M – Mannheim) wurde in Mannheim eine neue Stahlbrücke über den Neckar gebaut.
Im Jahre 1981 waren bei der DB insgesamt 535 Tunnel mit einer Gesamtlänge von 206 km in Betrieb. Die längsten Tunnel sind:

Kaiser-Wilhelm-Tunnel (Cochemer Tunnel)	4203,00 m
Schlüchterner Tunnel (Distelrasen-Tunnel)	3575,00 m
Fahrnauer Tunnel (Großherzog-Friedrich-Tunnel)	3169,20 m
Krähberg-Tunnel (Erbach – Hanau)	3100,00 m
Rudersdorfer Tunnel (Hagen – Haiger)	2651,60 m
Königstuhl-Tunnel (Heidelberg – Neckarelz)	2200,00 m

Geschäftsgebäude der Deutschen Bundesbahn in Frankfurt/Main. (Foto: DB-Filmstelle)

Durch den Bau von S-Bahnen und Neubaustrecken erhöht sich die Zahl der Tunnel. Allein auf der Neubaustrecke Hannover – Würzburg entstehen zahlreiche große Tunnelbauwerke:

Links: Lokomotive 120 001 der DB in Drehstromtechnik während der Erprobung auf der Geislinger Steige.
(Foto: Messerschmidt)

Rechts: Gleismeßzug der Bundesbahn-Versuchsanstalt Minden.
(Foto: DB-Filmstelle)

Gleis-Umbauzug vom Typ „Plasser Standard" auf der Strecke.
(Foto: DB-Filmstelle)

Landrücken-Tunnel	10 748 m
Mühlberg-Tunnel	5 000 m
Tunnel Altengronauer Forst	2 333 m

Für die Stuttgarter S-Bahn gilt der rund 5,5 km lange Hasenberg-Tunnel als „Jahrhundert-Bauwerk". Die Fortführung der S-Bahn in Frankfurt (Rhein-Main-Gebiet) hat mit der Unterquerung des Mains eine längere, sehr schwierige Tunnelstrecke erforderlich gemacht. Außerdem verlangte die Linienführung der Harburger S-Bahn in Hamburg Tunnelstrecken in einer Gesamtlänge von etwa 4,7 km. Zu den wichtigen Eisenbahnbrücken der DB gehören:

Hohenzollernbrücke in Köln: Stützweiten 118,9 + 167,8 + 122,6 m
Stählerne Eisenbahnbrücke bei Müngsten (Solingen): Höhe 107 m, Länge 465 m, Mittelbogen-Spannweite 170 m
Hochbrücke über den Nord-Ostsee-Kanal bei Hochdonn: Gesamtlänge 2096 m
Hochbrücke über den Nord-Ostsee-Kanal bei Rendsburg: Gesamtlänge 2464 m, Fahrbahnhöhe 42 m
Steinbogen-Viadukt in Altenbeken: Gesamtlänge 482 m, Höhe 35 m
Viadukt an der Pündericher Bergwand im Moseltal: Gesamtlänge 786 m, 92 gewölbte Öffnungen
Ravenna-Viadukt der Höllentalbahn: Länge 224 m, Höhe 40 m
König-Wilhelm-Viadukt in Stuttgart-Münster: Gesamtlänge 675 m, Höhe 34 m
Fehmarnsund-Brücke: Länge 963 m, größte Höhe des Brückenbogens über NN 67 m
Elbebrücke bei Lauenburg: Stützweite 2 × 104,6 m
Mainbrücke bei Gemünden (Neubaustrecke): Gesamtlänge 800 m, Mitten-Stützweite 135 m, mittlere Höhe 25 m.

Die Eisenbahner sorgen „rund um die Uhr" für Sicherheit und Zuverlässigkeit. Moderne Gleis-Umbauzüge sind Tag und Nacht im Einsatz. Sie schaffen etwa 180 bis 200 m/Stunde. Das heißt, 180 bis 200 m altes Gleis werden beseitigt und der Einbau neuer Schwellen und Schienen vorbereitet. Während das eine Gleis erneuert wird, muß das andere daneben im Wechselbetrieb die Züge beider Richtungen an der Baustelle vorbeileiten.

Eine Intercity-Lokomotive der Baureihe 103 legt im Jahr durchschnittlich etwa 360 000 km zurück. Nach rund 675 000 km müssen die Radsätze und Drehgestelle erneuert werden. Und nach weiteren 675 000 km, also beim Kilometerstand von 1,35 Millionen, ist die gründliche bahnamtliche Untersuchung fällig. Im Jahre 1982 wartete die DB in ihren Ausbesserungswerken etwa 10 000 Triebfahrzeuge und ungefähr 300 000 Reise- und Güterzugwagen.

Die Reinigung der Reisezug- und Triebwagen ist im Jahre 1982 auf rationellere Verfahren umgestellt worden. Gute Erfahrungen mit dem Komfort und der Sauberkeit der Fahrzeuge gehören zu den wichtigen Kriterien bei der Entscheidung für eine Bahnreise. Zur Erfüllung der Kundenerwartungen wendete die DB beispielsweise im Jahre 1982 rund 420 Millionen DM auf und setzte bundesweit in 130 Dienststellen an mehr als 200 Orten etwa 6650 Mitarbeiter zur Reinigung von 15 000 Reisezug- und 3400 Triebwagen (einschließlich Beiwagen) ein. Eine Neuorganisation im Wagenuntersuchungsdienst für Güterwagen mit wirtschaftlicheren Untersuchungssystemen wird im Großversuch erprobt.

Die Bedeutung der Bahnstromversorgung kann man daran ermessen, daß die DB etwa 85 % der gesamten Bruttotonnenkilometer mit elektrischer Energie bewältigt. Die DB braucht im Jahr etwa 7 Milliarden Kilowattstunden Energie für ihren elektrischen Zugbetrieb. Das entspricht etwa dem Bedarf einer Großstadt mit 500 000 Einwohnern. Um die wirtschaftlichen Vorteile großer Kraftwerke zu nutzen, arbeitet die DB mit öffentlichen Energieversorgungsunternehmen zusammen. In 28 Gemeinschaftskraftwerken stehen neben den Maschinen für die öffentliche Stromversorgung auch Aggregate, die den Bahnstrom erzeugen, und zwar zum überwiegenden Teil aus heimischer Kohle und Wasserkraft, teilweise aber auch unter Verwendung von Kernenergie und Hüttengas. Der über Bahnstrom-Leitungen und Unterwerke herangeführte Strom wird in die Fahrleitungen, die sogenannten Oberleitungen, der elektrifizierten Strecken eingespeist. Der Abstand des Fahrdrahts von der Schienenoberkante beträgt in der Regel 5,5 m. Damit das Schleifstück des Lokomotiv-Stromabnehmers gleichmäßig auf ganzer Breite bestrichen wird, ordnet man den Fahrdraht von Stützpunkt zu Stützpunkt im Zick-Zack an. Die DB hat Regeloberleitungen für Streckengeschwindigkeiten von 75, 100, 160 und 200 km/h. Für die Neubaustrecken wird eine neue Regeloberleitung für 250 km/h eingeführt.

Um bei heftigem Schneefall im Winter gehörig „einheizen" zu können, sind von den etwa 120 000 Weichen im Streckennetz der DB über 45 000 mit Heizungen versehen. Die meisten arbeiten elektrisch, knapp 6000 werden mit Propangas gespeist, einige hundert noch mit Dampf oder anderen Energieträgern.

Die Bundesbahn verfügt außer den Gleisanlagen und den dazugehörigen Bauwerken über einen beträchtlichen Bestand an Gebäuden. Es handelt sich dabei um etwa 35 000 Bauten mit einem Volumen von rund 87 Millionen Kubikmetern. Im Größenvergleich entspricht das dem gesamten Gebäudevolumen einer mittleren Großstadt. Dem Reisenden sind unter den zahlreichen Gebäuden die Bahnhöfe, die Stellwerke, die Güterhallen und die Betriebswerke am bekanntesten. Zu den großen und bedeutenden Bahnhofsanlagen mit Unter-

Stewardessen und Stewards betreuen die Fahrgäste im Lufthansa Airport Express.
(Foto: Lufthansa)

Der Dieseltriebzug Baureihe 614 dient vorwiegend dem Regional- und Bezirksverkehr.
(Foto: MAN Nürnberg)

S-Bahn-Triebzug, Baureihe 420, für 120 km/h Höchstgeschwindigkeit. (Foto: AEG-Telefunken)

grundbahnhöfen und Einkaufszentren gehören die Hauptbahnhöfe in Frankfurt (Main), München, Stuttgart, Hamburg, Nürnberg und Düsseldorf.
Durch die Tatsache, daß fast drei Viertel aller Fahrausweise für den Nahverkehr erworben werden und dabei kaum Beratung erwartet wird, entschied man sich für den Verkauf über Automaten. Für den Fernverkehr entwickelte man hingegen Datenstationen, also Kleincomputer, die an größeren Fahrkartenausgaben zum Einsatz kommen; mit ihnen sind die gewünschten Reisedokumente durch wenige Eingaben vom Schalterbeamten zu erstellen.
Hauptaufgabe der Deutschen Schlafwagen- und Speisewagen-Gesellschaft mbH (DSG), Frankfurt/Main, ist es, das Bahnangebot durch die Betreuung der Reisenden in Tages- und Nachtzügen, Bahnhofsgaststätten und Bahnhofshotels sowie durch die Bewirtschaftung der Bundesbahn-Fährschiffe auf der Vogelfluglinie kundenfreundlich zu ergänzen. Die DSG konstituierte sich im Jahre 1949, nachdem die frühere gesamtdeutsche MITROPA (Mitteleuropäische Schlaf- und Speisewagen-Gesellschaft) mit Sitz in Berlin bei der Deutschen Reichsbahn der DDR verblieb.
Wie schon in der jüngeren Vergangenheit wird sich das bundesdeutsche Schienennetz durch die Streichung des Personen- oder gar des Gesamtverkehrs auf mangelhaft frequentierten Strecken noch weiter verringern. Es erscheint jedoch bedenklich, die Nebenstrecken zunehmend durch ein unzureichendes Verkehrsangebot und durch die Verlagerung von der Schiene auf die Straße auch weiterhin zu vernachlässigen. Andererseits sind die zahllosen eingleisigen, windungsreichen, durch mangelhafte Sicherungseinrichtungen gekennzeichneten langsamen Stichbahnen und Zubringerstrecken keinem Wettbewerb mehr gewachsen. Auch hier hätten Streckenneubau-

Dieseltriebwagen der Baureihe 627 und 628, im Bild die Prototyp-Bauarten, sind die Nachfolger der überalterten Schienenomnibusse.
(Foto: Messerschmidt)

ten dem Schienenverkehr zum Erfolg verhelfen können. Verkehrspolitische Auseinandersetzungen vollziehen sich heute aber meist nur noch in Schlagworten des Wahlkampfes. Größere Lösungen scheitern am riesigen Räderwerk der Interessengruppen und der Bürokratie. Nur um kleine verkehrswirtschaftliche Schritte zu vollziehen, müssen Berge von Akten, Stellungnahmen, Gutachten erarbeitet und endlose Konferenzserien abgehalten werden. Man muß die Zustimmung von Gremien und zahlreichen Individuen gewinnen. Und so regelt man vor allem beim Schienenverkehr pausenlos die unwichtigen Einzelfragen mit immer neuen wirkungslosen administrativen Eingriffen. Dieser ideenlose Pragmatismus führte schließlich auch dazu, im Bundesbürger das überwältigende Bedürfnis für das Auto zu wecken. Die Bundesbahnwerbung hat's schwer. Sie muß ihre Leitbilder mehrfach anpassen. Es ist fast unbegreiflich, daß darüber lamentiert wird, was die Bahn an Steuergeldern kostet, daß man aber kaum ein Wort darüber verliert, was die Bahn an Vorteilen einfährt, die sich allerdings nicht exakt in Mark und Pfennig ausrechnen lassen. Fachleute haben ermittelt, daß sich die sozialen Kosten des Individualverkehrs in der Bundesrepublik auf 43 bis 45 Milliarden DM im Jahr belaufen. Luftverschmutzung, Lärm, Landschaftsverbrauch, Wegekostendefizit sowie die Folgekosten von rund 1,7 Millionen Verkehrsunfällen pro Jahr gehören hier zu den bemerkenswertesten Kostenfaktoren, wenn man einmal von den Betriebskosten von Verkehrsampeln, Beleuchtungen, Streudiensten, Verkehrspolizei und öffentlichen Parkplätzen absieht. Wird man eines Tages in Bonn die Eisenbahn wohl doch noch unter umfassenden volkswirtschaftlichen statt bloß betriebswirtschaftlichen Gesichtspunkten betrachten und als ein vorrangig förderungswürdiges Unternehmen einstufen?

Links: Nichtbundeseigene Eisenbahnen: Dieseltriebwagen der schmalspurigen Nebenbahn Amstetten (Württ.) – Laichingen im Bahnhof Laichingen.
(Foto: Messerschmidt)

Rechte Seite: Neuer Nebenbahn-Dieseltriebwagen, entwickelt in Zusammenarbeit des Bundesverbandes Deutscher Eisenbahnen (BDE) mit der Industrie, für die Einmann-Bedienung im Personenverkehr.
(Foto: BDE)

Noch besteht hierfür wenig Hoffnung. Schon deshalb bieten wir in unserem Buch auch gar keine „Leitlinien" an, weil eben die Fahrpläne mitunter recht ausgedünnt und wenig attraktiv sind. Der „Deutschlandentdecker" wird sich seine Fahrtenplanung in Eigengestaltung aber trotzdem vielseitig genug machen. Schließlich gibt es noch zusätzliche Angebote zur Ergänzung und Abwechslung, auch zur Entlastung der Schiene, darunter Bundesbahn-Omnibusdienste, die Bodenseeschiffahrt, der Fahrradverleih auf verschiedenen Bahnhöfen sowie das von europäischen Eisenbahnen in Gemeinschaft betriebene touristische Europa-Bus-Liniennetz. Autoreisezüge, Sonder- und Touristik-Züge bieten weitere willkommene Reisemöglichkeiten.

Die nichtbundeseigenen Eisenbahnen

Die nichtbundeseigenen Eisenbahnen (NE) haben im Verkehrswesen der Bundesrepublik Deutschland auch weiterhin einen hohen Stellenwert. Fast alle dieser interessanten Bahnen des öffentlichen Verkehrs, aber auch der größte Teil der Hafeneisenbahnen und einige bedeutende Werksbahnen gehören dem Bundesverband Deutscher Eisenbahnen (BDE) an. Im Jahre 1984 waren das rund 280 Verkehrsunternehmen. Diese Gesellschaften betrieben im einzelnen:

114 Nichtbundeseigene Eisenbahnen des öffentlichen Verkehrs
58 Nichtbundeseigene Eisenbahnen des nichtöffentlichen Verkehrs (Hafen- und Industriebahnen)

89 regionale Omnibusbetriebe und Güterkraftverkehrsbetriebe
106 Seilschwebebahnen
273 Ski-Schlepplifte

Die meisten, dem Schienenverkehr sich widmenden BDE-Mitgliedsbetriebe gibt es in Nordrhein-Westfalen, Baden-Württemberg und Niedersachsen. Die NE ergänzen mit Schienenstrecken von insgesamt rund 4150 km Länge das Netz der Deutschen Bundesbahn. Im Jahre 1984 waren bei den BDE-Unternehmen etwa 850 Lokomotiven, davon 710 Diesellokomotiven, sowie 260 Diesel- und Elektrotriebwagen eingesetzt. Für den Personenzugdienst außerhalb von Ballungsräumen wurde sogar ein attraktiver vierachsiger Dieseltriebwagen neu entwickelt und 1981 auf Strecken der Südwestdeutschen Eisenbahnen (SWEG) mit Erfolg in Dienst gestellt. Der neue Fahrzeugtyp hat vier angetriebene Radsätze, zwei Omnibus-Großserien-Dieselmotoren in Unterflur-Anordnung und hydraulische Kraftübertragung bei 380 kW Nennleistung. Die Eisenbahn-Gesellschaft Altona-Kaltenkirchen-Neumünster (AKN) verwendet seit 1976/77 Diesel-Gelenktriebwagen mit elektrischer Leistungsübertragung.

Die im BDE vertretenen Hafeneisenbahnen umfassen etwa 1700 km Gleislänge; die Mehrzahl der Häfen verfügen über eigene Lokomotiven. Industrie- und Werksbahnen dienen dem Verkehrsbedarf jeweils desjenigen Wirtschaftsunternehmens, das sie vorhält. Man rechnet mit einer Gesamtgleislänge von annähernd 10 000 km. Diese Transportsysteme sind entweder selbständige Gesellschaften, getragen von den jeweiligen Industriebetrieben, vielfach jedoch Betriebsabteilungen oder Teilbetriebe ohne eigene Rechtspersönlichkeit.

Die großen Werksbahnen, oft mit speziellem Güteraufkommen, Flüssigtransporten oder Schwerlastverkehr (Torpedopfannen-wagen, Selbstentlade-Erzwagen) verdienen unser besonderes Interesse. Ein riesiges Bahnsystem des nichtöffentlichen Verkehrs betreibt z. B. die Ruhrkohle AG mit 765 km Gleislänge, von denen rund 200 km elektrifiziert sind. Daß Industriebahnen auch mit dem Stand der Technik Schritt halten, zeigen wegweisende Konstruktionen der eingesetzten Lokomotiven: Diesellokomotiven mit Drehstrom-Leistungsübertragung und Puls-Wechselrichtern, elektrische Lokomotiven mit thyristorgesteuerten Mischstrom-Fahrmotoren sowie Zweisystem-Lokomotiven mit Asynchron-Fahrmotoren. Der BDE meldete im Jahre 1983: „Unter den rund 135 elektrischen Lokomotiven, überwiegend auf Hauptabfuhrstrecken bei Industriebahnen eingesetzt, befinden sich die ersten serienmäßig hergestellten Lokomotiven der Welt mit Drehstrom-Leistungsübertragung. Auf Grund des erfolgreichen Betriebseinsatzes von elektrischen Lokomotiven mit Drehstrom-Leistungsübertragung wurden bereits von einer Anzahl nichtbundeseigener Eisenbahnen auch Standard-Diesellokomotiven in dieser neuen Technik beschafft."
Die nichtbundeseigenen Eisenbahnen werden auch in Zukunft von sich aus ihr Leistungsangebot verbessern. Hierzu gehören die Intensivierung des Haus-Haus-Verkehrs, des kombinierten Verkehrs, qualifizierte Transport- und Logistik-Gesamtangebote sowie eine Steigerung der Attraktivität des Personenverkehrs. Strukturelle Änderungen in Industrie und Wirtschaft der Bundesrepublik Deutschland werden sich allerdings auch bei diesen „privaten" Bahnen auswirken. Man kann also durchaus mit einiger Hoffnung in die Zukunft sehen, und man braucht den privaten Schienenverkehr auch nicht aus den Bestandslisten der Statistik zu streichen. Unter den zahlreichen Bahnen des Bundesverbandes (Sitz in Köln) können wir aus Platzgründen natürlich nur einige aufzählen:
Denken wir an die in herrlicher Hochgebirgslandschaft angelegte Bayerische Zugspitzbahn, vergegenwärtigen wir uns auch die Wendelstein-Bahn. Wir erwähnen hier außerdem die meterspurige Nebenbahn Amstetten – Laichingen (mit Rollbockbetrieb), die regelspurige Nebenbahn Amstetten – Gerstetten (mit gelegentlichen Sonderfahrten der Ulmer Eisenbahnfreunde), die Farge-Vegesacker Eisenbahn (mit starkem Güterverkehr und schweren Diesellokomotiven), die Teutoburger Wald-Eisenbahn, die Hersfelder Kreisbahn (mit großen Diesellokomotiven), die Südwestdeutschen Eisenbahnen (mit zahlreichen Strecken in Baden-Württemberg und z. T. modernem Fahrzeugbestand), die Oberrheinische Eisenbahngesellschaft (Meterspur und 750-Volt-Gleichstrombetrieb), die Osthannoversche Eisenbahn Aktiengesellschaft (im Jahre 1983 noch mit 336 km Streckenlänge), die Hafenbahn der Stadt Frankfurt/Main, die Hafen- und Industriebahn der Stadtwerke Offenbach/Main, die Rheinischen Braunkohlenwerke AG (Gruben- und Anschlußbahnen), die Verkehrsbetriebe Peine-Salzgitter mit beträchtlichem Güterverkehr.
Das Angebot ist also recht beachtlich. Doch manche dieser und anderer Bahnen haben Existenzprobleme – wer noch viele interessante Privatbahnen besuchen will, sollte es lieber heute tun als morgen.

Schleswig-Holstein – Land zwischen den Meeren

Der äußerste Norden Deutschlands, das Bundesland Schleswig-Holstein, kann für zwei unterschiedliche, nicht weit voneinander entfernt liegende Meere werben. Die Küsten von Nord- und Ostsee sind ja nur rund 60 km voneinander entfernt. Die etwas längere Ost-

Diesellok 218 337 der DB mit Autozug auf dem Hindenburgdamm. (Foto: BD Hamburg)

seeküste (383 km) mit Eckernförde, Kiel und Glücksburg lockt ebenso erfolgreich Badegäste an wie die Nordseeküste (213 km) mit ihren vorgelagerten Inseln. Zu den Halligen Nordstrandischmoor (600 mm Spurweite) und Oland sowie Langeness (900 mm Spurweite) stellen die Halligbahnen von der Westküste Schleswig-Holsteins bescheidene Schienenverbindungen her. Es sind eigentlich Materialbahnen, die bei hohem Seegang oder bei Treibeis unpassierbar werden können. Dagebüll (Endstation der Halligbahnen für 900-mm-Spur), Husum, St. Peter-Ording und die Insel Sylt mit dem berühmten Hindenburg-Damm, mit Westerland und dem nördlichsten Landzipfel Deutschlands (ungefähr auf demselben Breitengrad wie Moskau) sind gesuchte und beliebte Ferienziele. Kein Wunder, Kenner schätzen die nordfriesische Kunst des Teetrinkens, sie wissen, daß man manche Halligen bei Niedrigwasser mit ortskundigen Wattläufern zu Fuß, sonst mit der Fähre und in Ausnahmefällen (bei Mitfahrerlaubnis) mit der Halligbahn erreichen und sich von Silbermöwen begleiten lassen kann.

Wenn man von einer „Fremdenverkehrskarriere" mancher Orte und Inseln sprechen darf, dann sind wohl vor allem Wyk auf Föhr mit seinem „Karrierestart" um 1819, St. Peter-Ording um 1855 und auch die Insel Helgoland gemeint, deren Seebad 1826 gegründet wurde. Das Ostseeangebot mit Butt, Schillerlocken, geräucherten Aalen und Makrelen steht den Nordseekrabben oder dem „Wyker Feuer" (aus Tee, Rotwein und Rum) nicht nach. Und die Wanderer kommen angesichts verschiedener Vogelschutzgebiete und hübscher kleiner

Hochbrücke mit Rampen über den Nord-Ostsee-Kanal bei Rendsburg. Die Schienenoberkante liegt rund 42 m über dem Wasserspiegel, die Stützweite der Mittelöffnung beträgt ca. 140 m.
(Foto: BD Hamburg)

Kirchen oder langgestreckter Dünenketten auch auf ihre Kosten.
Mit der Eisenbahn gibt's gute Verbindungen nach Husum, Niebüll oder nach Westerland auf Sylt. Seit über 50 Jahren, nämlich seit dem 1. Juni 1927, rollen die Züge über den Hindenburg-Damm nach Sylt. Zwischen Klanxbüll und Morsum mißt der Seedamm rund 11 km. Er wurde damals im Zuge der etwa 40 km langen Neubaustrecke nach Westerland in Niebüll an die bestehende Linie von Hamburg angeschlossen. Durch einen zweigleisigen Ausbau der Dammstrecke hat die Bundesbahn die Kapazität dieser „rollenden Seebrücke" der Nachfrage angepaßt. In dichter Folge verkehren die Pendelzüge mit den Autotransportwagen „über das Meer".
Zwei andere mächtige Bauwerke im deutschen Norden verdienen das Interesse der Eisenbahnreisenden. Da ist zunächst die mit ihren Rampen 2096 m lange Hochbrücke über den Nord-Ostsee-Kanal (Kaiser-Wilhelm-Kanal) bei Hochdonn auf der Strecke Hamburg – Heide – Husum. Dieses Riesenbauwerk wurde in den Jahren 1915 bis 1917 von der Deutsch-Luxemburgischen Bergwerks- und Hütten-Aktiengesellschaft, Dortmunder Union, erbaut. Eine zweite, schon 1911 bis 1913 von der Gutehoffnungshütte errichtete Hochbrücke führt ebenfalls über den Nord-Ostsee-Kanal, jedoch weiter östlich im Zuge der Eisenbahnstrecke Neumünster – Flensburg bei Rendsburg. Damals war sie die längste Brücke Deutschlands, immerhin hat sie eine Gesamtlänge von 2464 m. Die Südrampe mißt 909 m, die Kanalbrücke (42 m Höhe bis zur Fahrbahn) 295 m, und die Länge der Nordrampe beträgt 1260 m. Die beiden Rampen sind Gerüstpfeiler-Viadukte mit vollwandigen Blechträgern. Sie führen mit einer durchschnittlichen Neigung von etwa 1:60 bis zur Kanalbrücke hinauf. Inzwischen entstand eine weitere, 2830 m lange Brücke über den Kanal, die in der Zeit von 1979 bis 1983 im Zuge der vierspurigen Bundesstraße 5 mit 21,8 m Breite und 42 m Höhe über dem Kanalbett errichtet wurde.
In der Nähe der Stadt Schleswig findet man die höchste natürliche Erhebung des Gebietes, nämlich den 106 m hohen Scheelsberg, aber

auch die größte auf deutschem Boden ausgegrabene Wikinger-Siedlung und den einzigen deutschen am ursprünglichen Fundort verbliebenen Runenstein. Auf den 15 720 Quadratkilometern Fläche des lohnenden Reisezieles Schleswig-Holstein wohnen übrigens etwa 2,61 Millionen Menschen, wovon – im historischen Gebietsteil Schleswig – rund 50 000 Dänisch sprechen.

Die Eisenbahntechnik bleibt auch in Deutschlands Norden nicht stehen. Die Stadt Neumünster hat zum Beispiel zum 850-Jahres-Jubiläum im Juni 1977 ein neues Wahrzeichen erhalten, ein neues Bahnhofsgebäude mit einem achtekkigen Hochbau, der über die bereits hochliegenden Gleise des Bahnhofsgeländes hinausragt. Neumünster ist ein wichtiger Bahnknotenpunkt zwischen Hamburg, Kiel und Flensburg. Täglich kommen und gehen rund 10 000 Menschen durch diesen Bahnhof. Nach dreijähriger Bauzeit wurde 1983 im Bahnhof Bargteheide an der Strecke Hamburg – Lübeck ein neues Drucktasten-Stellwerk in Betrieb genommen, das zwei alte mechanische Stellwerke zu ersetzen hat.

Eisenbahn, Land, Wind und Wasser sind im deutschen Norden sehr dicht beieinander. Und man hat sich nun sogar der sinnvollen Nutzung des Windes – Realisierung eines uralten Menschheitstraumes – zugewandt. Am 17. Oktober 1983 nahm im Kaiser-Wilhelm-Koog an der Nordseeküste bei Marne, Kreis Dithmarschen (Burg), die zur Zeit ihrer Errichtung größte Windenergieanlage der Welt ihren Betrieb auf. Der Rotordurchmesser beträgt nicht weniger als 100 m! Die Anforderungen einer wirtschaftlichen Eingliederung in die allgemeine Energieversorgung lassen allerdings noch keine Voraussagen mit Vorschußlorbeeren zu. Eine überschaubarere Entwicklung zeigen die schleswig-holsteinischen Häfen, die mit einem dichten Netz von Schiffahrts- und Fährlinien mit Skandinavien verbunden sind. Unter der Regie der Deutschen Bundesbahn und der Dänischen Staatsbahnen stellt die „Vogelfluglinie“ im Verkehr mit Dänemark die wichtigste Relation dar. Sie führt über die 963 m lange Fehmarnsund-Brücke und die Ostseeinsel Fehmarn zum Fährbahnhof Puttgarden. Erst dort erfolgt der Übergang zum Fährschiff nach dem dänischen Hafen Rødby. Die „Vogelflug-

Die Fehmarnsund-Brücke auf der Vogelfluglinie.
(Foto: BD Hamburg)

Oben: Fährbahnhof Puttgarden mit den Schiffen „Prins Henrik", „Danmark" und einer dritten dänischen Fähre.
(Foto: BD Hamburg)

Rechts oben: Bundesbahn-Fährschiff „Deutschland".
(Foto: BD Hamburg)

Links: Rangierarbeiten auf dem Bundesbahn-Fährschiff „Theodor Heuss" in Puttgarden.
(Foto: BD Hamburg)

linie" verkürzt die frühere Fährstrecke (von Großenbrode aus) von damals 69 auf nunmehr 19 km Länge. Im Spätsommer 1983 fiel die Entscheidung zum Bau eines neuen kombinierten Eisenbahn-Auto-Fährschiffs der DB für die „Vogelfluglinie", nachdem das Fährschiff „Theodor Heuss" nicht mehr den heutigen Anforderungen entspricht. Darüber hinaus entschloß man sich, ein zweites Eisenbahn-Fährschiff („Railship II") für den Finnland-Verkehr zu beschaffen. Auf der Route Kiel (Fähr-Terminal „Schwedenkai") – Göteborg ist der Einsatz eines „Jumbo"-Fährschiffs vorgesehen, das schon gebaut wird.

Die Entwicklung geht weiter. Neue Transportformen und Umschlagtechniken für Schiene, Straße und Schiff bestimmen den sogenannten „Seeverkehrsmarkt Ostsee". Der weitaus größte Teil der Warenströme aus der Bundesrepublik Deutschland und den übrigen Staaten der Europäischen Gemeinschaft von und nach Skandinavien wird über Schleswig-Holstein, vorwiegend über die Häfen Kiel und Lübeck, abgewickelt.

Ob es wohl stimmt, daß – klimatologisch gesehen – zwischen Grömitz und Travemünde um die Weihnachtszeit gesündere und sauberere Verhältnisse herrschen als auf der Zugspitze? Mancher Wissenschaftler behauptet das. Und Lübeck, Timmendorfer Strand oder Neustadt (Holstein) sind ja mit der Bahn leicht anzusteuern. Die kochsalz- und jodhaltige bewegte Meeresluft macht die Lübecker Bucht für Natur- und See-Liebhaber reizvoll, und sie lädt durchaus zu einer Verschnaufpause – auch im Winter – ein. Und an einem Wintertag, nämlich am 15. Februar 1975, begann auch die berühmte Eisenbahnfähre „Railship I" ihren Güterwagen-Austausch-Dienst zwischen Travemünde und der südfinnischen Hafenstadt Hangö (Hanko). Für den ständig wachsenden Verkehr kommt „Railship II", die größte Ei-

senbahnfähre der Welt, hinzu. Damit kann eine Transportkapazität von jährlich etwa 30 000 Güterwagen vorgehalten werden. –
Die in Hamburg ansässige Vereinigte Tanklager- und Transportmittel GmbH (VTG) bietet übrigens etwa 26 000 Spezialgüterwagen in rund 300 verschiedenen Typen. Fast 500 fährbootfähige VTG-Kesselwagen fahren im Großbritannien-Verkehr.
In Kiel baut die Krupp MaK Maschinenbau GmbH Diesellokomotiven und Dieseltriebwagen nach eigenen Typenprogrammen. Und noch eines charakterisiert diese norddeutsche Großstadt: Kiel ist Sitz des Bundesverbandes deutscher Eisenbahnfreunde, zu dem sich rund 270 Clubs mit etwa 17 000 Einzelmitgliedern zusammengeschlossen haben.

Hamburgische Welt des Schienenverkehrs

Hamburgs Dimensionen sind imponierend – das gilt für die Stadt selbst wie für ihre Eisenbahneinrichtungen. Die „Freie und Hansestadt" ist die größte Stadt der Bundesrepublik mit einem Welthafen an der unteren Elbe, mit dem weltberühmten Elbtunnel von 450 m Länge, einem 272 m hohen Fernsehturm, mit Hagenbecks Tierpark, großen Schiffswerften, mit Hochschulen und berühmten Theatern, mit Museen (im Museum für Hamburgische Geschichte befindet sich eine reichhaltige Eisenbahn-Sammlung), mit Verlagshäusern und Handelsunternehmen, wie man sie anderswo nur selten findet.
Der Eisenbahnreisende lernt in Hamburg gewaltige Kunstbauten kennen. Die von 1890 bis 1893 gebaute und 306 m lange Norderelbbrükke zwischen Hamburg und Wilhelmsburg, die 507 m lange Süderelbbrücke bei Harburg sind nur einige der vielen imponierenden Brücken in und um Hamburg. Als der Neubau der Süderelbbrücke im Jahre 1975 seine zweite Baustufe erreichte, führte die Bundesbahn zahlreiche Spannungs- und Verformungsmessungen der Tangentenneigungen an den Auflagern durch. Immerhin hatte man den Neubau, welcher das zwischen 1872 und 1912 von der Gutehoffnungshütte errichtete alte Brükkenbauwerk ersetzte, damals mit zwölf schweren Dampflokomotiven der Baureihe 44 der DB und 20 Belastungswagen mit insgesamt 3764 t Gewicht beansprucht.
In Hamburg gibt es übrigens den längsten norddeutschen Eisenbahntunnel, den 973 m langen Tunnel zum Hafenbahnhof Altona-Kai. Am 1. März 1978 übernahm die Freie und Hansestadt Hamburg die Altonaer Hafenbahnanlagen mit dem dazugehörigen Tunnel. Und wir finden einen weiteren Superlativ: Als 1906 der Hamburger Hauptbahnhof am Steintor in Betrieb genommen wurde, konnte die erstaunte Fachwelt eine Bahnhofshalle mit der größten in Deutschland verwirklichten Spannweite bewundern. Die Halle ist 73 m weit gespannt, hat eine Scheitelhöhe von 36 m und eine Länge von 140 m. Zahlreiche Erneuerungsarbeiten im gesamten Hallenbereich, darunter die große Wandelhallenbrücke, sind bereits vollendet oder werden demnächst abgeschlossen.
Weitere bedeutende Hamburger Bahnhöfe sind der Bahnhof Dammtor und der neuerrichtete Bahnhof Hamburg-Altona. Die City-S-Bahn führt zum Teil unter dem Gebäude der Bundesbahndirektion hindurch zum Bahnhof Altona. Ein bemerkenswertes Brückenbauwerk überspannt die dem Bahnhof Altona vorgelagerten Ferngleise, um die S-Bahn in Richtung Pinneberg weiterzuführen. Das Gebiet um Hamburg-Altona mit seinem jungen Bahnhofsgebäude, seinen Gleisanlagen und Brücken bietet damit zahlreiche eisenbahnspezifische Sehenswürdigkeiten. Und weiter geht's: Schon im Jahre 1972 wurde auf der Linie U1 der Hamburger Hochbahn AG, zwischen den Haltestellen Wartenau und Trab-

Hauptbahnhof Hamburg
(Foto: BD Hamburg, Freigabe Luftamt Hamburg Nr. 1198/80)

rennbahn, ein von AEG-Telefunken in Zusammenarbeit mit der Hochbahn entwickeltes elektronisches Linienzugbeeinflussungssystem eingeführt. Dieses Automatisierungssystem hatte damals bereits einen vierjährigen Erprobungsbetrieb hinter sich, an dem auch Siemens beteiligt war.
Beim Ausbau des S-Bahn-Systems ist ein vorläufiger Abschluß erkennbar. Das Hamburger Gleichstrom-Netz weist etwa 110 km Gesamtstreckenlänge auf. Mit der S-Bahn-Verbindung in den Süderelberaum, der allein über 450 000 Einwohner verfügt, hat sich der Verkehrsstrom wesentlich gesteigert. Die Harburger S-Bahn hat ihrerseits eine ausgeprägte Rückgrat-Funktion im öffentlichen Nahverkehr.
Hamburgs Eisenbahn-Szenerie ist fast unerschöpflich. Da wurden beispielsweise Anfang 1978 im Hamburger Hafen ein neues Massenstückgut-Terminal und eine 38 000 m^2 große Umschlaghalle, eine der größten Europas, in voller Kapazität in Betrieb genommen. Da beging man schon im November 1975 das zehnjährige Bestehen des Hamburger Verkehrsverbundes, und im Güterverkehr machte man von sich reden, als am 24. Mai 1977 der planmäßige Güterzug mit einer Bruttolast von

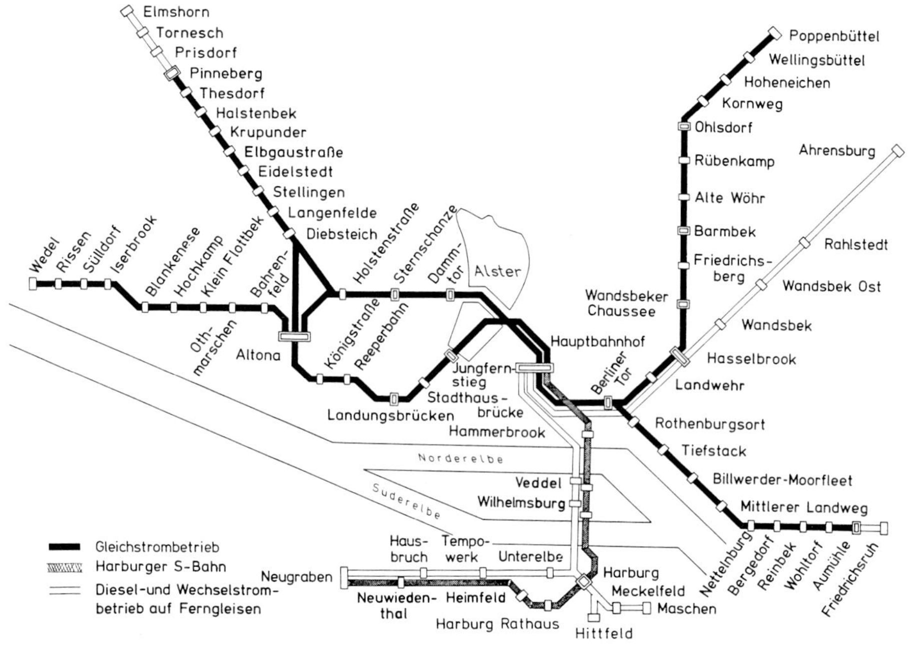

Streckennetz der S-Bahn Hamburg (Zeichnung: DB)

mehr als 5400 t in sechsachsigen Selbstentladewagen und mit Elloks der Baureihe 151 mit automatischer Kupplung den Massengut-Umschlagplatz Hansaport in Hamburg mit Erz in Richtung Salzgitter verließ. Hamburgs Hafengebiet mit über 600 höhengleichen Kreuzungen zwischen Schiene und Straße ist ohnehin ein Mekka für Eisenbahn-Enthusiasten. Nach der Hamburger Hafenordnung sind die Gleise der einzelnen Terminals, genau wie alle sonstigen Ladegleise im Hafen, von den verschiedenen Umschlagbetrieben selbst zu erstellen und zu warten. Alle übrigen Hafenbahnanlagen, wie Haupthafen- und Bezirksbahnhöfe sowie sämtliche Strecken- und Verbindungsgleise, rechnen zur Infrastruktur des Hafengebietes, für die die Hansestadt Hamburg zuständig ist. Das Gleisnetz der Hafenbahn hat eine Ausdehnung von 680 km. Ein beträchtlicher Teil dieses Netzes ist elektrifiziert. Die Ausbaumaßnahmen an den Hauptabfuhrstrecken Hamburg – Bremen – Ruhrgebiet sowie Hamburg – Hannover sorgen für eine zügige Betriebsabwicklung. Im Reisezugverkehr sind zwischen Hamburg und Bremen, wie auch abschnittsweise auf anderen Strecken des Bundesbahn-Netzes, Höchstgeschwindigkeiten von bis zu 200 km/h zugelassen. Und wer sich den größten automatisierten Verschiebebahnhof Europas in Maschen bei Hamburg einmal ansieht, wird im Hinblick auf die Prosperität der Eisenbahnen wieder Hoffnung schöpfen.

Zug der Hamburger S-Bahn.
(Foto: BD Hamburg)

Unten: Hamburger Hochbahn mit einem Teil des Hafens.
(Foto: Messerschmidt)

Die Anlage, zu der rund 1000 Weichen, über 1000 Signale und 300 km Gleise gehören, wurde am 7. Juli 1977 in Betrieb genommen. Damit wurden schrittweise insgesamt fünf konventionelle Rangierbahnhöfe im Raum Hamburg und Schleswig-Holstein ersetzt.
Der neue rechnergesteuerte Maschener Bahnhof hatte in seiner Technik Vorläufer bescheideneren Umfangs, die Verschiebebahnhöfe in Seelze bei Hannover, in Mannheim und in Basel-Muttenz (Schweiz). Der zweiseitige Verschiebebahnhof Maschen ist mit täglich etwa 180 zu behandelnden Zügen eine Drehscheibe des Güterverkehrs in Norddeutschland. Die dort gewählte Automatisierung gliedert sich in vier funktionale und organisatorische Teilgebiete: Vormeldesystem, Koordinierungssystem, Betriebsführungssystem und Ablaufsteuersystem. Das letztgenannte System wird über Schaltmittel an den Gleisen mit den erforderlichen Daten versorgt. Es ist als Prozeßrechnerverfahren voll automatisiert und steuert in Abhängigkeit von der Zerlegeliste, den Eigenschaften und der Geschwindig-

Links außen: Huckepack-Bahnhof Hamburg-Rothenburgsort.
(Foto: BD Hamburg)

Links: Maschen, Europas größter automatisierter Verschiebebahnhof mit 112 Richtungsgleisen.
(Foto: BD Hamburg, freigegeben Luftamt Hamburg Nr. 1198/80)

Rechts: Bahnhof Hamburg-Altona
(Foto: BD Hamburg)

Nichtbundeseigene Eisenbahnen: Diesel-Doppeltriebwagen TYP VT 2 E der Eisenbahn-Aktien-Gesellschaft Altona-Kaltenkirchen-Neumünster.
(Foto: Hamburger Hochbahn AG)

keit der Wagen sowie einigen Randbedingungen mit höchster Präzision die Weichen, Gleisbremsen und Förderanlagen.
Kehren wir zurück ins engere Hamburger Gebiet zur Abrundung unserer Reise durch das dortige Eisenbahngeschehen. Da darf ein Hinweis auf die Bahnbetriebswerke nicht fehlen. Die früheren Bahnbetriebswerke Hamburg-Altona und Hamburg-Eidelstedt sind nunmehr als Betriebswerk Hamburg 1 ausgewiesen; beheimatet sind hier vorwiegend die elektrischen Lokomotiven der Baureihen 103, 110, 112, 140 und 141. Im Betriebswerk Hamburg 4 (früher Hamburg-Wilhelmsburg) sind Diesellokomotiven, vorwiegend die Baureihen 260, 261, 291 sowie Kleinlokomotiven, „zu Hause". Das Betriebswerk Hamburg-Wilhelmsburg hat unter Eisenbahnfreunden vor allem deshalb einen guten Klang, weil dort von den „Freunden der Eisenbahn e.V." historische Schienenfahrzeuge ausgestellt werden. Man empfiehlt, an den Tagen einer solchen Veranstaltung mit der S-Bahn-Linie S 3 bis Veddel zu fahren, das Bw wird nach einem kurzen Fußmarsch erreicht.
Auch die Anlagen der Eisenbahn-Aktiengesellschaft Altona-Kaltenkirchen-Neumünster (AKN), darunter die Bahnhöfe Eidelstedt, Hasloh und Neumünster Süd sowie die Betriebswerkstatt in Kaltenkirchen (Holstein), sind ebenso interessante Reiseziele wie der lebhafte Verschiebedienst im Hamburger Hafengebiet oder Fahrten auf dem technisch vielfältigen Streckennetz der Hamburger Hochbahn Aktiengesellschaft.
Wenn wir uns noch einen Blick über Hamburgs Grenzen hinaus „genehmigen" wollen, dann empfiehlt sich eine kurze Bahnfahrt nach Stade, wo eine der größten Übertragungsanlagen für elektrische Energie entstanden ist: Quer über die Unterelbe sollen die neuen Hochspannungsleitungen Niedersachsens und Schleswig-Holsteins auch eine Energiebrücke nach Skandinavien schlagen. Zwei der Stader Freileitungsmasten sind 227 m hoch. Mit etwa 90 m Leitungsdurchhang tragen sie die Freileitungen zwischen den beiden Elbe-Ufern. Die Masten überragen den Turm des Ulmer Münsters um 66 m!
Die Schiffstyphone ertönen nicht nur draußen im Mündungsgebiet der Elbe, sondern auch in Hamburg selbst. Der Hafen liegt nur „1000 Schritte vom Rathaus entfernt", so sagt man jedenfalls. Über die Hafenlandschaft ragen die beiden 136 m hohen Pylone der 3940 m langen Köhlbrand-Brücke empor. Der Weltumschlagplatz Hamburger Hafen hat der Millionenstadt ihr Gesicht gegeben. Wer Glück hat, kann an den Kaimauern manche interessante Verladung von Lokomotiven, Triebwagen und anderen Schienenfahrzeugen auf Überseeschiffe beobachten. Erst vor kurzer Zeit sind 82 Diesellokomotiven von Henschel im Schlepp von Regelgüterzügen zum Bezirksbahnhof Australiastraße der Hamburger Hafenbahn zur Verladung gefahren worden. Ihre Reise ging nach Ägypten . . .

Von den Ostfriesischen Inseln zum Teutoburger Wald

Der deutsche Nordwesten, also das Land zwischen Elbe, Weser und Ems, aber auch die vorgelagerten Inseln, das Oldenburger Land und der Bereich Unterweser, ist reich an eisenbahnhistorischen und betriebstechnischen Sehenswürdigkeiten. Da gibt es die ostfriesischen Inseln Borkum, Juist, Langeoog, Wangerooge und Spiekeroog mit ihrer Tradition origineller Inselbahnen. Die Borkumer Kleinbahn wurde zweigleisig in 900 mm Spurweite angelegt. In den Wintermonaten ruht der Schienenverkehr im allgemeinen, und Güterverkehr gibt es überhaupt nicht mehr. Möglicherweise wird künftig der Betrieb nur noch eingleisig abgewickelt, wenngleich erst im Jah-

Inselverkehr Wangerooge (Foto: BD Hannover)

Unten: Triebwagen der Inselbahn Langeoog. (Foto: Inselbahn Langeoog)

re 1982 für Bahn und Busse neue Betriebsgebäude errichtet wurden. Die Juister Inselbahn mußte schon am 24. März 1982 den Verkehr einstellen. Anleger und Pfahlbau-Strecke sind inzwischen abgebaut worden. Zwei der auf Juist eingesetzten Triebwagen haben bei der Märkischen Museumsbahn in Plettenberg und beim Deutschen Eisenbahn-Verein in Bruchhausen-Vilsen eine neue Bleibe gefunden. Auf Norderney erinnern kaum noch irgendwelche Spuren an die im Jahre 1947 verschrottete Normalspur-Inselbahn. Im Sommer verkehrt lediglich ein „gleisloser Strand-Expreß" direkt an der Nordsee entlang. Eine kleine Güterbahn (600 mm Spurweite) gibt es noch, jedoch von der Stillegung bedroht, auf Baltrum. Langeoogs Bahngeschichte beginnt am 25. Juni 1901 mit der Eröffnung einer Pferdebahn zwischen Landungsbrücke und dem damaligen Loccumer Hospiz. 1936 wurde die Bahn modernisiert und auf Motorbetrieb umgestellt. Die Inselgemeinde Langeoog investierte vor mehreren Jahren beträchtliche Summen für ihre Schiffe und für die Bahnanlagen, so daß

Kleinbahnliebhaber sicherlich noch längere Zeit hier auf ihre Kosten kommen. Anders dagegen auf der Insel Spiekeroog, wo das „Eisenbahn-Zeitalter“ nach fast hundertjähriger Tradition im Jahre 1981 zu Ende ging. Einige Fahrzeuge dieser Bahn wechselten nach der Stillegung nach Wangerooge, der einzigen der sieben Inselgemeinden, die zum früheren Großherzogtum Oldenburg gehörte. Die Eisenbahn ist auf der Insel mit staatlicher Hilfe eingerichtet worden und bis heute im Staatsbesitz geblieben. Die Bundesbahndirektion Hannover denkt gegenwärtig noch nicht an eine Stillegung dieses Meterspur-Betriebes. Wangerooge ist übrigens eine der Inseln, auf denen Menschen schon zu einer Zeit Erholung und Heilung suchten, als es die Begriffe Fremdenverkehr oder Tourismus überhaupt noch nicht gab.

In der Nähe der Mündungen von Ems, Weser und Elbe haben sich nicht nur das Nordseeheilbad Cuxhaven, sondern auch kleinere Fischerdörfer zu ansehnlichen Badeorten entwickelt. Eine herrliche Weserstadt, nämlich Bremerhaven, hat eine gewisse technikgeschichtliche Bedeutung. Zwischen Innenstadt und Weserdeich liegt nämlich das Deutsche Schiffahrtsmuseum, eine Anlage, die vom Architekten Hans Scharoun entworfen wurde (Fertigstellung 1975) und eine umfangreiche Schausammlung enthält. Und lange schon kann man Bremerhaven, Nordenham und Norddeich Mole mit elektrischen Zügen erreichen. Im Jahre 1968 wurde die 236 km lange Strecke Osnabrück – Bremen – Hamburg elektrifiziert. Am 24. September 1968 wurde auf dem Bahnhof Buchholz (Nordheide) eine Gedenktafel zur Fertigstellung des achttausendsten unter Fahrdraht stehenden Streckenkilometers der Deutschen Bundesbahn enthüllt. Zwi-

Linke Seite: Der Bremer Hauptbahnhof.
(Foto: BD Hannover)

Rechts: Die größte Magnetbahn-Versuchsanlage der Welt befindet sich im Emsland östlich von Lathen und Dörpen. Unser Foto zeigt das Transrapid-Versuchsfahrzeug 06 für 300 bis 400 km/h Höchstgeschwindigkeit.
(Foto: MBB)

Bremsversuche des Bundesbahn-Zentralamtes Minden: Abhängen eines Reisezugwagens während der Fahrt zur Bewertung der Bremsanlage.
(Foto: BZA Minden)

Meßanlagen bei der Erprobung von Gleitschutzeinrichtungen und Bremsanlagen im Abteil eines Meßzuges der Bundesbahn-Versuchsanstalt Minden.
(Foto: DB-Filmstelle)

schen den beiden Hansestädten Bremen und Hamburg ist eine größere Zahl schöner alter Unterwegsbahnhöfe mit hübschen roten Backsteinmauern zu sehen, aber auch moderne Gleisbildstellwerke wie die in Rotenburg (Wümme) oder in Hamburg-Harburg.

Bremen selbst liegt in einer fruchtbaren Marschlandschaft und hat den zweitgrößten Seehafen der Bundesrepublik. Mehrere Kilometer Hafenbahnstrecken mit regem Betrieb, der größte privat betriebene öffentliche Terminal für den kombinierten Verkehr in Bremen-Grolland-Roland sowie Bremerhaven-Nordhafen mit dem Seehafen-Terminal „Wilhelm Kaisen" setzen die verkehrstechnischen Akzente. Für das Jahr 1985 ist die Betriebsaufnahme eines leistungsstarken neuen Bahnhofes in Bremerhaven-Speckenbüttel vorgesehen. Mit welcher Vehemenz sich der Containerverkehr in den bremischen Häfen entwikkelte, verdeutlicht ein Blick auf die Umschlagzahlen: Wurden im Jahre 1966 erst knapp 17 000 TEU (Anzahl der Container auf der international gebräuchlichen Berechnungsbasis von 20 englischen Fuß) geladen oder gelöscht, so wurden im Jahre 1979 in den bremischen Häfen bereits 692 000 umgeschlagene TEU registriert! Im Jahre 1982 sind 800 000 TEU erreicht worden, und man peilt bereits die Millionengrenze an. Nach Fertigstellung der Norderweiterung des Container-Terminals Bremerhaven (Einweihung 19. August 1983) verfügte die Bremer Lagerhaus-Gesellschaft als Betriebsgesellschaft der Freihafenanlagen über eine Container-Umschlaganlage, die hinsichtlich ihrer Dimensionen und ihrer Leistungsfähigkeit in Europa nicht ihresgleichen hatte.

Ausflüge mit der Bundesbahn haben oft in Bremens Hauptbahnhof ihren Anfang. Der Architekt Hubert Stier, der auch den Bahnhof Hildesheim plante, entwarf den 1885–1889 gebauten Hauptbahnhof der berühmten Hanse- und Hafenstadt. Das Gebäude erhielt eine 28 m hohe und fast 60 m breite Bahnsteighalle. Wer sich noch eine Woche ohne jeden Streß und mit ein bißchen Abwechslung wünscht, der braucht nur einige der Städte im Umland zu besuchen: das Nordseeheilbad Cuxhaven am Weltschiffahrtsweg, die gemütliche Residenz Oldenburg, die Ostfriesenhauptstadt Aurich, Leer als Tor Ostfrieslands oder (auf einem Abstecher) das Künstlerdorf Worpswede. Die alte Stadt Emden ist wichtiger Erz- und Autoverladehafen. Die Ems soll durch den Dollart umgeleitet werden, was die Fahrwasserverhältnisse entscheidend verbessern würde. Die Verlegung der Emsmündung und die Aufspülung neuen Geländes wären die Voraussetzungen für die neuen Hafen-, Gleis- und Schleusenanlagen.

Die Norddeutschlandreisenden tun übrigens gut daran, wetterfeste Kleidung auch im Sommer im Gepäck zu haben. Aber der scharfe Nordwestwind ist durchaus kein Angstgegner. Punsch oder Grog und ein wärmendes Kaminfeuer in einem Gasthaus sind bewährte Gegenmittel.

Und an Romantik fehlt's im norddeutschen Raum ohnehin nicht. Schließlich sind die Leute des Deutschen Eisenbahn-Vereins mit ihrer „Ersten Museums-Eisenbahn Deutschlands" (Bruchhausen-Vilsen – Heiligenberg – Asendorf) und die Eisenbahner des „Deutschen Feld- und Kleinbahn-Museums" (Deinste) und der „Museums-Eisenbahn Minden" rege tätig. Jedes Jahr gibt es – wie auch bei anderen einschlägigen Vereinigungen – originelle Veranstaltungen. Die Stadt Minden (Westfalen) ist für Eisenbahner zum Begriff geworden. Das Bundesbahn-Zentralamt am Weserglacis und die Bundesbahn-Versuchsanstalt haben in der Eisenbahntechnik der Bundesrepublik Deutschland, verschiedentlich aber auch über die Landesgrenzen hinaus, Schrittmacherdienste geleistet. Der Mindener Versuchsanstalt obliegen die Gebiete Lauftechnik, Bremsen, Wärmetechnik, Mechanik und Schweißtechnik. Eine zusätzliche Aufgabe besteht darin, wissenschaftliche Institute und auch die Industrie bei Forschungsvorhaben zu unterstützen. Schließlich sind die Versuchsanstalten (eine davon in München) mit ihren Fachleuten in nationalen und internationalen Sachverständigen-Gremien vertreten.

Ein spezielles Forschungsobjekt bildet die „Magnetbahn Transrapid", deren Konsortium einen echten Braintrust darstellt. Es wurde 1978 von Firmen gebildet, die bis dahin schon jahrelang maßgeblich an der Entwicklung der elektromagnetischen Schwebe- und Antriebstechnik beteiligt waren: AEG-Telefunken, Brown Boveri & Cie, Dyckerhoff & Widmann AG, Krauss-Maffei, Messerschmitt-Bölkow-Blohm (MBB), Siemens sowie Thyssen Industrie AG Henschel. Die Federführung liegt bei MBB. Nachdem der Bau der Versuchsanlage im Donauried am Widerstand von Bürgerinitiativen und wegen nicht erfüllbarer Wünsche scheiterte, wurde im Emsland die Einsatzreife der Magnetbahn vorbereitet und erprobt. Auf 874 Ständern, die auf solidem Fundament tief im morastigen und sandigen Boden des Emslandes stehen, ruht der Fahrweg, dessen Länge in der ersten Ausbaustufe zunächst 20,6 km beträgt. Davon sind 15,6 km als Beton- und 5,0 km als Stahlfahrweg konstruiert worden. Der geschlossene Kurs dieser „Transrapid Versuchsanlage Emsland (TVE)" wird im Endausbau 31,5 km lang sein. Das 54 m lange Versuchsfahrzeug „Transrapid 06" besteht aus zwei Sektionen, die zusammen 196 Fahrgäste aufnehmen und Geschwindigkeiten bis 400 km/h erreichen können. Die hochinteressante Anlage liegt östlich der Kleinstädte Dörpen und Lathen. Bei Lathen liegt auch der „Bahnhof" mit dem Versuchszentrum.

Das nordwestliche Deutschland bietet eine weitere Forschungsanlage für den Verkehr im Hochgeschwindigkeitsbereich. Hierfür wird der ausgebaute Bundesbahn-Streckenabschnitt Rheine – Spelle – Freren vorgesehen. Ziel der Versuche bis zu 350 km/h wird die Erprobung neuartiger, risikobehafteter und noch nicht für den Betriebseinsatz zugelassener Komponenten sein. Auf der weitgehend schnurgeraden Strecke wird man das statische und dynamische Verhalten des Fahrweges sowie die Probleme der Fahrzeug-Fahrweg-Dynamik untersuchen. Zahlreiche andere Systemforschungen stehen auf dem Programm.

Außer einigen kleineren Sonderfahrzeugen (zur Aufnahme von Daten der Gleisgeometrie und Fahrdynamik) wurden vom Bundesministerium für Forschung und Technologie auch zwei größere Fahrzeugkonzepte gefördert, nämlich das Versuchsfahrzeug 1 (FFD = Fahrzeug-Fahrweg-Dynamik) und das Fahrzeug 2 (RS-VD = Rad-Schiene-Versuchs- und Demonstrationsfahrzeug). Ein „Intercity Experimental“ (ICE) wird ab 1985 erprobt.
Die Standorte der beiden bedeutenden Forschungsanlagen für die Magnetbahn-Großversuche und für die Rad-Schiene-Technik wurden nicht nur nach technischen Anforderungen, sondern auch nach den Gesichtspunkten der Besiedelungsdichte, der Einfügung in die Landschaft, des Geländebedarfs und der Auswirkungen auf die Umwelt gewählt.

Zwischen Harz und Heide – Braunschweig und Hannover

Braunschweig erhielt am 1. Oktober 1960 einen neuen Personenbahnhof. Dieses Datum zog einen vorläufigen Schlußstrich unter die Umgestaltung der gesamten Eisenbahnanlagen des Großstadtgebietes. Fast 22 Jahre lang – nur mit kurzen Unterbrechungen im und kurz nach dem Zweiten Weltkrieg – hatte man an dieser fast beispiellosen Umordnung des Gleisnetzes gearbeitet. Eines der Ziele war die Beseitigung des alten Kopfbahnhofes, ganz ähnlich wie in Heidelberg. Die Hauptstrecke Köln – Ruhrgebiet – Hannover – Lehrte – Stendal – Berlin verlief etwa 20 km nördlich von Braunschweig, und die Linie Köln – Kreiensen – Seesen – Magdeburg/Leipzig führte südlich an Braunschweig vorbei. Betriebsplaner und Fahrplanmacher scheuten das Kopfmachen in Braunschweig. Auch der Güterzugverkehr im Raum Braunschweig, dem Einzugsgebiet von Wolfsburg, Peine und Salzgitter, konnte nur unbefriedigend abgewickelt werden. Schließlich kam hier ebenfalls eine Neuordnung zustande, die auch den geänderten Verhältnissen durch die nahe Grenze zur Deutschen Demokratischen Republik gerecht wurde. Der Verschiebebahnhof, die Ortsgüterbahnhofsanlagen, das Kraftwagenbetriebswerk, ein Güterring, Brückenneubauten (beispielsweise die südliche Okerbrücke als Dreigelenkbogen aus Stahlbeton mit aufgeständerter Brückentafel), das Bahnbetriebswerk und neue Stellwerke sind weitere Großtaten modernen Eisenbahnbaues im braunschweigischen Gebiet.
Der neue Personenbahnhof ist von der Stadtmitte mit rund 1,5 km etwa 900 m weiter entfernt als der alte, klassizistische Bahnhofsbau (Erbauer Carl Theodor Ottmer, 1846), der als Kopfbahnhof bis an den Rand des Geschäftsviertels heranreichte. Eine in Hauptbahnhofsnähe aufgestellte Schnellzug-Dampflokomotive (01 1063) erinnert an die große Dampflokzeit Braunschweigs.
Braunschweigs Name ist nicht nur durch Niederlassungen vieler bedeutender Unternehmen bekannt geworden, sondern auch durch seine verschiedenen wissenschaftlichen Lehr- und Forschungsstätten. Zu ihnen gehören die Technische Universität, die Physikalisch-Technische Bundesanstalt, die Deutsche Forschungs- und Versuchsanstalt für Luft- und Raumfahrt und das Luftfahrt-Bundesamt. An den Forschungsarbeiten zur spurgeführten, aber berührungsfreien Fahrtechnik mit Hilfe elektromagnetischer oder elektrodynamischer Trag- und Führungssysteme ist auch die Technische Universität Braunschweig beteiligt.

Vor dem Zweiten Weltkrieg standen Untersuchungen über die Strömungstechnik und den Luftwiderstand der Eisenbahnfahrzeuge bei der Deutschen Reichsbahn-Gesellschaft im Vordergrund des Interesses. Damals waren es vor allem die Borsig-Lokomotiv-Werke, die

Oben: Hauptbahnhof
Hannover mit Vorplatz.
(Foto: BD Hannover)

Containerbahnhof Hannover-Linden
(Foto: BD Hannover)

Fortschritt im Gleisbau: Zungenvorrichtung einer Weiche 60-2500-1:26,5 mit beweglicher Herzstückspitze. (Foto: DB-Pressedienst)

ihre in der ersten Hälfte der dreißiger Jahre entworfene 2′C2′-Dampflokomotive im Windkanal der Berliner Technischen Hochschule zahlreichen Versuchen unterwarf. Allerdings gestattete der damalige Berliner Windkanal nur die Unterbringung von Modellen im Maßstab von 1:33,33. Deshalb ging man dann mit Billigung der Deutschen Reichsbahn in den Göttinger Windkanal, wo Modelle im Maßstab von 1:20 geprüft werden konnten. Der im Strömungs-Forschungsinstitut in der Universität Göttingen installierte Windkanal arbeitete nach der Spiegelbild-Methode: Man blies ein an den Rädern gegeneinander fest verbundenes Doppelmodell an. Wer nach Göttingen kommt, wer die Geschichte der Entwicklung der Stromlinien-Dampflokomotiven in Erinnerung hat, der wird an jene schrittmachenden Arbeiten der Göttinger Hochschulinstitute denken. Schließlich hatte man sich dort auch mit der Wirksamkeit der Windleitbleche intensiv befaßt. Einen ähnlich bemerkenswerten Ruf hatte der Windkanal in Friedrichshafen, wo man die Reichsbahn-Diesel-Schnelltriebwagen untersuchte. Doch lassen Sie uns in die nördlichen Regionen des Bundesgebietes zurückkehren.

Ein Kleinod an der Ilmebahn ist die alte Bier- und Hansestadt Einbeck zwischen Harz und Solling. Einbeck mit seiner mittelalterlichen Vergangenheit hatte sich im Schnittpunkt alter Handelsstraßen zu einer nicht unbedeutenden Handelsstadt entwickelt; bekannt sind heute vor allem das Einbecker Bier und ein großes Küchenmöbelwerk. Dort wurde übrigens durch A. Stukenbrok das erste deutsche Versandhaus gegründet. Die zu Promenaden hergerichteten alten Wallkronen bieten Gelegenheit zu herrlichen Rundgängen um den mittelalterlichen Stadtkern. Die malerische, hoch über dem Leinetal bei Salzderhelden gelegene Ruine der Heldenburg erinnert an die einst dort ansässigen Herzöge von Grubenhagen. Von der Hauptbahn Bebra – Göttingen – Kreiensen – Hannover ist Einbeck in einer halben Stunde im Auto vom Bahnhof Kreiensen aus zu erreichen. Etwas länger dauert die Fahrt von Göttingen oder Northeim nach Einbeck. Andererseits kommt man vorläufig noch verhältnismäßig schnell auch mit der Nebenbahn, sonst aber mit dem Omnibus vom Bahnhof Salzderhelden (heute Bf Einbeck) nach Einbeck.

Vom Abzweigungsbahnhof Kreiensen, betrieblich einst geteilt, fährt man in den Harz mit seinen bekannten Städten Goslar, Oker und Bad Harzburg (dort eine Seilschwebebahn). Nördlich davon liegt die Industriestadt Salzgitter. Der 1976/77 eingerichtete Erzverkehr der Stahlwerke Peine und Salzgitter zu den Nordseehäfen Nordenham und Hansaport in Hamburg ließ sich bei Brutto-Anhängelasten von nahezug 5400 t nur nach Einführung der automatischen Mittelkupplung realisieren. Damals sind sechs elektrische Lokomotiven der Reihe 151 mit dieser Kupplung ausgerüstet und in Doppeltraktion für die Erzzüge zwischen Salzgitter und Bremen eingesetzt worden. Und wer sich in Salzgitter das Werkmuseum der Linke-Hofmann-Busch GmbH ansehen durfte, wird unvergeßliche Eindrücke vom preußischen und Reichsbahn-Schienenfahrzeugbau mit nach Hause genommen haben. Leider ist dieses interessante Museum der Öffentlichkeit vorläufig nicht mehr zugänglich. Wir sind hier nicht weit entfernt vom Harz, der mit seinen Wäldern, Flüssen und Stauseen lockt. Auf etwa 1000 Quadratkilometern gibt's viel zu sehen. In Altenau, Clausthal-Zellerfeld (Heimatmuseum mit Bergwerk), in Goslar, Herzberg, Bad Sachsa, St. Andreasberg (früheres Silberbergwerk, ehemalige Zahnradbahn), in Osterode oder in Zorge (Standort einer Lokomotivfabrik des vorigen Jahrhunderts) spricht man noch von staubfreier und sauerstoffreicher Luft. Man hat kaum genug Zeit, um alle Steine und Steinchen des deutschen „Städte-Mosaiks" mit ihren Brücken, Bahnen und Bauten kennenzulernen: In Paderborn etwa die noch erhaltene Bahnbetriebswerk-Rundkuppelhalle oder die der Rheinbrücke bei Engers-Urmitz konstruktiv ähnlich gestaltete Eisenbahnbrücke über die Weser bei Nienburg (mit Rautenfachwerk). Noch eindrucksvoller ist die viel weiter

Blick in das Werksmuseum von Linke-Hofmann-Busch in Salzgitter: Wagen des früheren Kaiserlichen Hofzuges.
(Werkfoto: LHB)

Schneepflug bei der Arbeit auf einer Mittelgebirgsstrecke.
(Foto: Messerschmidt)

Schnellzuglokomotive der Baureihe 111.
(Foto: DB-Pressedienst)

nördlich gelegene, im Jahre 1951 fertiggestellte Straßen- und Eisenbahnbrücke über die Elbe bei Lauenburg. Man findet sie auf der Strecke Lüneburg – Lübeck. Mit einer Gesamtlänge von 517 m ist dieses Bauwerk die erste größere neuerbaute Brücke der DB nach dem Zweiten Weltkrieg. Zwei Öffnungen mit je 104,6 m Stützweite überspannen den Strom. Traurigen Ruhm hat die im Zweiten Weltkrieg stark beschädigte, über 100 Jahre alte Eisenbahnbrücke zwischen Kaltenhof (bei Dannenberg) und Dömitz (DDR) über die Elbe erlangt. Jene mächtige Brücke, Mahnmal der Teilung Deutschlands, ist verrottet und außer Betrieb. Sie soll abgebrochen werden.

Wir bewegen uns in einem Großraum, der Weserbergland, Leinetal, Osnabrücker Land und Lüneburger Heide umfaßt, in einem sehr vielfältigen Gebiet, dessen Wege und Bahnen meist der ehemaligen Residenz des Königreichs Hannover, nämlich der heutigen Landeshauptstadt Hannover zustreben. Hannover hat eine berühmte Messe (im Gefolge der Abspaltung Leipzigs), die alljährlich auch ein Treffpunkt der Eisenbahnfachwelt ist. Neben deutschen sind ausländische, so rumänische und französische, Lokomotiv- und Waggonfabriken wiederholt vertreten.

Am 29. Mai 1963 hatte die Elektrifizierung, von Süden nach Norden fortschreitend, den Knotenpunkt Hannover mit seinem Hauptbahnhof und wenig später auch den Verschiebebahnhof Seelze sowie die Umspanngruppen des aufgehobenen Rangierbahnhofes Lehrte erreicht. Nachdem der Raum Hannover auch an Bremen und Hamburg elektrisch angeschlossen war, mußten die Betriebseinrichtungen und die Bahnbetriebswerke umorientiert werden. Hannover ist – auch ohne Dampflokomotiven – ein Schwerpunkt des Eisenbahnbetriebes, zumal sich im Großraum der Bundesbahndirektion Hannover viele „Brennpunkte“ befinden. Im Ostkopf des Bf Wunstorf, wo die aus Richtung Hannover Hbf und Seelze Rbf ankommenden mehrgleisigen Strecken sich in die Richtungen Bremen und Hamm aufspalten, entstand ein beachtenswerter Trennungsbahnhof, dessen Spurplan während der Elektrifizierung bereinigt wurde. Inzwischen sind auch die anderen großen Strekken, darunter Hannover-Linden – Hameln – Altenbeken (sehenswert durch seinen berühmten Viadukt, eine Denkmal-Güterzugdampflok und die Streckenteilung nach Warburg mit Verbindungskurve) – Soest – Hamm und Hamm – Gütersloh – Bielefeld – Hannover – Braunschweig – Helmstedt sowie die Verbindungsbahn Hildesheim – Groß Gleidingen (– Braunschweig/Salzgitter-Hütte) elektrifiziert worden. Zwischen Gütersloh und Neubeckum wurden die bekannten Bundesbahn-Schnellfahrversuche, auch unter Erprobung neuer Oberbauformen (Bahnhof Rheda), durchgeführt, wobei die höchsten Geschwindigkeiten (über 250 km/h) bei der DB erreicht worden sind.

Einen ähnlichen Ruf noch aus der Vorkriegszeit hatte die inzwischen zweigleisig ausgebaute und nun ebenfalls elektrifizierte Strecke, damals als „Hasenbahn“ bezeichnet, von Celle nach Langenhagen (– Hannover), wo man Geschwindigkeiten in der Größenordnung von 230 km/h (Propellerwagen) schaffte. An den damaligen Versuchen und Fahrzeugbauten hatten sowohl die Aerodynamische Versuchsanstalt in Göttingen als auch das Ausbesserungswerk Hannover-Leinhausen einen beachtlichen Anteil. Und so kommen wir schon zwangsläufig zu einem kurzen Rückblick auf die Eisenbahngeschichte Hannovers, dessen Hauptbahnhof – ein Durchgangsbahnhof – sich mit zehn Bahnsteig- und zwei Durchgangsgleisen, mit etwa 95 Nebengleisen und 316 Weicheneinheiten präsentierte. Zu den allerersten Planungen gehörte ein sechseckiger Bau als Kopfbahnhof für zwei Strecken, die ihn in nördlicher Richtung verließen. Man orientierte sich bei den weiteren Entwürfen an

Links: Schwere Güterzuglokomotive der Baureihe 151.
(Foto: DB-Pressedienst)

Rechte Seite: Der 482 m lange Beke-Viadukt in Altenbeken liegt in einem Bogen von 940 m Radius und besteht aus 24 Bogenöffnungen von je 15,7 m lichter Weite.
(Foto: Messerschmidt)

Links: Lokomotive der Baureihe 111 für S-Bahn-Züge.
(Foto: AEG-Telefunken)

englischen Vorbildern. Im Juli 1845 wurde schließlich mit dem Bau des Empfangsgebäudes begonnen, 1847 war man fertig damit. In den Jahren 1876 bis 1879 folgte ein Neubau, wozu ein 170 m langes Empfangsgebäude, zwei Hallenkonstruktionen mit je 37 m Stützweite und 167,5 m Länge, drei Personen- und zwei Gepäcktunnel gehörten. Die mit dem Bahnhofsneubau verbundene Hochlegung der Bahnanlagen machte 23 Straßenunterführungen notwendig. Am 1. Oktober 1877 hatten der neue Güterbahnhof am Weidendamm und der Rohgüter-Bahnhof Möhringsberg ihre „Premiere". Die Eisenbahnwerkstätten siedelten 1878 mit allen Abteilungen nach Leinhausen über, Standort des späteren Bundesbahn-Ausbesserungswerkes.

Die Nacht vom 8. auf 9. Oktober 1943 gilt als die schrecklichste aller hannoverschen Bombennächte. 700 Flugzeuge sollen es gewesen sein, die weite Teile der Stadt und den Hauptbahnhof vernichteten. – Nun ist der Hauptbahnhof längst wieder aufgebaut und wesentlich erweitert worden. Neue Gleise kamen hinzu, und die große Bahnanlage ist Mittelpunkt eines Komplexes mit Zentralstellwerk, Geschäfts- und Bürohochhaus, Parkplätzen und Nahverkehrseinrichtungen.

Hannover ist Sitz einer Bundesbahndirektion, eines Bahnbetriebswerkes und eines einst sehr wichtigen Ausbesserungswerkes, das im Jahre 1978 sein hundertjähriges Bestehen feierte. Aber schon im Jahre 1953 wurde dort, früher das „Ausbesserungswerk Leinhausen", die letzte Dampflokomotive ausgebessert.

Hannover besitzt ein gut funktionierendes Straßenbahnnetz. Im März 1983 begannen die Bauarbeiten für die 1,8 km lange Erweiterung der vorhandenen Stadtbahnlinie an der Medizinischen Hochschule vorbei bis hinaus zum Stadtteil Roderbruch. Bis zum Jahre 1985 soll außerdem die Tunnelstrecke zwischen Kröp-

Stellwerk in Northeim an der Hauptstrecke Göttingen-Hannover. (Foto: Messerschmidt)

cke und Technischer Universität dem Betrieb übergeben werden. In Sehnde-Wehmingen, südlich Hannover, hat das Deutsche Straßenbahn-Museum sein Ausstellungsgelände.
Von der rauchgeschwängerten Atmosphäre der einst zahlreichen Hannoverschen Bahnbetriebswerke ist nur noch wenig übriggeblieben. Nicht mehr existiert auch der weltberühmte hannoversche Lokomotivbau. Namen wie Georg Egestorff, Dr. Strousberg und Hanomag, das Wirken von Erich Metzeltin und die zehneinhalbtausend in Hannover gebauten Lokomotiven gehören einer fast vergessenen Vergangenheit an.
Aber Hafen- und Industriebahnen (Volkswagenwerk), Straßen- und Nahverkehrsbahnen prägen zusammen mit der Bundesbahn ein immer noch interessantes und dynamisches Eisenbahngeschehen. Dies um so mehr, als das hannoversche Umland Bahnknotenpunkte und Industrieschwerpunkte wie Wolfsburg mit dem Volkswagenwerk und seinem riesigen Autoverladebahnhof, Braunschweig, Hildesheim und Celle aufweist. Aber Hannovers Umland ist – im Gegensatz etwa zu dem von Leipzig mit dem Braunkohlentagebau und den mächtigen Chemiewerken – weniger massiv „technisiert". Wer ein wenig in die Ferne schweift, findet beispielsweise Walsrode (Vogelpark), das Grab von Hermann Löns (zwischen Fallingbostel und Walsrode), die Hünengräber (unweit Fallingbostel) und die 600 m lange Hochbahn im Freizeitpark Uetze (bei Gifhorn).
Und wer darüber hinaus ins „Zonenrandgebiet", beispielsweise in die Südharz-Region, blickt, findet neben den Naturschönheiten, wie Tropfsteinhöhlen, auch Kuriosa der Eisenbahngeschichte. Da gab es einmal eine Eisenbahnverbindung Northeim (Han) – Nordhausen, die heute nur noch kümmerlicher Abglanz früheren Eisenbahnbetriebs ist. Zweieinhalb

Kilometer von Walkenried, in Richtung Ellrich, wurde im Jahre 1868 ein etwa 270 m langer Tunnel angelegt, bei dessen Bau man auf eine Riesenhöhle stieß. Der Grenzübergang Walkenried/Ellrich zwischen der DDR und der Bundesrepublik gehört zu den traurigen Kapiteln deutsch-deutscher Verhandlungen und Verkehrsbeziehungen. Das Gebiet um Herzberg, Bad Lauterberg und Walkenried mit seinem interessanten Tunnel ist eisenbahnbetrieblich sozusagen „ausgetrocknet". Wer sich jedoch an die Vergangenheit erinnern will, sollte hinfahren.

Entlang der großen Schlagadern – Die Nord-Süd-Korridore

Vor dem Zweiten Weltkrieg gehörte die Nord-Süd-Strecke aus Richtung Bremerhaven – Bremen einerseits und Hamburg – Lübeck andererseits über Hannover – Bebra – Flieden in Richtung Frankfurt (Main) und Würzburg nicht zu den dicht belegten Magistralen der Deutschen Reichsbahn. Die stärksten Verkehrsströme verliefen in West-Ost-Richtung. Hamburg hatte an der Elbe sein natürliches Hinterland und orientierte sich stärker in Richtung Magdeburg – Berlin – Tschechoslowakei. Hannover und Bremen brachten keine so große Transportnachfrage auf, um die Strecke über Göttingen – Bebra so stark zu belasten wie die Nord-Süd-Relationen über Berlin. Darüber hinaus tendierten Bremen und Bremerhaven, Heimat des Norddeutschen Lloyd, auch schon damals mehr nach Südosten. Die berühmten Lloyd-Züge befuhren die Fernstrecken nach Berlin, Prag und Wien.

Erst die unglückliche Aufspaltung Deutschlands änderte die Verkehrsströme. Sogar das östliche Niedersachsen, das früher eisenbahnbetrieblich sehr eng an Mitteldeutschland mit Magdeburg, Halle und Leipzig angeschlossen war und die in diesem Gebiet nach Süden führenden Linien benutzte, mußte auf die schwierigere Strecke über Eichenberg – Bebra – Flieden ausweichen. Die Topographie jener Strecke konnte man im Hinblick auf die ursprünglich viel geringere Belastung vertreten. Nun machten sich aber die großen Streckenwiderstände in Form der Steigungen und Krümmungen, vor allem beim Übergang vom Werra- ins Fulda-Tal zwischen Sontra und Bebra, besonders unangenehm bemerkbar. Während des Dampfbetriebes war der Schubdienst zwischen Sontra und Cornberg sowie zwischen Elm und Sterbfritz und – in der Gegenrichtung – zwischen Jossa und Sterbfritz bei Güterzügen die Regel. Erst der elektrische Betrieb schaffte Abhilfe. Auf den Engpaß-Abschnitten wurden verbesserte Signalteilungen mit Zwischenschaltung von Blockstellen und Gleiswechselbetrieb eingeführt. Es gelang schließlich, die Streckenleistungsfähigkeit wesentlich zu erhöhen. So konnte beispielsweise die mittlere Zugfolgezeit auf dem Abschnitt Göttingen – Eichenberg mit der Steilrampe Friedland – Eichenberg von 8,5 Minuten auf 4,6 Minuten reduziert werden.

Andere Strecken in Nord-Süd-Richtung, darunter Ostwestfalen – Altenbeken – Warburg – Kassel – Bebra und Kassel – Gießen – Frankfurt (Main) sowie die Ruhr-Sieg-Strecke, sind durch ihre Elektrifizierung, neben den Rheinstrecken, ebenfalls zu leistungsfähigen Hauptabfuhrlinien ausgebaut worden. Der Eisenbahnreisende findet auf allen diesen Linien interessante Standorte. Dazu gehören zunächst einmal die Baustellen des Abschnittes Hannover – Kassel der Neubaustrecke (NBS) Hannover – Würzburg mit interessanten, mehrere Kilometer langen Tunnelbauten. Der längste Tunnel (10492 m) bei Hannoversch Münden wurde in bergmännischem Verfahren bereits am 27. Oktober 1983 „angeschlagen". Interessant sind auch die Knotenpunkte im

Raum Nordstemmen, Elze, Göttingen und Eichenberg. Die traditionelle Eisenbahnerstadt Bebra, einst wichtiger Brennpunkt im Ost-West- und Nord-Süd-Verkehr, hat immer noch eisenbahntechnische und -betriebliche Bedeutung. Die beiden Rundschuppen des Bahnbetriebswerkes, der umfangreiche Verschiebebetrieb, der „Grenzbahnhof" für den Verkehr in die Deutsche Demokratische Republik, die mächtige geschwungene Überführung der Strecke nach Hannover über die nach Kassel und das Monument der Drillingsschnellzuglok 012102 lassen Bebra nach wie vor als hervorragenden Eisenbahnfreunde-Treffpunkt erscheinen.

Auf den anderen genannten Verbindungen sind es vor allem Guntershausen (südlich von Kassel) mit seiner bemerkenswerten zweigleisigen Brücke über die Fulda sowie Marburg und Gießen (Abzweigung der Ruhr-Sieg-Strecke). Wer sich etwas mehr Zeit nimmt, sollte sich nicht die Kleinbahn Kassel – Naumburg entgehen lassen. Die Stillegung dieser 33,4 km langen Bahn ist im Jahre 1983 glücklicherweise auf unbestimmte Zeit verschoben worden.

Auf der landschaftlich sehr schön angelegten Bahn von Hagen (Westfalen) in Richtung Süden können Siegen (mit Einführung der Bahn von Köln – Troisdorf – Betzdorf), Dillenburg (mit einem einst berühmten Bahnbetriebswerk) und Wetzlar (Dom und Lahnbrücke) empfohlen werden. Das Siegerland gilt als eine touristische Rarität. Es gilt als das waldreichste Gebiet des ganzen Sauerlandes; ein herrlicher Mischwald mit einer zum Rothaargebirge und zum Westerwald aufsteigenden Flußlandschaft und eine alte, auf Erz, Kohle und Holz gegründete Industrie kennzeichnen jenes schöne Gebiet, das jetzt allerdings von der Sauerland-Autobahn durchschnitten ist.

Aber so ist es nun einmal mit unserem technischen Fortschritt. Alles befindet sich im Fluß. Und so wurden im Jahre 1983, anläßlich des Jubiläums „75 Jahre Akkumulatoren-Triebwagen im Betriebs- und Ausbesserungswerk Limburg (Lahn)", verschiedene Abschiedsfahrten rund um die Domstadt und über die von der Bundesbahn stillgelegte Strecke Wiesbaden – Bad Schwalbach (Aartalbahn) veranstaltet. Die 13 km lange Ilmebahn Einbeck – Dassel beging Ende 1983 das Jubiläum ihres hundertjährigen Bestehens, nachdem der Personenverkehr schon 1975 aus dem Fahrplan genommen wurde. Der Bahnhof Salzderhelden an der Nord-Süd-Rollbahn, Abzweig nach Einbeck Mitte, heißt längst ebenfalls Einbeck. Die 820 km lange Linie Hamburg – Hannover – Northeim (Han) – Göttingen – Bebra – Fulda – Würzburg – München ist übrigens nach Fertigstellung des Zentralstellwerks Lüneburg durchgehend mit modernen Signal- und Sicherungsanlagen ausgestattet und „durchlässiger" geworden.

Und hier noch eine erfreuliche Meldung anderer Art: Am Pumpspeicherwerk Waldeck unweit des Edersees ist eine Schienenseilbahn entstanden, die entlang der Druckrohrleitung einen Höhenunterschied von 280 m bei 917 m Streckenlänge überwindet. Nach der Wiedereröffnung der Merkur-Bahn in Baden-Baden ist die Bahn am Edersee eine weitere moderne deutsche Standseilbahn für den öffentlichen Verkehr.

Im Oberbergischen und im Sauerländischen eröffnet sich dem Reisenden ein umfangreiches Talsperrengebiet. Da sind die Wiehl-Talsperre und die Genkel-Talsperre, da bietet sich der Biggesee mit einer Bootsfahrt zur Verschnaufpause an. Für uns besonders interessant erscheinen die im Zusammenhang mit der Aufstauung notwendig gewordenen Eisenbahnstreckenverlegungen. Bei der Bigge-Talsperre war die Strecke Kraghammer – Olpe betroffen. Diese alte Eisenbahnstrecke wurde in den Jahren um 1965 und 1966 großenteils überflutet. Die 9,3 km lange Neubaustrecke ist schon deshalb bemerkenswert, weil sie zwei

Doppelstock-Brücken erhielt. Beide Brücken, die eine 314 m, die andere 220 m lang, tragen Straße (Oberstock) und Schiene (untere Ebene). Diese Brücken (Listertal und Dummicketal) sind mit gleichem Querschnitt in einer einheitlichen Konstruktion entwickelt und erbaut worden.

Darüber hinaus mußte man sich beim Streckenneubau mit der neuen Tunnel-Vortriebstechnik befassen. Abgesehen vom Neubau eines eingleisigen Tunnels auf der rechten Rheinstrecke und dem damals neuen Schwaikheimer Tunnel im Zuge der Strecke (Stuttgart –) Waiblingen – Backnang, die beide lediglich durch die Elektrifizierungsmaßnahmen notwendig waren, hatte man bis zum Bau der Umgehungsbahn am Biggesee seit dem Zweiten Weltkrieg im Netz der Deutschen Bundesbahn keine Tunnelbau-Erfahrungen mehr sammeln können. Die drei neuen Tunnel mit insgesamt 2377 m Länge am Biggesee sind nun nach neueren bautechnischen Gesichtspunkten errichtet worden. Dabei war der Bausenberg-Tunnel (1124 m), dessen Vortrieb im Jahre 1957 begonnen wurde, der erste wirkliche Tunnel-Neubau auf einer neuen DB-Strecke nach dem Zweiten Weltkrieg. Die beiden anderen Tunnel zwischen Kraghammer und Olpe sind der Erbscheid-Tunnel (1034 m) und der Hanemicke-Tunnel. Bei der weiter entfernt gelegenen Innerste-Talsperre (im Raum Hildesheim – Braunschweig – Harz) kam man mit weniger kostspieligen Kunstbauten aus. Die dort erforderlich gewordene Verlegung eines 6,2 km langen Streckenabschnittes der Bahnlinie Langelsheim – Altenau

Oben: Reisezug auf der Strecke Hannover – Göttingen, einem der Nord-Süd-Korridore. (Foto: BD Hannover)

Rechts: Denkmallokomotive in der Nähe des Bahnhofs Bebra. (Foto: Messerschmidt)

(Oberharz) konnte in den Jahren 1963 bis 1964 mit Dammaufschüttungen und wenigen Überführungen geplant und ausgeführt werden. Der Sauerlandbesucher findet im Vergleich dazu interessantere Tunnel- und Brückenbauten und dazu noch – in Wenden – einen der ältesten Eisenhüttenöfen Deutschlands, aus dem 18. Jahrhundert.
Die beiden Mittelgebirge Rhön und Vogelsberg sind durch einen schmalen Höhenzug miteinander verbunden, der die Nord-Süd-Verkehrsverbindung über Hannover/Kassel – Fulda nach Frankfurt (Main) „trennt". Die Eisenbahnbauer hatten an jener Trennstelle zwischen Nord- und Süddeutschland eine harte Nuß zu knacken. Die alte Bebra-Hanauer Eisenbahn führte über Fulda nach Flieden, und dann ging's zur Paßhöhe nach Gomfritz hinauf und weiter bis nach Elm. Und hier mußten die Frankfurter Züge „Kopf machen", denn von Elm aus ging's über die Spitzkehre bergab bis nach Schlüchtern und weiter nach Frankfurt. Erst der Bau des zweigleisigen, 3575 m langen Distelrasen-Tunnels machte dieser Verkehrsführung ein Ende. Durch den Distelrasen-Tunnel können nun die Züge den Landrücken zwischen Rhön und Vogelsberg unterfahren und einen beträchtlichen Zeitgewinn verbuchen. Der von 1909 bis 1913 erbaute Distelrasen-Tunnel war noch 1981 der zweitlängste der Deutschen Bundesbahn. Aus den Rauchabzügen, im freien Feld stehenden Kaminen über der Tunnelröhre, drang in der Zeit des Dampfbetriebes manches Wölkchen. Darunter dröhnten die schwer arbeitenden Lokomotiven der Baureihen 01, 01^{10} oder 44 mit ihren Schlepplasten. Heute rauschen elektrisch geführte Züge durch die Röhre! Die Elmer Spitzkehre ist noch da, und die Höhen des Spessarts sind in Reichweite. Wer mit dem Intercity von Bebra und Fulda über Flieden, Jossa und Gemünden (Main) nach Würzburg fährt, kann den Spitzkehren-Südflügel (inzwischen fast zur Bedeutungslosigkeit herabgewürdigt) vorbeihuschen sehen, wenngleich der gewaltige „Elmer Bogen" beim Umfahren dem Betrachter aus dem Abteilfenster das größere, beeindruckendere Naturerlebnis vermittelt. Der elektrische Zugbetrieb hat auch diese landschaftlich ungemein reizvolle Strekke etwas „nüchterner" gemacht. Kostspielige Tunnel-Um- oder Neubauten wie beispielsweise auf der Rheintal-Strecke beim Loreley-Tunnel waren nicht notwendig. Die rechtsrheinische Strecke durchfuhr in einer zweigleisigen Tunnelröhre den Loreleyfelsen. Aber für die elektrische Fahrleitung reichte das Tunnelprofil nicht aus. So baute man innerhalb von 15 Monaten dort eine zweite, 417 m lange Tunnelröhre, die das Gleis Wiesbaden – Oberlahnstein aufnahm; sie wurde am 7. September 1961 in Betrieb genommen. Im alten Tunnel wurde dieses Richtungsgleis entfernt und das Gleis der Gegenrichtung in die Mitte verlegt, so daß in der Tunnelachse die Fahrleitung Platz hat.
Andere Baumaßnahmen im Zuge einer Nord-Süd-Elektrifizierung (Kassel – Frankfurt/Main – Stuttgart) machten den Maulbronner Tunnel auf dem Streckenabschnitt Bruchsal – Mühlakker (Gleisdreieck) überflüssig. Man entschloß sich, das Gelände neben dem Tunnel aufzuschlitzen und den Tunnel selbst in weitem Bogen zu umfahren. Die Tunnelröhre wurde für den Eisenbahnverkehr geschlossen. Sie wurde zugemauert, und heute versucht man sich darin mit Pilzzucht.
Elektrifizierungen haben das Bild vieler Strekken verändert. Brücken wurden gehoben, beseitigt oder neu errichtet. Schienengleiche Bahnübergänge verschwanden. In Kassel stimmen solche Verluste manchen alten „Henschelaner" ein bißchen traurig. Die Schienenwege zwischen der Lokomotivfabrik am Holländischen Platz durch das Straßengeschehen bis zum Bahnhof Kassel-Unterstadt und zwischen den Werken Mittelfeld und Holländischer Platz hatten einen lebhaften Eisenbahn-

Schnellzug in niedersächsischer Landschaft.
(Foto: BD Hannover)

Werksverkehr mit Güterzügen, Arbeiterzügen und Neubaulokomotiven aller Antriebsarten. Heute gehört eine solche Szenerie der Vergangenheit an.
Natürlich ist auch Westeuropas größte Lokomotivfabrik, Thyssen-Henschel, keine Dampflokomotiv-Schmiede für die Bahnen der Welt mehr. Das Dröhnen der Niethämmer in der Kesselschmiede von Rothenditmold ist verstummt. Aber die Lokomotivfabrik ist noch da. Diesel- und Elektro-Lokomotiven stehen im Fertigungsprogramm, und auch die zukunftsorientierte Entwicklungsarbeit ist nicht abgeschrieben. Die elektromagnetische Schwebetechnik wird weiter untersucht, und sie soll später mit bis zu 400 km/h Geschwindigkeit erprobt werden. Darüber hinaus wurde die Drehstromtechnik im Schienenfahrzeugbau zu Betriebs- und Serienreife geführt.
Kassels Hauptbahnhof mit seinem nach dem Zweiten Weltkrieg wiederaufgebauten Empfangsgebäude wird bald einen „Konkurrenten“ bekommen. Für den späteren Intercity-Bahnhof Kassel-Wilhelmshöhe liegen nämlich bereits konkrete Pläne und Modelle vor. Die Einführung der Neubaustrecke Hannover – Würzburg und die Neugestaltung der Rangierbahnhöfe machen den Bau neuer Streckenteile und zahlreicher Brücken erforderlich. Kassel wird als zukünftige Großbaustelle den Eisenbahnfreunden also allerhand zu bieten haben. Jedoch hat die einst magische Anziehungskraft der Eisenbahnanlagen mit dem großen Betriebswerk im „Bahn-Dreieck“, mit dem Ausbesserungswerk, dem Hauptbahnhof und verschiedenen Privat- und Werksbahnen seit dem Ende des Dampflokomotivbetriebes nachgelassen. Die Fulda-Brücke bei Kragenhof, die Kasseler Straßenbahn und die eisenbahnbetriebliche Umgebung bieten weiterhin ein vielfältiges Bild. Und zur Abrundung eines Kassel-Besuchs noch einige Tips: Die Wilhelms-

höhe oberhalb Kassels mit Oktogon, Kaskaden, Herkules und Schloß gehört zu Europas wichtigen Barockanlagen. Die Karlsaue, das moderne Staatstheater, das Museum „Fridericianum“, die Fuldaboote machen Nordhessens bedeutendste Stadt zur Sehenswürdigkeit. Auch die weitere Umgebung der nordhessischen Großstadt ist nicht ohne Reize. Der Hohe Meißner, ein freistehender, schroff abfallender Tafelberg, ist Standort von Sendeanlagen. In Münden, Abzweigung der Bahnlinie über Dransfeld nach Göttingen, vereinigen sich Fulda und Werra zur Weser, und in Naumburg steht die alte Dampflokomotive Nr. 206 der Kleinbahn Kassel – Naumburg.
Die von Kassel „ausstrahlenden“ Eisenbahnstrecken führen fast ausnahmslos durch malerische Landschaften des nordhessischen Berg- und Waldlandes. Und so lohnt sich auch eine Reise ins dortige Gebiet. Zwar ist ein wenig Glanz vom Kasseler Eisenbahngeschehen abgebröckelt, zwar ist der einst sehr bedeutende Kasseler Waggonbau mit Credé und Wegmann (Henschel-Wegmann-Zug) teils schon dem Gedächtnis entschwunden, aber im Resümee stehen immer noch viele Pluspunkte.

Der Nordwesten – Ballungsgebiete an Rhein und Ruhr

Das Gebäude der Bundesbahndirektion Wuppertal, die es heute als Verwaltungsinstanz nicht mehr gibt, wurde im Jahre 1875 im Baustil der Schinkelschen Schule errichtet. Noch zum hundertjährigen Bestehen dieser Direktion im Jahre 1950 wies man stolz darauf hin, daß dieses prächtige Gebäude am Bahnhof Wuppertal-Elberfeld seit 75 Jahren seiner Bestimmung „als ein Mittelpunkt des öffentlichen Lebens im Bergisch-Märkischen Land“ diene. Die Gründung dieser ersten staatlichen Eisenbahndirektion in Westdeutschland geht auf einen Erlaß des Königs von Preußen an den Minister für Handel, Gewerbe und öffentliche Arbeiten vom 14. September 1850 zurück. Damals hieß sie „Königliche Direktion der Bergisch-Märkischen Eisenbahn“ und hatte ihren Sitz in Elberfeld. Und nicht nur Wuppertal, sondern das ganze rheinisch-westfälische Gebiet war in seiner Verkehrs- und Wirtschaftsentwicklung eng mit der Geschichte der Bergisch-Märkischen Eisenbahn verbunden. Die Strecke Düsseldorf – Elberfeld der damaligen Düsseldorf-Elberfelder Eisenbahn weist jene berühmte Steilstrecke (Neigung 1:30 auf etwa 2,4 km Länge) zwischen Erkrath und Hochdahl auf, die von 1841 bis 1927 mit Seilzug betrieben wurde. Zuerst verwendete man ein Hanf-, dann ein 30 mm dickes Stahlseil. In der Anfangszeit dienten zwei stationäre Dampfmaschinen dazu, die Wagenzüge auf einem Gleis bergauf und auf dem Parallelgleis bergab zu befördern. Doch diese umständliche und zeitraubende Betriebsweise wurde bald durch Lokomotivbetrieb ersetzt. An der höchsten Stelle in Hochdahl befand sich eine Umlenkrolle mit 1750 mm Durchmesser. An einem Ende des Seiles hing der aufwärts fahrende Lokomotivzug, am anderen zog eine bergab fahrende Lokomotive. Damit konnten die beiden stationären Dampfmaschinen anderen Zwecken zugeführt werden. Nach 1927 gelang es, den Zugbetrieb mit Hilfe von Schiebelokomotiven zu bewältigen, wobei sich im Falle von durchgehenden Zügen die Schiebelokomotive mit Hilfe der Kellerschen Kupplung in Hochdahl vom Zug lösen konnte. Die bis zum Jahre 1927 verwendete Umlenkrolle wurde auf dem Bahnhof Erkrath gelegentlich der 100-Jahr-Feier der Strecke Düsseldorf – Erkrath am 20. Dezember 1938 aufgestellt.
Die Ruhr-Sieg-Strecke, wichtigste Nord-Süd-Verbindung des ehemaligen Wuppertaler Direktionsbezirks, zählt zu den ältesten Eisenbahnlinien, die von der Bergisch-Märkischen Eisenbahngesellschaft gebaut wurden. Der

Die 465 m lange und 107 m hohe Eisenbahnbrücke über die Wupper bei Müngsten (Strecke Solingen – Remscheid) zählt zu den eindrucksvollsten stählernen Brückenbauwerken in Deutschland.
(Foto: BZA Minden)

Streckenabschnitt Hagen – Letmathe wurde 1859, die Verlängerung bis Altena 1860 und die Gesamtstrecke bis Siegen 1861 zugleich mit der von der Köln-Mindener Eisenbahngesellschaft erbauten Linie Deutz – Betzdorf – Siegen in Betrieb genommen. Der frühzeitige Anschluß an das Eisenbahnnetz hatte im Siegerland eine Voraussetzung dafür geschaffen, daß dieses verkehrsungünstig gelegene Gebiet seine alte, auf den Erzbergbau aufbauende gewerbliche Tradition fortsetzen konnte. Das waldreiche Sauerland, das „Land der tausend Berge“, ist nicht nur der Wasserspeicher des rheinisch-westfälischen Industriereviers, sondern, mit Naturschönheiten reich ausgestattet, ein immer noch attraktives Ausflugsgebiet. Die Räume Arnsberg, Brilon und Meschede umfassen einen großen Teil des Sauerlandes mit dem Quellgebiet der Ruhr im Hochsauerland.

Neben Bundesbahnstrecken richteten die Ruhr-Lippe-Eisenbahn und die Westfälische Landeseisenbahn (Bahnbetriebswerk in Lippstadt) ihren Betrieb in diesen Gebieten ein. Inzwischen hat die Westfälische Verkehrsgesellschaft mbH die Geschäftsführung für den Regionalverkehr Ruhr-Lippe GmbH, für den Regionalverkehr Münsterland GmbH, für die Verkehrsgesellschaft Kreis Unna mbH und für die Westfälische Landeseisenbahn GmbH (WLE) übernommen. Während der 100-Jahr-Feier der WLE im Jahre 1983 wurde eine

Diesellokomotive VL 0631 der Westfälischen Landes-Eisenbahn in Lippstadt. (Foto: Messerschmidt)

Streckenlänge des WLE-Netzes von 151 km gemeldet, wobei man stolz darauf hinwies, daß die WLE nicht nur eine Zentralfunktion für andere nichtbundeseigene Bahnen hat, sondern bei hohem technischem Niveau (Zugleitbetrieb seit 1956) auch die größte nichtbundeseigene Eisenbahn in Nordrhein-Westfalen darstellt.

Der frühere Direktionsbezirk Wuppertal (später Sitz der Bundesbahn-Signalschule) stand mit etwa einer Brücke je 1 km Streckenlänge hinter dem Bezirk Essen an zweiter Stelle in der Statistik der Bundesbahn. Zu den bemerkenswerten Brückenbauten im Wuppertaler Bereich gehören der Viadukt über das Ruhrtal (30 m über dem Wasserspiegel) bei Herdecke. Die 313 m lange Überbrückung hat 12 Öffnungen. Am berühmtesten ist die Müngstener Talbrücke. Sie ist mit ihrer Höhe von 107 m zwischen Wupper und Fahrbahn ein würdiger Vorläufer des Eiffelturmes. Während des Baues wurden mehr als hunderttausend Niete noch von Hand geschlagen. 5000 t Stahl wurden montiert und 11 000 m^3 Mauerwerk für die Fundamente und Widerlager verarbeitet. Die insgesamt 494 m lange Stahlbrücke hat eine Bogenspannweite von 170 m. Das Bauwerk, lange Zeit ein Besuchsziel für zahllose Bewunderer, war nach vierjähriger Bauzeit am 15. Juli 1897 in Betrieb genommen worden. Und auch das soll man nicht verschweigen, viele machten ihrem Leben durch einen Sprung von der Brücke ein Ende.

Einen herrlichen Blick genießt man bei einer Fahrt über die Müngstener Brücke zwischen Solingen und Remscheid. Gottlob verhinderte das beherzte Eingreifen eines Polizeioffiziers 1945 die Zerstörung dieser höchsten deutschen Eisenbahnbrücke. Die schöne massive Steinbogenbrücke bei Leichlingen (Opladen) fiel dem Krieg freilich zum Opfer. An ihre Stelle

baute man dann eine stählerne Brücke über die Wupper, die einem Vergleich mit ihrer Vorgängerin in puncto Schönheit nicht standhält.
Die Landschaft zwischen Rhein und Weser, Ruhr, Sieg und Lahn ist mit ihren Burgen, Bergen und Wäldern, Stauseen und Tropfsteinhöhlen sehr reizvoll. Die Eisenbahnen führen an herrlichen Gebirgszügen entlang, darunter das Ebbegebirge (Nordhelle 663 m), das Rothaargebirge (Härdler 756 m) und der Kahle Asten (841 m). Dort findet man auch die Ruhrquelle am Ruhrkopf (652 m über dem Meeresspiegel). Nach 630 m Gefälle, in einem 233 km langen Lauf durch die märkische und westfälische Industrielandschaft, mündet die Ruhr bei Duisburg-Ruhrort in den Rhein. Vom östlichen Bereich des Ruhrtales, von Bestwig aus, windet sich eine herrliche Eisenbahnstrecke nach Warburg und Kassel durch die Ausläufer des Briloner Waldes, den sie zwischen Elleringhausen und Brilon in einem 1600 m langen Tunnel, tief unter den westfälischen Bergen, unterfährt.
„Oberirdisch" bewegt sich dagegen die weltberühmte Wuppertaler Schwebebahn, deren erster Streckenabschnitt im März 1901 in Betrieb genommen wurde. Die zu einem wesentlichen Teil in einer stählernen Tragkonstruktion über der Wupper angeordnete Strecke ist zwischen Vohwinkel und Oberbarmen 13,3 km lang. Davon sind etwa 9,5 km in ungefähr 9,5 m Höhe über dem Wasserlauf des Flusses geführt. Die 600-Volt-Gleichstrombahn besitzt 18 Bahnhöfe. Ihre mittlere Reisegeschwindigkeit beträgt rund 25 km/h. Die Idee einer Einschienen-Hängebahn mit in den Krümmungen durch die Fliehkraft frei ausschwingenden Wagen stammt von dem Kölner Ingenieur Karl Eugen Langen, der übrigens auch den Plan hegte, eine solche Bahn im engen Tal der Wupper zwischen den damaligen Städten Elberfeld und Barmen zu bauen. Doch die Verwirklichung seiner Gedanken erlebte Langen nicht mehr. In den Jahren 1972 bis 1974 wurden die über 70 Jahre alten Triebwagen durch neue Gelenkzüge ersetzt. Im September 1982 wurde der „Gläserne Bahnhof Ohligsmühle" eingeweiht. Seine futuristische Gestalt verdankt dieser elegante Panorama-Bahnhof der geschwungenen Rundrohr-Stahlkonstruktion und der Sicherheitsverglasung aus Polycarbonat-Platten. Wuppertals Wahrzeichen, die Schwebebahn, wurde mit diesem eindrucksvollen Gebäude architektonisch aufgewertet. Eine ganz andere originelle Idee hatte die Wuppertaler Brauerei Wicküler. Sie machte aus dem alten Wasserturm des Bahnbetriebswerkes Wuppertal-Steinbeck ein Restaurant namens „Alter Wasserturm". Wo früher die Dampflokomotiven mit Wasser gespeist wurden, werden nunmehr fröhliche Gäste mit Speis' und Trank versorgt.
Eng verflochten mit dem bergisch-märkischen Eisenbahnwesen ist auch die „Krupp-Stadt" Essen mit Sitz einer Bundesbahndirektion. Der Steinkohlebergbau, die Stahlproduktion, das Haus der Technik, aber auch das Folkwang-Museum und die Folkwang-Werkkunstschule prägten den Ruf Essens, der Industrie-Großstadt am Baldeney-Ruhrstausee, ganz wesentlich. Über den Krupp'schen Lokomotiv- und Eisenbahn-Radsatz-Bau zu sprechen, hieße Eulen nach Athen tragen. Mehr darüber steht im „Taschenbuch Deutsche Lokomotivfabriken" (Franckh, Stuttgart 1977). An eine alte Tradition, nämlich an den „Ruhr-Schnellverkehr" des Jahres 1932 anknüpfend, arbeitet man seit einigen Jahrzehnten am Auf- und Ausbau des S-Bahn-Systems Rhein-Ruhr-Wupper. Ein wichtiger Systemknotenpunkt ist hierbei Essen mit S-Bahnlinien unter anderem nach Düsseldorf (über Kettwig), nach Duisburg, Oberhausen und Dortmund (über Bochum). Das dortige S-Bahnnetz hat allerdings keinen Mittelpunkt. Es ist polyzentrisch strukturiert mit mehreren städtischen Knotenbahnhöfen. Der westlich des Dortmunder Haupt-

Links: Wuppertaler Schwebebahn, Station Ohligsmühle. (Foto: Wuppertaler Stadtwerke)

Rechte Seite: Wendeanlage der Schwebebahn mit Trägerring. (Foto: Wuppertaler Stadtwerke)

Vier verschiedene Verkehrsträger an der Sonnborner Brücke in Wuppertal: Intercity-Zug, Schwebebahn, Straßenbahn und Omnibus. (Foto: Wuppertaler Stadtwerke)

bahnhofes in Dortmund-Dorstfeld angelegte Verknüpfungsbahnhof ist in mehreren Ebenen angeordnet. Der im Jahre 1978 begonnene Bau der rund 82 km langen Ost-West-S-Bahn im südlichen Netz mit den Endpunkten Hagen und Mönchengladbach wird in nächster Zeit einer der bedeutendsten Investitionsschwerpunkte des Nahverkehrsprogramms der DB sein. Zwischen Düsseldorf und Neuss entsteht die am weitesten gespannte viergleisige Eisenbahnbrücke Deutschlands. Ein Gleispaar dieser in Doppelbogen-Konstruktion zu errichtenden Rheinbrücke dient ausschließlich der S-Bahn. Zwei S-Bahnlinien verknüpfen sich im neuen Düsseldorfer Hauptbahnhof mit der Flughafen-S-Bahn Solingen-Ohligs – Düsseldorf Flughafen. Trotz knapper Mittel ist daran gedacht, das Kölner S-Bahn-Netz mit dem Rhein-Ruhr-System baldigst in Langenfeld (Rhein) zu verbinden.

Das Rhein-Ruhr-Wupper-Gebiet mit seiner weltbekannten Industrie (Thyssen, Krupp, Mannesmann, Gutehoffnungshütte, Klöckner-Humboldt-Deutz, DUEWAG und viele andere) besitzt in Solingen eines der größten Oberleitungs-Bus-Netze Europas und weist zahlreiche interessante technische Museen auf. Da ist das Deutsche Klingenmuseum im Solinger Stadtteil Gräfrath, eine „Schau“ aller möglichen Messer, Gabeln, Löffel und Bestecke verschiedener Stil-Epochen und Regionen, eine Sammlung von hohem kulturgeschichtlichem und metallhandwerklichem Wert. Da ist aber auch das Eisenbahn-Museum der Deutschen Gesellschaft für Eisenbahngeschichte (DGEG) in Bochum-Dahlhausen, eine der umfangreichsten europäischen Eisenbahnfahrzeug-Sammlungen, die erst im Jahre 1983 durch den Erwerb einer Dampflokomotive der preußischen Gattung

Essen, Stadtzentrum mit Hauptbahnhof. (Foto: BD Essen)

Rechts: Empfangsgebäude des Hauptbahnhofs Aachen. (Foto: BD Köln)

T 20 (spätere Betriebsnummer 95 0028–1 der DR) bereichert wurde. In Rheinhausen bei Duisburg steht ein bautechnisches „Denkmal“ besonderer Bedeutung: der große in den Jahren 1915/16 für die Lokomotivwasserversorgung im Bereich des Verschiebebahnhofs Hohenbudberg erstellte Doppelwasserturm (zweimal 500 m^3 Wasserinhalt), der von einem Berliner Architekten in ein Wohn- und Gastronomie-Gebäude umfunktioniert und damit der Nachwelt erhalten wurde.

Vielleicht ist noch Gelegenheit, einen Abstecher in den Raum Jülich zu machen, um Westdeutschlands „Deutsche Welle“ und deren Sendemasten mit 28 Strahlern zu besuchen. Dort werden weltweit über Kurzwelle etwa 93 Programme in 34 Sprachen ausgestrahlt! Im Süden der Domstadt Köln steht das 138 m hohe Gebäude, das vom Deutschlandfunk und der Deutschen Welle gemeinsam genutzt wird. Und nahezu 90 m hoch sind die 13 000 t schweren Riesenbagger, die zu den größten der Welt zählen und im linksrheinischen Braunkohlenrevier des Dreiecks Aachen – Köln – Düsseldorf wie nimmersatte Saurier mit je 240 000 m^3 tägliche Förderleistung der Erde die Braunkohle entreißen. Ein 150 m dickes Deckgebirge ist abgetragen worden, um die 2,5 Milliarden Tonnen Kohle, die unter dem Hambacher Wald lagern, in den nächsten Jahrzehnten mit Hilfe der Hambach-Tagebau-Bahn abbauen zu können. Die Zugbelade-Anlage beschickt elektrische Züge mit 100 t fassenden Schüttgutwagen. Die Kohleförderung senkt sich in Abbaurichtung bis auf eine Tiefe von 295 m unter NN ab.

Ausflugsfahrten in die weitere Umgebung sind dank bester Verbindungen sehr beliebt. Wer in die Eifel fährt, steuert oft auch das durch die Printen und den Reitsport berühmte Aachen an. Nicht minder bekannt ist – neben der Pfalzkapelle Karls des Großen – die Rhei-

nisch-Westfälische Technische Hochschule (RWTH) in Aachen. Dort leistete man, vor allem im Institut für Fördertechnik und Schienenfahrzeuge, wissenschaftliche Pionierarbeit auf den Sektoren der Lauftechnik, der Mechanik des Kontaktes zwischen Rad und Schiene, der Schwingungstechnik und der Spurführung. Neuere Forschungsarbeiten erstrecken sich beispielsweise auf die Leistungskriterien des Betriebes von S-, Untergrund- und Stadtbahnfahrzeugen. Aachen hat den „schnellsten Grenzbahnhof" im DB-Personenverkehr.

Wer technische Attraktionen der Vergangenheit sehen will, dem sei eine Gruppe von Feldbahnfreunden empfohlen, die im Jahre 1976 das „Feld- und Werkbahn-Museum (FWM)" in Oekoven (Gillbach-Bahn), zwischen Köln und Grevenbroich, gründeten und dort auf 600 mm Spurweite sowohl aufgearbeitete Dampflokomotiven als auch elektrische und Diesel-Lokomotiven einsetzen, die meist bei Industrie- und Zechenbahnen erworben wurden, unter anderen von den Rheinischen Braunkohlenwerken, von der Preussag oder vom Torfwerk Heitgau. Auf der Strecke Moers – Hoerstgen – Sevelen der Moerser Kreisbahn ist über den Moersbach eine neue Stahlbrücke gebaut worden, so daß dieses Bähnchen im Juni 1983 wieder einige Personenverkehrsfahrten (Museumszug aus Bochum-Dahlhausen) veranstalten konnte.

Die Ruhrkohle AG beschaffte übrigens neuartige Doppelakkulokomotiven mit Scharfenbergkupplungen für die Untertagestrecken der Zeche General Blumenthal. Erprobungsfahrten fanden 1983 auf der Selfkantbahn zwischen Gillrath und Schierwaldenrath statt.

Köln ist sowohl ein Welthandelsplatz als auch ein Verkehrsknotenpunkt ersten Ranges. Und so gesehen liegt die berühmte Domstadt auch im Herzen Europas. Man hat dort eigentlich eine über zweitausendjährige europäische Ge-

schichte. Schon in den Zeiten der Römer fuhren Kölner Kaufleute in den Donauraum und nach Italien. Der Rhein mit seinem Mündungsgebiet öffnete den Weg nach England. Und um das Jahr 1000 galt Köln als einer der bedeutendsten Märkte des deutschen Reiches. Der Hanse-Saal im Kölner Rathaus erinnert an den großen Handelsverbund, dem die Stadt angehörte und der ihr im 15. Jahrhundert vor allem auch den Ostseeraum zugänglich machte.

Eine solche Stadt war zu fast allen Zeiten ein Motor der Binnenschiffahrt und des Straßenverkehrs. Und im vorigen Jahrhundert kam – in harmonischer Ergänzung – das leistungsfähige Schienennetz hinzu. Heute liegt Köln, auch angesichts des Flughafens Köln/Bonn, wie eine Spinne inmitten eines riesigen Verkehrssystems, das dem am Verkehr interessierten Reisenden eine gewaltige Fülle von unvergeßlichen Eindrücken bietet. Im Kölner Raum lassen zahlreiche Rheinbrücken, darunter die berühmte, von 1908 bis 1911 gebaute, im Zweiten Weltkrieg zerstörte und danach wiedererrichtete Hohenzollernbrücke den Verkehr über den Rhein fließen. Mehrere Rheinhäfen, der Container-Bahnhof Köln-Eifeltor und die Industrie halten den Güterumschlag mit Zielen in aller Welt in Schwung. Köln ist eine Stätte der wirtschaftlichen und gleichermaßen der kulturellen Begegnung. Man denkt an den 156 m hohen Dom, an die Kunstschätze, an das Urteil des Düsseldorfers Heinrich Heine („das große heilige Köln“), an die Museen, die Sternwarte und an die Sporthochschule, aber auch an Kirchenfürsten, an Opernhaus und Handelsmessen. Schon um 50 n. Chr., als der römische Kaiser Claudius der damaligen Garnison auf Veranlassung seiner in „Colonia" geborenen Frau Agrippina das italienische Stadtrecht („Colonia Agrippina") verlieh, hatte dieses Gebiet am Rheinufer eine besondere strategische, kulturelle und wirtschaftliche Bedeutung. Im Maschinenzeitalter hat sich Köln zu einer vielfältigen industriellen Großstadt entwickelt, eine weltoffene Stadt, in der man 18 Personen- und mindestens ebenso viele Güterbahnhöfe zählte. Schon 1839 zogen die jungen Eisenbahngesellschaften in Köln ein. Und als in den Jahren 1889 bis 1894 auf dem Platz des alten Zentralbahnhofes der neue Hauptbahnhof mit seiner 64 m breiten und 255 m langen Bahnhofshalle errichtet wurde, hatte man schon mit der räumlichen Enge zwischen Dom, Rhein und Rheinbrücke zu kämpfen. Kein Wunder, daß man in den dreißiger Jahren unseres Jahrhunderts den Berliner Gedanken einer Nord-Süd-Achse zur Verbindung eines Nord- und eines Südbahnhofes aufgriff, dann über einen großen „Ersatz-Bahnhof" diskutierte und schließlich – im Bombenhagel des Zweiten Weltkrieges – alle Pläne fallen ließ. Das von Professor Frentzen entworfene Empfangsgebäude fiel in Schutt und Asche. Der Wiederaufbau, großzügiger als je zuvor, erfolgte an der gleichen Stelle. Der überraschende Optimismus der Stadt, die Gelegenheit – der Hauptbahnhof war zerstört, die Hohenzollernbrücke eingestürzt – zur Verlegung der Eisenbahnanlagen zu nutzen, scheiterte an den gigantischen Kosten. So blieb der Wunsch, einen größeren und großzügigeren Hauptbahnhof an anderer Stelle einzurichten, bis heute unerfüllt. Heute gilt der Hauptbahnhof als schützenswertes Baudenkmal, und zusammen mit dem Dom und der Hohenzollernbrücke bildet er einen deutlichen städtebaulichen Akzent.

Kölns außerordentlich günstige Verkehrslage ist unbestritten, und so gehört die Domstadt neben Frankfurt (Main), Düsseldorf, Hannover und München zu den führenden Messe-

Linke Seite: Das Rheintal im Gebiet der Bundesbahndirektion Köln: Eisenbahn, Straße und Schiffahrt eng beieinander. (Foto: BD Köln)

Intercity-Zug auf der Rheintalstrecke. (Foto: BD Köln)

plätzen der Bundesrepublik. Der Westdeutsche Rundfunk, der Deutschlandfunk, die Deutsche Welle, aber auch eine Bundesbahndirektion und der Bundesverband Deutscher Eisenbahnen (BDE) haben ihren Sitz in Köln. Das Bahnbetriebswerk Köln-Nippes unterhält Dieseltriebfahrzeuge, Köln-Deutzerfeld (in der Nähe des Messegeländes) dagegen elektrische Lokomotiven, wobei es bemerkenswert ist, daß auch belgische Lokomotiven im grenzüberschreitenden Verkehr nach Köln kommen.

Von den 1977 gezählten 1500 Kölner Industriebetrieben hatten nur vier mehr als 10 000 Beschäftigte, darunter die Klöckner-Humboldt-Deutz AG, die lange Zeit hindurch die größte Arbeitgeberin der Stadt war und heute noch als „Wiege des Otto-Motors" gilt. Versicherungen, Banken, die Automobilindustrie und – in der Umgebung – eine mächtige Chemie- und Braunkohlenindustrie bestimmen zusätzlich das Wirtschaftsleben. Das rheinische Braunkohlenrevier nimmt in der Welt-Braunkohleförderung nach der Deutschen Demokratischen Republik (Leipzig, Senftenberg) und der Sowjetunion den dritten Platz ein. Und wer sich in den rheinischen Tagebau wagt, wird auf äußerst leistungsfähige und ausgedehnte elektrische Bahnen treffen, deren Umformer- und Stromrichter-Lokomotiven einen Meilenstein in der deutschen Lokomotiventwicklung des ersten Jahrzehnts nach dem Zweiten Weltkrieg darstellten. Mit 32 t Achslast reichten diese Lokomotiven sogar an nordamerikanische Schwergewichtler heran.

Bereits am 28. April 1877 wurde mit der Inbetriebnahme der Pferdebahn der Grundstein für den öffentlichen Personennahverkehr in Köln gelegt. Heute sorgen Straßen- und U-Bahnen sowie Omnibuslinien für ein leistungsfähiges und gut funktionierendes Nahverkehrs-Angebot. Die S-Bahn, die inzwi-

Linke Seite: Die Hohenzollernbrücke in Köln mit vier Bahngleisen. (Foto: DB-Filmstelle)

Rechts: Blick auf den Hauptbahnhof Köln. (Foto: BD Köln)

Die 260 m lange Bahnsteighalle des unter Denkmalschutz stehenden Kölner Hauptbahnhofs. (Foto: BD Köln)

schen in den Hauptbahnhof eingebunden ist, tut ein übriges, um den Nahverkehr attraktiv zu gestalten. Die Bemühungen, im Verdichtungsraum Köln unter Inanspruchnahme vorhandener Bundesbahntrassen ein S-Bahn-System nach Muster anderer, ähnlicher Ballungsräume aufzubauen, sind nur zögernd vorangekommen. Aber der S-Bahn-Ausbau geht trotzdem weiter. Neben der vorhandenen Fernstrecke Köln – Düsseldorf sollen S-Bahngleise zur Anbindung an die Ruhr-S-Bahn Essen – Kettwig – Düsseldorf gebaut werden.

Nicht weit vom Kölner Hauptbahnhof entfernt fließt Deutschlands sagenumwobener Strom, der Rhein, mit seinem regen Schiffsverkehr. Die Köln-Düsseldorfer Rheinschiffahrt hat durch ihre Linien- und Ausflugdienste mit schönen, bis zu 100 Meter langen Kabinenschiffen bei den Touristen vieler Länder einen recht klangvollen Namen. Eine Rheinfahrt von den Niederlanden durch das westliche Deutschland bis nach Frankreich oder in die Schweiz zählt zu den reizvollsten und unvergeßlichen Ferienerlebnissen. Auf weiten Teilen der Reise begleiten uns zu beiden Uferseiten ungezählte Güter- und Fernreisezüge, sie überholen oder begegnen uns auf der Fahrt an den prachtvollen Kulissen des Siebengebirges vorbei, den Weinhängen des Rheingaues, den alten Burgen und Klöstern, vorbei an der Loreley und an den Bilderbuchansichten von Rüdesheim und Aßmannshausen. Bonn, Königswinter (mit der elektrischen Zahnradbahn zum Drachenfels), Remagen, Andernach, Koblenz mit dem Deutschen Eck und der Moselmündung, Boppard, Bingerbrück oder St. Goarshausen sind Stationen von eigenwilliger Schönheit und Synonyme für Lebensfreude.

Wer die Landschaft zwischen Sauerland, Westerwald und Taunus einerseits, der Eifel und des Hunsrücks andererseits näher kennenlernen will, dem seien die verschiedenen Bundesbahn-Rundreise-Angebote empfohlen. Auch ein Besuch in Bad Ems lohnt. Die dortige, von der Maschinenfabrik Esslingen im vergangenen Jahrhundert erbaute und 1980 stillgelegte Wasserballast-Standseilbahn (Malberg-Bahn) wurde 1981 zur Denkmalzone erklärt. Wer jedoch Köln und das Rhein-Ruhr-Gebiet nicht so schnell verlassen will, der wird auch an der 930 m langen Gondel-Seilschwebebahn über den Rhein zur Flora am Kölner Messe-Gelände, an der Gartenbahn (600-mm-Spur) im Kölner Rheinpark oder an der Köln-Frechen-Benzelrather Eisenbahn (KFBE) seine Freude haben. Für den Betriebszweig Güterverkehr der KFBE ist die Kölner Verkehrsbetriebe AG zuständig. Durch den Zusammenschluß mit den ebenfalls in kommunalem Besitz befindlichen Köln-Bonner Eisenbahnen (KBE) sind Rationalisierungserfolge erzielt worden; sogar Funkfernsteuerung ist in den Betrieb eingeführt worden.

Man wird sich aber auch den immer noch größten europäischen Binnenhafen in Duisburg (Schiffahrtsmuseum) und die riesigen Hafen- und Werksbahn-Anlagen (Gemeinschaftsbetrieb Eisenbahn und Häfen mit 780 km Gleisnetz) nicht entgehen lassen. Die vom Massengutumschlag geprägte Duisburger Hafenwirtschaft hat sich inzwischen auch verstärkt dem Containerverkehr zugewandt. Neue technische Anlagen dienen den Europa-Schiffstransporten ohne Umladung bis zu den Rheinmündungshäfen. Der Containertransport auf dem Rhein hat zugenommen. An der neuen Duisburger Anlage gibt es Abfahrten nach Rotterdam und zu den Häfen der englischen Ostküste. Die Bundesbahn-Containergesellschaft „Transfracht“ hat sich auf diese Duisburger Dienste eingestellt.

Hafenbahnen machen oft den Bau interessanter Anlagen erforderlich. Bei der Hafeneisenbahn in Neuss wurde im Jahre 1973 eine Eisenbahn-Hubbrücke im Rheinhafen in Betrieb genommen. Eine ältere Rheinbrücke, die imposante Stahlbogenbrücke der Bundesbahnstrecke Neuss – Düsseldorf, mußte dem Strek-

Empfangsgebäude des Bahnhofs Köln-Deutz. (Foto: Messerschmidt)

kenausbau für den S-Bahnverkehr und einem viergleisigen Brückenneubau weichen. Zwischen Düsseldorf und dem Frankfurter Rhein-Main-Flughafen wird mindestens bis zum Frühjahr 1986 noch der Lufthansa Airport Express über Köln und Bonn verkehren, so daß das Rhein-Ruhr-Ballungsgebiet weiterhin über einen schnellen „Gleisanschluß“ an die Flughäfen verfügt. Sicherlich profitiert auch die Dortmunder Wirtschaftsregion von rationellen Schienenverkehrsverbindungen in das Rhein-Main-Gebiet. Die Abhängigkeit Dortmunds von der Montan-Industrie und die Probleme im Wirtschaftsbereich lassen nach Lösungen suchen. Dienstleistungsbereiche, Berufsbildungszentren und neue Fertigungen kennzeichnen den Strukturwandel.

Eine Lebensfreude vermittelnde Atmosphäre bieten die Westfalenhalle und der Dortmunder Westfalenpark. Der Park wurde 1959 zur Bundesgartenschau eingerichtet. Zusammen mit dem 220 m hohen Fernsehturm gehört das Erholungszentrum zu den Anziehungspunkten der Großstadt Dortmund, auch für den sich ausruhenden Eisenbahnreisenden. Das Eisenbahngeschehen im Raum der „Bier-Hochburg“ offeriert dem Eisenbahnfreund noch genug Vielfalt, nicht zuletzt, weil die Verkehrsströme nicht nur bis ins Bergische Land, ins Sauerland und Münsterland, sondern auch in die Gebiete Nordhessens, Bayerns und Westeuropas fließen.

Dortmund hat während des 1983 eingeleiteten Versuchsbetriebes mit einer rund 1 km langen Hängebahn (H-Bahn) europaweites Interesse gefunden, zumal es sich um eine aufgeständerte, vollautomatische Anlage zwischen den beiden Universitätszentren handelt. In gewissem Sinne hat also die Wuppertaler Schwebebahn eine Konkurrenz bekommen.

An Mosel und Saar

Wer kennt sie nicht, die Porta Nigra, den römischen Torbau aus dem vierten Jahrhundert, aber wer hat sie schon wirklich gesehen? Trier, die Stadt, von der wir hier sprechen, hat gute Eisenbahnverbindungen. Also am besten einmal in diese geschichtsträchtige Stadt an der Mosel fahren. Trier hat im Zweiten Weltkrieg viel gelitten, doch viele Baudenkmäler, vom Römischen und Romanischen bis zum Rokoko, sind erhalten geblieben. Der erste Bahnhof wurde schon 1860 von der Königlich Saarbrücker Eisenbahn für die Saarbrücken-Trier-Luxemburger Bahn errichtet. Er lag auf dem linken Moselufer und wurde dann der spätere Bahnhof Trier-West. Auch die Eifelstrecke über Gerolstein nach Köln wurde noch in den alten Bahnhof Trier l.M.U. (linkes Moselufer) eingebunden. Eine Fahrt über diese gebirgige, krümmungs- und tunnelreiche Strecke ist zwar zeitaufwendiger als Direktverbindungen, aber sie lohnt sich mindestens ebenso wie die bequemere Reise durch das Rhein- und Moseltal. Der Kaiser-Wilhelm-Tunnel, der zwischen Cochem und Eller eine Moselschleife abkürzt, ist mit 4,2 km Länge eines der großen Tunnelbauwerke der Deutschen Bundesbahn. Triers Verschiebebahnhof Ehrang ist gleichzeitig Berührungspunkt von Eifel- und Moselstrecke.

Die von 1901 bis 1905 angelegte Moseltalbahn Trier – Bullay fuhr alle Flußschleifen aus, und so verband die vollspurige Kleinbahn, im Volksmund mit „Saufbähnchen“ bezeichnet, fast alle bekannten Weinorte, darunter Ruwer, Trittenheim, Neumagen, Bernkastel, Zeltingen, Erden, Kröv, Traben-Trarbach und Zell. Doch jene „Saufbähnchen“-Romantik ist längst ein Opfer der Rationalisierungsmaßnahmen geworden. Eine weitere Mosel-

Links: Schwerer Güterzug bei Wiltingen an der Saar. Lokomotiven (Baureihe 151) und Wagen haben automatische Mittelpufferkupplung.
(Foto: BD Saarbrücken)

Rechts: Güterzug im Saargebiet mit Spezialwagen für den Transport von flüssigem Roheisen.
(Foto: BD Saarbrücken)

bahn (am rechten Ufer) blieb durch die Widrigkeiten des Ersten Weltkrieges noch im Bau stecken. Reste einer Kyll-Brücke und nicht vollendete Tunnelbauten bei Treis blieben noch bis nach dem Zweiten Weltkrieg die stummen Zeugen einer früheren Aufbauzeit des Eisenbahnnetzes.
Die inzwischen elektrifizierte Moselbahn Koblenz – Trier – Perl ist geblieben. Sie galt einmal als Glied einer Direktverbindung der Reichshauptstadt Berlin mit den Festungen Diedenhofen (Thionville) und Metz. Zwischen Koblenz und Bullay verläuft die Strecke im Tal der Mosel, dann führt sie bis Trier durch die Vorberge der Eifel. Vom Pfälzerwald zieht sich ein Streifen Buntsandstein nach Saarbrükken durch das Saargebiet und über die Mosel hinweg in die Eifel. Beeindruckend sind die roten Felspartien, die tief eingeschnittenen Täler mit der landschaftlich herrlich eingebetteten Saarschleife bei Mettlach.
Im jüngsten Bundesland, so sagt man, ist Europa immerhin schon tägliche Realität. Saarländer, Lothringer und Elsässer besuchen sich, und man kauft diesseits und jenseits der Grenzen ein. Man schätzt sich als gute Nachbarn und verbringt gegebenenfalls auch seine Freizeit im jeweils anderen Land. Freilich, die Probleme von Kohle und Stahl haben auch ihre Auswirkungen auf die betroffenen Familien, vor allem in den bedeutenden Hüttenstandorten. Die älteste Hütte an der Saar hat Neunkirchen. Industriebahn- und eisenbahnbetriebliche Schwerpunkte sind Dillingen (Saar), Völklingen, Neunkirchen und Burbach. Der eisenbahntechnische Fortschritt läßt sich auch an der Saar nicht aufhalten. Am 5. März 1976 hat die erste, feierlich auf den Namen „Adam“ getaufte Betriebssteuerzentrale (BSZ) der Deutschen Bundesbahn, von Standard Elektrik Lorenz konzipiert, offiziell den Probebetrieb aufgenommen. Sie erhielt

die Aufgabe, im Bereich der Bundesbahndirektion Saarbrücken den gesamten Zugverkehr zwischen den Bahnhöfen Saarbrücken und Bruchmühlbach, Rohrbach und Zweibrücken, Homburg und Zweibrücken sowie Saarbrücken und Saargemünd, aber auch die Rangierbewegungen in den Bahnhöfen automatisch zu steuern, zu überwachen und aufzuzeichnen.
Im Saarland kommt dem kombinierten Ladungsverkehr, der Mengenentwicklung im Großcontainer- und Huckepackverkehr, hohe Bedeutung zu, was sich auch im grenzüberschreitenden Verkehr auswirkt. Ein wichtiger Umschlagbahnhof für den Container- und Huckepackverkehr ist Saarbrücken Hgbf. Im Containerverkehr sind außerdem die Bahnhöfe Ehrang und Einsiedlerhof (Strecke Saarbrücken – Kaiserslautern) tätig.

Das Wirtschaftszentrum an Rhein und Main – Der Großraum Frankfurt/Mainz

Einer der wichtigsten bundesdeutschen Verkehrsbrennpunkte ist der Großraum Rhein-Main-Neckar mit den Schwerpunkten Mannheim – Ludwigshafen, Darmstadt – Groß Gerau, Mainz – Wiesbaden und vor allem Frankfurt, wo sich Eisenbahnen, Straßen und Autobahnen sowie nationale und internationale Fluglinien und Wasserstraßen treffen. Seine zentrale Funktion als Verkehrskreuz hat nicht zuletzt zu Frankfurts gewaltigem Aufstieg nach 1945 beigetragen. Zahlreiche Fachmessen, Banken und Handelshäuser, ein hervorragendes Nahverkehrssystem, aber auch viele Zeugen der Vergangenheit (darunter das Goethe-Haus, der Römer, die Paulskirche und die Börse) machen die alte Freie Reichsstadt zu einem international geschätzten Anzie-

Links: Blick auf die Gleisanlagen des Hauptbahnhofs in Frankfurt/Main. (Foto: DB-Pressedienst/Umbrecht, Freigabe Nr. 01/83 Regierungspräsident in Darmstadt)

Bahnbetriebswerk 1 in Frankfurt/Main. (Foto: DB-Filmstelle)

hungspunkt. Die Universität, die Oper, der berühmte Zoologische Garten und auch eine reizvolle Umgebung lassen die pulsierende Main-Metropole in angenehmem Licht erscheinen. Wer Frankfurt als Eisenbahnfreund besucht, tut gut daran, seinen Reisetermin nicht in die Zeit der Automobil-Ausstellungen zu legen. Die Heerscharen der Autofans lassen an solchen Tagen durchaus den Vergleich mit einer Völkerwanderung zu, die den Verkehr in und weit um Frankfurt nahezu zusammenbrechen läßt.

Ungleich schöner ist eine Fahrt ins weitere Umland, ins Pfälzer Bergland oder in den nahegelegenen Taunus mit Bad Homburg, Königstein, Bad Soden und Kronberg. Im Vierzig-Kilometer-Umkreis findet man Mainz (Sitz der Zentralen Verkaufsleitung und der Zentralen Transportleitung der DB, Sitz des Bundesbahn-Werbeamtes sowie Standort eines Betriebswerkes und der Rheinbrücken), Aschaffenburg (mit Betriebswerk), Hanau (Altstädter Rathaus mit Kunsthandwerk-Museum), die hessische Landeshauptstadt Wiesbaden (mit dem Neroberg, für den die Maschinenfabrik Esslingen eine Standseilbahn baute) sowie Darmstadt (Betriebswerk, Eisenbahn-Museum Kranichstein). Darmstadt ist auch die Heimat des Fernmeldetechnischen Zentralamtes der Deutschen Bundespost, die dort am 22. Dezember 1983 die erste Glasfaser-Versuchsanlage in „Monomodefaser-Technik“ zur Nachrichtenübertragung in Betrieb nahm.

Mainz mit seinem Gutenberg-Museum und Wiesbadens Hauptbahnhof, in seiner äußeren Erscheinungsform einer der schönsten Beispiele der deutschen Eklektik (Baujahre 1904–1906), liegen auf verschiedenen Seiten des Rheintales und sind im S-Bahndienst recht gut miteinander verbunden. Wer in Mainz oder Wiesbaden weilt, der findet auch schnell wieder nach Frankfurt zurück, vielleicht mit

S-Bahn-Zug auf der Mainbrücke in Frankfurt-Niederrad.
(Foto: DB-Filmstelle)

einem kleinen Abstecher zuvor nach Rüsselsheim (Opel-Werke und Autoverladebahnhof). Frankfurt, Sitz der Bundesbahnhauptverwaltung und einer Bundesbahndirektion, ist sozusagen ein „Muß“ für den Eisenbahnfreund. Zwanzig Meter über dem Gleisfeld des Frankfurter Hauptbahnhofes wird der Zugverkehr dirigiert. Der Turmbau des Zentralstellwerkes vor den Bahnhofshallen ist der „Kopf“, von dem kilometerlange Leitungen zu den Weichen und Signalen gehen. Nicht nur der Personenbahnhof mit seinem umfangreichen Vorfeld und allen Betriebseinrichtungen hört auf das Kommando aus dem Turm: Das gesamte Streckennetz im Hauptbahnhof mit Zulaufstrecken, Abzweigstellen und einigen Vorortbahnhöfen wird ferngesteuert. Frankfurts Hauptbahnhof ist eine Drehscheibe des Nah- und Fernverkehrs, die täglich von 250 000 Menschen frequentiert wird. Rund 1750 Zugfahrten und 12 000 Rangierbewegungen pro Tag lassen ahnen, welche Generalstabsarbeit für die dort beschäftigten 1200 Mitarbeiterinnen und Mitarbeiter notwendig ist, bis ein ankommender Zug auf einem der 25 Bahnsteiggleise oder tief unten in der S-Bahn ausrollt, bis ein abfahrender Zug zusammengestellt und abgefertigt ist. Etwa 750 S-Bahn-Fahrten pro Tag werden mit Computer und Kamera überwacht. Die S-Bahn hat den Löwenanteil an den täglichen 1750 Zugfahrten. Mit 350 Zugfahrten folgt der Nahverkehr. 290 Zugfahrten gehören dem Fernverkehr ins In- und Ausland. Der verbleibende Anteil entfällt auf Züge für mittlere Entfernungen. Im Fernsteuerbereich (mit Güterverkehr) werden täglich etwa 4500 Zugfahrten registriert!
Frankfurt ist auch Sitz der Deutschen Schlafwagen- und Speisewagen-Gesellschaft (DSG), deren Mitarbeiter in den Zugrestaurants bis Wien, Klagenfurt, Innsbruck, Chur, Chiasso, Brig, Genf, Zürich, Paris, Amsterdam und

Im Frankfurter S-Bahnhof Hauptwache.
(Foto: DB-Pressedienst/ Umbrecht)

Prag unterwegs sind. DSG-Mitarbeiter fahren in den Schlafwagen sogar bis Athen, Rom, Reggio di Calabria, Narbonne, Biarritz, Marseille, Oostende, Hoek van Holland, Kopenhagen, Allenstein, Stockholm und Leipzig. Die DSG-Tochtergesellschaft „Puttgardener Fährschiff-Restaurant GmbH“ bewirtschaftet die Bundesbahn-Fährschiffe auf den Wellen der Ostsee.

Frankfurts pulsierender Schienenverkehr ist ein faszinierendes Imperium mit vielen innerstädtischen Bahnhöfen, mit dem Postbahnhof und dem Containerbahnhof Frankfurt (M)-Ost. Darüber hinaus sind die zahlreichen Abzweigstellen, der Abstellbahnhof, die großen Brückenbauwerke über den Main, das Betriebswerk mitten im Gleisvorfeld, der Hauptgüterbahnhof mit seinen Anschlüssen an das Messegelände, die Industriegleis- und Hafenbahnanschlüsse, vielfältige und komplexe Eisenbahnanlagen, ein technisches Wunderwerk, in dem die Entdeckerfreude kaum Grenzen kennt.

Im Frankfurter Verkehrs- und Tarifverbund (FVV) sind sowohl U-Bahn als auch S-Bahn (mit Flughafenbahn) zusammengefaßt. Das S-Bahn-System Rhein-Main gehört übrigens zu jenen monozentrischen Systemen, deren Grundkonzeption mit einem innerstädtischen Verbindungstunnel bereits Mitte der sechziger Jahre festgelegt wurde. Wegen des großen Arbeitsumfanges und anderer Schwierigkeiten (Main-Querung, Umbau des Südbahnhofes) wird es wahrscheinlich noch bis Ende der achtziger Jahre dauern, bis die Züge der sieben seit 1978 in Betrieb befindlichen S-Bahnstrecken von Mainz, Wiesbaden, Niedernhausen, Bad Soden, Kronberg, Friedrichsdorf und Friedberg durch die Frankfurter Innenstadt ganz hindurchgeführt werden können. Auch der vom Fernverkehr getrennte S-Bahn-Anschluß der wichtigen Vorortstrecken von Ha-

Empfangsgebäude des Wiesbadener Hauptbahnhofs. (Foto: DB-Filmstelle)

nau nördlich des Mains, südlich des Mains sowie aus den Richtungen Darmstadt und Goddelau-Erfelden ist vorgesehen. Fertiggestellt sind der S-Bahnhof Darmstädter Landstraße als Teil der Tunnelanbindung zum Frankfurter Südbahnhof. Fertiggestellt ist inzwischen auch der Tunnelabschnitt der S-Bahn-Main-Querung als Teil der Tunnelverlängerung nach Frankfurt-Süd und Frankfurt-Mühlberg.

Die „Betriebsleitstelle Verkehr" der Stadtwerke Frankfurt hat eine rechnergesteuerte Überwachungsanlage für die Untergrundbahn in Betrieb genommen. Mit drei Prozeßrechnern und 16 Kleincomputern werden sogar die Rolltreppen in den bis 1983 in Betrieb genommenen 32 U-Bahn-Stationen kontrolliert. Die Verkehrsbetriebe der Stadt Frankfurt hatten in Zusammenarbeit mit der Waggon-Industrie die sechsachsigen Gelenktriebwagen vom Typ U2 konzipiert und eingeführt. Solche Gelenkzüge sind übrigens auch in den USA und in Kanada im Dienst. Es sind 24 m lange Gleichstrom-Gelenktriebwagen (600 Volt Fahrspannung) mit zwei 150-kW-Motoren für 80 km/h Höchstgeschwindigkeit.

Knapp zehn Kilometer von Frankfurts Stadtzentrum entfernt, mit der S-Bahn in etwa 12 Minuten erreichbar, liegt Frankfurts „zweiter Großbahnhof": der Flughafen. Ungefähr jede Minute startet oder landet tagsüber eine Maschine. Seinen Ruf als Deutschlands Tor zur Welt verdient sich der Rhein-Main-Flughafen mit einigen tausend Flugverbindungen in 90 Länder aller Kontinente. Nicht so geräuschvoll, aber ebenso wirksam mischt Frankfurts Fernmeldeamt im internationalen Nachrichtenaustausch mit. Fast jedes Ferngespräch aus der Bundesrepublik nimmt seinen Weg über Frankfurt in die Welt.

Der Einzelhandel hat auf Frankfurts Zeil, Deutschlands umsatzstärkster Einkaufsstraße, sein Paradies. Die Internationale Frankfurter Buchmesse, einer der ganz großen Literaturmärkte der Welt, hat der Stadt – nach der politischen Isolierung Leipzigs – das Prädikat „Stadt des Buches" zugeordnet. Alljährlich stellen auch die Verlage der Eisenbahnliteratur (Franckh, Alba, Kohlhammer, Steiger, Eisenbahn-Kurier, Orell-Füssli, Birkhäuser, Hestra und andere) ihre Neuerscheinungen vor. Die Deutsche Bibliothek, die Stadt- und die Universitätsbibliothek – die benutzungsintensivste wissenschaftliche Bibliothek der

Bundesrepublik –, der Börsenverein des Deutschen Buchhandels und die Deutsche Buchhändlerschule sind weitere in Frankfurt beheimatete Buch-Institutionen. Ganz andere kulturelle Beiträge leisten die Museumsbahnen im Rhein-Main-Gebiet, beispielsweise die Vereinigung „Historische Eisenbahn Frankfurt“ und die jüngere „Dampfbahn Rhein-Main (DRM)“.

Glaubt man den vielen Klischeevorstellungen, dann ist wohl der gute Ruf Frankfurts auf ewig dahin: gierige Spekulanten, aufmüpfige Studenten, sündiges und teures Bahnhofsviertel, kaputte Altstadt und chaotischer Verkehr. Viele sehen diese Stadt mit amerikanischer Skyline („Mainhattan“) weniger verkorkst. Vom 331 m hohen Fernsehturm mit seinem Drehrestaurant kann man auf die 229 Quadratkilometer Frankfurts herabsehen. Die Dresdner Bank residiert in einem 166 m hohen Wolkenkratzer. Am prächtigsten schauen diese Gebäudegiganten immer gegen 18 Uhr aus, wenn sämtliche Fenster erleuchtet sind, weil zu dieser Zeit die Putzkolonnen unterwegs sind.

Das Verkehrsnetz Mannheim – Heidelberg – Ludwigshafen

Eisenbahntechnisch sehr reizvoll ist der badische Raum um das Neckarmündungsgebiet mit den Städten Heidelberg (Königstuhlbahn), Mannheim (Rheinhafen) und Ludwigshafen (chemische Industrie mit Werkseisenbahnen, Rheinbrücken).

In Mannheim ist die „Riedbahn“ von Frankfurt (Main) über Biblis von Westen her eingeführt worden, so daß die Züge ohne Kopfmachen in Richtung Karlsruhe – Basel und nach Stuttgart weiterfahren können. Dieses Bauvorhaben bildete eine betriebliche Ergänzung der Neubaustrecke Mannheim – Stuttgart, deren Verwirklichung nun doch etwas zügiger voranzugehen scheint; die DB meldete Anfang 1984, daß insgesamt 70 Streckenkilometer der 99 km langen Linie in Arbeit sind. Freilich, der Streckenneubau in Richtung München über Stuttgart mit einem Tunnel durch die Schwäbische Alb liegt noch in weiter Ferne. Sicher wird die Autobahn Stuttgart – München im Abschnitt Schwäbische Alb zuerst neu trassiert werden.

In Mannheim (mit neuer Rheinbrücke für die Riedbahn) denkt man an den Bau eines Landesmuseums für Technik und Arbeit, für das immerhin bereits ein preisgekrönter Entwurf der Berliner Architektin Ingeborg Kuhler vorliegt. Das Eisenbahnwesen soll darin einen würdigen Platz bekommen (Eröffnung 1989).

Während der erste Bahnhof in Mannheim, bereits 1867 im Zusammenhang mit dem Bau der Rheinbrücke für die Verbindung zur Pfälzischen Ludwigsbahn Kaiserslautern – Neustadt – Ludwigshafen (Rheinschanze) erstellt, heute noch existiert, blieb der alte Bahnhof in Heidelberg nur bis 1955 erhalten. Bis dahin galt er als der älteste Bahnhof Baden-Württembergs. Allerdings hatte man ihn recht oft umgebaut.

1843 wurde die Strecke Heidelberg – Bruchsal – Karlsruhe eröffnet, die mit einer Spitzkehre in den Heidelberger Bahnhof eingeführt wurde. Die 1846 in Betrieb genommene, gemeinsam von Baden, Hessen und der Freien Stadt Frankfurt erbaute Main-Neckar-Bahn von Frankfurt (Main) über Darmstadt nach Heidelberg und nach Mannheim wurde bei Friedrichsfeld, zwischen den Städten Mannheim und Heidelberg, an die Badische Staatsbahn angeschlossen. Der Heidelberger Bahnhof war für die Verbindungen von Ludwigshafen – Mannheim sowie von Frankfurt – Darmstadt nach Bruchsal – Karlsruhe somit Kopfbahnhof geworden. Die Betriebssituation wurde schon deshalb untragbar, weil mit dem Kopfbahnhof Ludwigshafen und dem Bahnhof Mannheim, in den 1880 die Riedbahn von Mainz und

Links: Verschiebebahnhof Mannheim mit elektronischem Datenverarbeitungssystem.
(Foto: Siemens-Pressebild)

Rechte Seite: DB-Zweifrequenzlokomotiven der Baureihe 181.2 verkehren zwischen Frankreich, dem Saargebiet und baden-württembergischen Städten, beispielsweise Heidelberg.
(Foto: BD Saarbrücken)

Empfangsgebäude des Hauptbahnhofs in Heidelberg.
(Foto: BD Karlsruhe)

Frankfurt über Lampertheim von Osten her eingeführt worden war, in dem engen Verkehrsraum des Main-Neckar-Gebietes für den Nord-Süd-Verkehr drei Kopfbahnhöfe bestanden! 1862 wurde dann die Odenwaldbahn über Neckargemünd, Neckarelz, Osterburken nach Würzburg an den Heidelberger Bahnhof „angebunden“. Erst damit wurde dieser Bahn-

hof – für die Ost-West-Richtung – ein Durchgangsbahnhof. Wenngleich damit die Entwicklung des früheren Eisenbahnnetzes im Raum Heidelberg noch nicht abgeschlossen war, wollen wir es mit diesem Rückblick gut sein lassen. Er genügt zum Verständnis der späteren Umbaupläne. Immerhin hatten die Großherzoglich Badischen Staatseisenbahnen bereits gegen Ende des vergangenen Jahrhunderts die Verlegung des Heidelberger Bahnhofes ins Auge gefaßt. Der Zeitverlust durch das langsame Einfahren in den Kopfbahnhof und das Umspannen der Zuggarnituren, die Überschneidungen der Fahrwege und die veralteten Signalanlagen verhinderten eine flüssige Betriebsabwicklung. Durch die Lage des Bahnhofs und der Odenwaldbahn bedingt, bestanden innerhalb des Stadtgebietes acht niveaugleiche Bahnübergänge.

Deshalb wurden schon 1908 die Bauarbeiten für den neuen Durchgangsbahnhof etwa 1,2 km westlich des alten Bahnhofes begonnen. Der neu erbaute, 2487 m lange zweigleisige Königstuhltunnel mit Schachtentlüftungsanlage wurde 1914 für den Güterzugverkehr in Betrieb genommen. Aber die Arbeiten ruhten dann kriegsbedingt und konnten erst 1926 wieder aufgenommen werden. Der Bahnhof Karlstor und die Streckenführung bei der Abzweigstelle Wieblingen wurden geändert. Erst nach dem Zweiten Weltkrieg, 1950, lebten die Aktivitäten zum Umbau der Heidelberger Bahnanlagen wieder auf. Schließlich konnte am 5. Mai 1955 der neue Personenbahnhof Heidelberg, gemäß einem „Generalstabsplan“ mit Trennung des Betriebsablaufes vom alten, seinen Dienst voll aufnehmen. Der Form nach wurde der neue, mit einem Drucktastenstellwerk ausgestattete Bahnhof ein Trennungsbahnhof mit einer seitlich eingeführten Nebenbahn. Am 22. Mai 1955 wurde der elektrische Zugbetrieb aus Richtung Stuttgart in Heidel-

berg eingeführt. Der Weiterbau der Fahrleitung in Richtung Mannheim und Frankfurt folgte einige Jahre später.
Auch in Ludwigshafen wurde der alte Kopfbahnhof längst abgebrochen. Hier wurde in den fünfziger Jahren ein riesenhaftes, schrittweise durchgeführtes Bauvorhaben in Angriff genommen. So ging zunächst eine neue Verbindungskurve Ludwigshafen – Oggersheim – Mannheim am 30./31. Mai 1959 termingerecht zum Fahrplanwechsel elektrisch in Betrieb. Reise- und Güterzüge in der Nord-Süd-Verbindung Mainz – Mannheim über die linksrheinische Strecke mußten vorher im alten Hauptbahnhof oder Rangierbahnhof Ludwigshafen Kopf machen. Durch ein Sonder-Investitionsprogramm der Deutschen Bundesbahn konnten dann 1967 einige seit den Jahren 1965 und 1966 ruhenden Pläne wieder aufgenommen werden. Darunter fiel auch die Grundsteinlegung des neuen Hauptbahnhofes von Ludwigshafen, den man dann 1969 fertigstellen konnte. Die Bahnhofsanlagen wurden größtenteils unterhalb der Gleise errichtet. Und eine neue städtebauliche Dominante über dem Verkehrsknotenpunkt entstand: ein 75 m hoher Pylon einer mächtigen Brücke mit tragenden Schrägseilen, auf der die Bundesstraße 37 alle Bahnanlagen überquert. Der neue Durchgangsbahnhof mit elektrischem Drucktasten-Zentralstellwerk machte, ebenso wie in Kempten (Allgäu), eine wesentlich flüssigere Betriebsführung möglich. Der Ludwigshafener Hauptbahnhofsneubau ist durch seinen dreieckigen Grundriß, die Anordnung des Gleissystems in mehreren Ebenen und den Anschluß der Werksbahn der BASF von besonderem Interesse.

Württembergisch-schwäbisches Mosaik

Innerhalb des Städtedreiecks Karlsruhe – Mannheim – Stuttgart erstreckt sich der Kraichgau als liebliches Hügelland mit seiner Bundesbahn-„Rollbahn“ von Stuttgart über Maulbronn, Bretten, Bruchsal (mit dem prächtigen Barockschloß) und Heidelberg nach Mannheim, das von Deutschlands imposantester Schloßanlage (Sitz der Universität) ganz in der Nähe des Hauptbahnhofs und der Rheinbrücken beherrscht wird. Von dieser Strecke zweigt in Bietigheim die Linie nach Heilbronn ab, dem Neckarhafen und Eisenbahnknotenpunkt. Dort münden die Strecken aus den Richtungen Crailsheim, Würzburg – Lauda und Heidelberg (über Neckarelz) ein. Möckmühl, zwischen Bad Friedrichshall und Osterburken an der Strecke Heilbronn – Lauda gelegen, ist Ausgangspunkt einer schmalspurigen Linie nach Dörzbach, der Jagsttalbahn. Hier findet man einen regen Museumsbetrieb mit Fahrzeugen der Deutschen Gesellschaft für Eisenbahn-Geschichte (DGEG), die diese beliebte Bahn attraktiv macht. In der Nähe liegt die Stadt Mosbach (Baden), und weiter südlich im Württembergischen findet man Backnang. Beides sind malerische Städtchen mit Firmensitzen der Kaelble- und der Kaelble-Gmeinder-Gruppe, letztere seit langem auch im Lokomotivbau tätig. Zeugen traditionellen Lokomotivbaues findet man in Sinsheim nordwestlich Heilbronn. Im dortigen Auto + Technik-Museum stehen interessante Dampflokomotiven, zum Beispiel die preußische Lok mit der DB-Nummer 55 3528, die früher in Netphen-Deuz (Siegerland) im

Rechts oben: Der Stuttgarter Hauptbahnhof – Ansicht des Seitenflügels an der Heilbronner Straße. (Foto: Bautechnisches Büro der BD Stuttgart)

Rechts unten: Blick auf das Gleisvorfeld des Hauptbahnhofs in Stuttgart. Die drei Reiterstellwerke stehen heute nicht mehr. (Foto: SEL)

Freien stand. Und schließlich wollen wir Öhringen nicht vergessen, das 27 Bahnkilometer in östlicher Richtung von Heilbronn entfernt liegt und sich durch seine bekannte Gartenbahn-Großanlage der Dampfbahnfreunde auszeichnet.
Doch zurück nach Heilbronn mit seinem Hauptbahnhof, seinem Betriebswerk (Diesellokomotiven) und seinem Neckar-Schiffahrtsmuseum. Was Heilbronn in der Physik weltweiten Ruhm einbrachte, ist das Wirken des Arztes Julius Robert Mayer. Seine Forschungsarbeiten gipfelten im Gesetz von der Erhaltung und Umwandlung der Energie, wobei Mayer auch das mechanische Wärmeäquivalent zahlenmäßig bestimmte.
Noch um die Mitte des vergangenen Jahrhunderts fuhren Neckarschiffe von Heilbronn nach Cannstatt, damals noch kein Stadtteil von Stuttgart. In den ausgedehnten Kuranlagen, heute inmitten der Brandung des Großstadtverkehrs, sprudeln Heilquellen. Der Schiffsverkehr verlor durch den Aufschwung der Eisenbahn an Bedeutung. Inzwischen – seit der Mitte unseres Jahrhunderts – verbinden Schiffe Bad Cannstatt, das auf eine vorgeschichtliche Siedlung und eine römische Niederlassung zurückgeht, Esslingen und Plochingen mit dem Meer. Der Neckar fließt, verschiedentlich von der Eisenbahn überquert, über Neckarrems, wo die Rems einmündet, am Schiller-Nationalmuseum Marbach vorbei, über Besigheim durch eine von Weinbergen beherrschte Landschaft mit Mundelsheim, Pleidelsheim, Bietigheim nach Lauffen, wo die von der Stillegung bedrohte Zabergäubahn nach Leonbronn (einst Schmalspurbahn) abzweigt. In Güglingen (Zabergäu) kann man noch eine alte 750-mm-Spur-Lok (99 716 der DB) besichtigen. Große Dampfkraftwerke arbeiten in Marbach am Neckar und in Altbach bei Plochingen, wo auch noch Dampfspeicherlokomotiven zu sehen sind. Ludwigsburg, eine bedeutende schwäbische Stadt (Residenz mit Schloß und „Blühendem Barock"), liegt etwas abseits vom Neckar, aber an einer wichtigen viergleisigen Eisenbahnstrecke.
Der Großraum Stuttgart ist ein hervorragendes „Entdeckungsland für Eisenbahnfreunde". Man findet nicht nur verschiedene Denk-

Der Stuttgarter Westbahnhof mit dem Tunnelportal der Gäubahn. (Foto: Messerschmidt)

Die Stuttgarter Rosensteinbrücke mit Schloß Rosenstein und Tunnelportal.
(Foto: BD Stuttgart)

malslokomotiven im weiteren Umkreis (Kirchheim/Teck, Steinheim/Murr, „Breuningerland“ bei Ludwigsburg), sondern auch lebendiges Eisenbahngeschehen mit der Zahnradbahn Stuttgart – Degerloch, mit der Standseilbahn zum Waldfriedhof, mit einem im Ausbau befindlichen Straßenbahn- und U-Bahnnetz, einem großen Bahnbetriebswerk am Rosenstein, mit der Bundesbahndirektion gegenüber dem Hauptbahnhof und der bekannten viergleisigen Rosensteinbrücke über den Neckar. Am 21. Oktober 1983 wurden die Vortriebsarbeiten beim sogenannten Hasenbergtunnel der Stuttgarter S-Bahn mit dem Durchschlag des letzten Meters an der Einmündung der Tunnelstrecke in die vorhandene Eisenbahnlinie Stuttgart – Horb – Zürich nach dreijähriger Bauzeit beendet. Der neue Tunnel ist mit 5,5 km der längste, der bis zu jenem Zeitpunkt bei der DB in bergmännischer Bauweise aufgefahren wurde. Er ist Teil der insgesamt 9 km langen unterirdischen Innenstadtstrecke, die künftig acht Vorortstrecken des Ballungsraumes zu einem Gesamtsystem mit Durchmesserlinien verbinden wird. Nicht zuletzt als Folge des großen Höhenunterschiedes von etwa 150 m zwischen der Station Schwabstraße und dem südlichen Tunnelmund sind zehn verschiedene Gesteinsarten, darunter Gipskeuper, Bunte Mergel, Stubensandstein und Lias, durchstoßen worden. Der S-Bahnhof Universität liegt 21 m unter Straßenniveau, weshalb 23 m lange Rolltreppen erforderlich waren.

Auch auf der Schwäbischen Alb ist interessantes Eisenbahngeschehen spür- und sichtbar. Laichingen (sehenswert die Tropfsteinhöhle) ist Endpunkt einer meterspurigen, immer noch aktiven Nebenbahn. In Heidenheim an der Brenz (Römerbad-Museum, Aquarena und Standort von J. M. Voith) steht die Zweikuppler-Dampflokomotive Nr. 12 der abge-

Fahrleitungsarbeiten auf der Gäubahn im Raum Böblingen – Herrenberg. (Foto: AEG-Telefunken)

Rechts: Viadukt über das Enztal bei Bietigheim. (Foto: BD Stuttgart)

bauten Härtsfeldbahn, und in Neresheim (Abteikirche) steht die Schwesterlok Nr. 11. Die Württembergische Eisenbahn-Gesellschaft (WEG) und die Württembergischen Nebenbahnen (WNB) firmieren jetzt nur noch einheitlich mit „WEG“, nachdem die WNB zum Schluß nur noch die Strohgäubahn Korntal – Weissach und die lediglich auf einem Rumpfstück im Güterverkehr tätige Nebenbahn Reutlingen – Gönningen betrieb. Die WEG umfaßt nunmehr neun Bahnbetriebe, darunter die modernisierte Strecke Nürtingen – Neuffen, Amstetten – Gerstetten und die schon erwähnte 22 km lange Strecke Korntal – Weissach, die teilweise in den Stuttgarter Verkehrsverbund integriert ist.

Ein eisenbahntechnischer Schwerpunkt besonderer Art ist die berühmte Geislinger Steige. Auch die alte, noch mit Formsignalen ausgestattete eingleisige Brenzbahn Ulm – Aalen läßt sich durchaus in eine Reiseroute einbeziehen. Vom großen Durchgangsverkehr dieser Strecke, wie er einmal in Anbetracht der Relationen zwischen Norddeutschland und den Alpenländern erhofft wurde, spricht freilich niemand mehr, nicht einmal mehr vom zweigleisigen Ausbau oder gar von Elektrifizierung. Die früheren lokalen Interessen hatten eine windungsreiche, gegenüber Straße und Autobahn um viele Kilometer längere Trasse zwischen Aalen und Ulm zur Folge. Das trug wesentlich dazu bei, der recht reizvollen, eingleisig gebliebenen Strecke (obwohl viele Brückenwiderlager von Anfang an für zweigleisige Überbauten vorgesehen waren) den Schnellzugverkehr zu verweigern, so daß heute bereits Teilstillegungen erwogen werden. Die Bahn führt über den Weißen Jura der Ostalb. Sie weist bei Itzelberg einen 257,7 m langen Tunnel auf und berührt einige bemerkenswerte Städte. Da wären vor allem Oberkochen (Zeiss-Werke und Optikmuseum), Königsbronn (Hüttenwerke), Heidenheim an der Brenz (Voith), Herbrechtingen (Osram) und Giengen (Bosch-Siemens, Spielwarenfabrik Margarete Steiff, Vereinigte Filzfabri-

ken). Heidenheim besitzt ein Gleisbildstellwerk, und am Bahnhof Giengen steht in den Grünanlagen das Kuppelrad einer Güterzug-Dampflokomotive der Baureihe 50.

Wer weiter westlich in Geislingen angekommen ist, die schroffe Jurafelslandschaft mit ihren bizarren Schönheiten vor Augen hat, der darf ruhig einmal über die Leistungen der Eisenbahnbauer nachdenken. Geislingen war schon früher ein Knotenpunkt der Landstraßen aus dem oberen und unteren Filstal, aus dem Längen-, Eybach- und Rohrach-Tal. Der Plan, die Stufe des Jura mit einer 1:45 geneigten Steige zu überwinden, wurde von den Oberbauräten Etzel und Knoll aufgestellt und von der Königlichen Eisenbahnkommission dem Ministerium empfohlen, worauf das Projekt schließlich von Knoll und den dafür bestimmten Bauämtern bearbeitet und ausgeführt wurde. Die Strecke Geislingen – Ulm wurde am 1. Juni 1850 eröffnet. Eine Gedenkstätte an der Steige erinnert auch heute noch an Oberbaurat Knoll.

An der Trassenführung hat sich bisher nichts geändert. Der Gedanke, unser Eisenbahnnetz einmal nach dem „Vorbild“ der Autobahnen durch ein Schnellverkehrs-Schienennetz zu ergänzen, scheiterte bisher immer an der Uneinsichtigkeit mancher Politiker und an der Straßenverkehrs-Lobby. Darüber täuschen auch nicht die zaghaften Anfänge der Arbeiten an zwei Bundesbahn-Neubaustrecken hinweg. Die Schnellfahrstrecke Stuttgart – München mit einer Alb-Untertunnelung im Raum Geislingen wird wohl noch lange ein Wunschtraum bleiben, während die Autobahn von München

Bahnhof Ditzingen der Stuttgarter S-Bahn.
(Foto: Messerschmidt)

Stuttgarter S-Bahn-Zug im Hauptbahnhofsvorfeld.
(Foto: Messerschmidt)

S-Bahn-Betriebswerk Plochingen.
(Foto: Messerschmidt)

nach Stuttgart zwischenzeitlich schon manchen Ausbau erfahren hat.
Stuttgart hat aber, kaum weniger als München, eine hochinteressante und bemerkenswerte Geschichte im Schienennah- und -fernverkehr. Erst am 19. Dezember 1977 wurde der Verkehrs- und Tarifverbund für den Großraum Stuttgart vertraglich besiegelt. Die neue Gesellschaft, die Verkehrs- und Tarifverbund Stuttgart GmbH (VVS), wird von der Deutschen Bundesbahn und der Stuttgarter Straßenbahnen AG je zu Hälfte getragen. Für den Nahverkehrsfahrgast begann die „Verbundzeit" am 1. Oktober 1978. Zu diesem Zeitpunkt wurde der S-Bahn-Betrieb, zunächst auf den Strecken Schwabstraße – Weil der Stadt, Schwabstraße – Ludwigsburg und Schwabstraße – Esslingen – Plochingen (S-Bahn-Betriebswerk), aufgenommen. Stuttgart, das aus dem Talkessel hinauswächst, erhält eine weitere Besonderheit: Die Stadt zwischen Wald und Reben wird mit einem Untergrund-Verkehrsnetz erschlossen. Bis zur Jahrhundertwende war das Stadtgebiet nur auf das Tal des Nesenbachs und dessen unmittelbare Umgebung beschränkt. Mit der Angliederung der Gemeinde Degerloch sprengte Stuttgart seine natürlichen Grenzen. Aus dem kleinen Ort, in welchem um 1350 etwa 5000 Menschen lebten, ist inzwischen ein Wirtschaftszentrum mit mehr als 570 000 Einwohnern geworden. Schon im Jahre 1983 schluckten 14 km Tunnelstrecken Autos, Straßen- und S-Bahnen. Und es wird, teilweise bergmännisch, weitergebaut. Mit der Eröffnung der unterirdischen Verbindung zwischen Rotebühlplatz und Berliner Platz wurde den Tiefbauarbeiten für die Straßenbahn zwar ein vorläufiges Ende gesetzt, die Vortriebsarbeiten für die S-Bahn gehen weiter. Wann und wo die unterirdischen Aktivitäten eines Tages ganz aufhören, weiß noch niemand. Immerhin sind in jüngster Zeit noch eine etwa 600 m lange Straßenbahnunterführung sowie eine Untergrund-Haltestelle im Stadtteil Feuerbach in Betrieb genommen worden. Voraussichtlich kommen 1986 oder 1987 noch drei Tunnelkilometer für die Stadtbahn hinzu. Ganz neue Triebfahrzeuge stehen bereits im Dienst, darunter auch 19,6 m lange Triebwagen, Gattung ZT 4, für die meterspurige Riggenbach-Zahnstangenstrecke nach Degerloch, sowie 38 m lange Stadtbahn-Doppeltriebwagen DT 8.

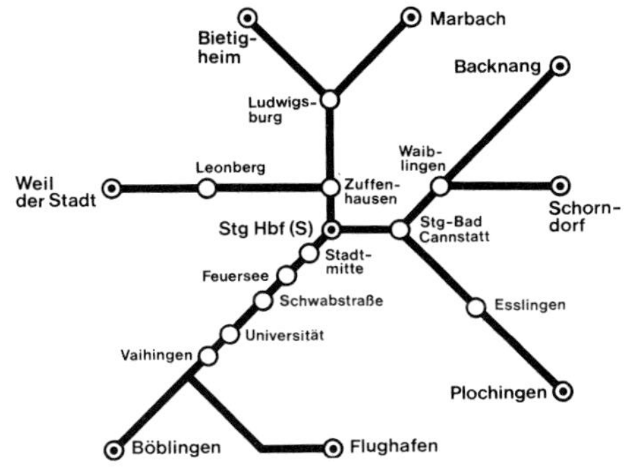

Das Netz der Stuttgarter S-Bahn. (Zeichnung: DB)

Der mittlere Neckarraum gilt als Industriezentrum Baden-Württembergs und als eines der dynamischsten Wirtschaftsgebiete in der deutschen Bundesrepublik. In diesem Raum wird allein ein Drittel des Industrieumsatzes erwirtschaftet, während zwei Drittel auf die anderen elf Regionen dieses Bundeslandes entfallen. Kraftfahrzeugbau, Maschinenbau und Elektrotechnik dominieren. Ein besonderes Kennzeichen dieser Neckarregion ist, daß außer einigen weltweit bekannten „Giganten" (Daimler-Benz, Bosch, SEL, bis 1984 auch die Trafo-Union) ein verzweigtes Netz mittelständischer Unternehmen das Wirtschaftsgeschehen bestimmt.
Esslingens Bahnhofsgebäude wurde am 30. Dezember 1883 seiner Bestimmung übergeben, und in einem Esslinger Stadtführer des

Führerstand eines S-Bahn-Triebwagens der Baureihe 420 mit Zugbahnfunk. (Foto: DB)

Neuer Triebwagen der elektrischen Zahnradbahn Stuttgart-Degerloch.
(Foto: SSB/Brodbeck)

Standseilbahn zum Stuttgarter Waldfriedhof.
(Foto: Messerschmidt)

Jahres 1902 las man den stolzen Satz: „Esslingen liegt an der Weltverkehrsstraße Paris – Wien – Konstantinopel und nimmt bezüglich des gesamten Verkehrswesens eine hervorragende Stelle unter den württembergischen Städten ein." Damals passierten den Esslinger Bahnhof täglich 110 Eisenbahnzüge, darunter zwei Orient-Expreß-Züge. Heute durchfahren etwa 540 Züge innerhalb von 24 Stunden den Bahnhof Esslingen, rund 220 halten. Die Mehrzahl davon, über 150, entfällt allerdings auf die S-Bahn. An Eisenbahntradition hat die alte ehemalige Reichsstadt am Neckar allerdings viel verloren: den Lokomotivbau, das Ausbesserungswerk, das Bahnbetriebswerk und die Lokomotivdenkmäler. Auf den Fertigungsstätten der Maschinenfabrik Esslingen im Stadtteil Mettingen leuchtet jetzt der Stern von Daimler-Benz. Der Archivbestand der Esslinger Maschinenfabrik, hervorragende Dokumente württembergischer Wirtschafts- und Technikgeschichte, befindet sich nunmehr neugeordnet im Daimler-Benz-Archiv in Stuttgart-Untertürkheim. Dort steht auch das Werksmuseum, zwar überwiegend dem Kraftfahrzeug gewidmet, aber auch mit einer gemeinsam von Daimler und der Maschinenfabrik Esslingen gebauten Motorlokomotive und einer Motor-Straßenbahn des vergangenen Jahrhunderts im Blickpunkt interessierter Besucher.

Stuttgart-Untertürkheim und Kornwestheim sind bedeutende Verschiebebahnhöfe, und auch der Hafenbahnhof von Stuttgart in Untertürkheim „macht" Eisenbahn-Atmosphäre. Das Ausbesserungswerk in Stuttgart-Bad Cannstatt, die vielen Eisenbahntunnels im Großraum Stuttgart, der Fernsehturm mit Restaurant sowie das Ausstellungsgelände am Killesberg mit den schmalspurigen Gartenbahnzügen verwandeln die baden-württembergische Landeshauptstadt fast zu einem Do-

Links: Bahnhof Westerstetten auf der Schwäbischen Alb mit einem Triebzug der Baureihe 427.
(Foto: Messerschmidt)

Rechte Seite: Schnellzug auf der winterlichen Geislinger Steige.
(Foto: BD Stuttgart)

Links: Auf der Schmalspurbahn Amstetten – Laichingen gibt's noch Rollbock-Betrieb.
(Foto: Messerschmidt)

rado für Schienenverkehrsfreunde und Bahntouristen. Schade, daß die malerischen Strekken der Überlandstraßenbahn Esslingen – Nellingen – Denkendorf (END) mit ihren Kehrschleifen auf der Bergstrecke hoch über dem Neckartal der Motorisierung weichen mußten. Die Vereinigung Straßenbahnmuseum Stuttgart (SMS), mehrere Jahre auf der Suche nach einer eigenen Bahnstrecke, wird voraussichtlich bei Heidelberg/Schönau ihr neues Domizil finden. Auch andere Stuttgarter Verkehrs- und Eisenbahnfreunde sind bestrebt, einen Beitrag zur Erhaltung von Schienenfahrzeugen zu leisten.

Das Bundesland Baden-Württemberg hat – ebenso wie auch das benachbarte Bayern – den Vorzug, in Nord-Süd- wie auch in West-Ost-Richtung von einer großen Zahl bedeutender Fernstrecken der Deutschen Bundesbahn bedient zu werden. Attraktive Eisenbahnbrükken vermitteln den Eisenbahnfotografen eine Vielzahl reizvoller Motive. Der Enz-Viadukt bei Bietigheim und die vollwandige Doppelstockbrücke über den Neckar bei Neckargemünd bieten sich dem Fotografen ebenso an wie die Kaufwaldbrücke im Randgebiet von Stuttgart. In Stuttgart selbst empfiehlt sich ein Besuch der großen, für den S-Bahnverkehr erweiterten und mit neuen Brückenfeldern ausgerüsteten Nesenbach-Brücke der Strecke Stuttgart – Horb – Zürich. Aber noch längst sind die württembergischen Eisenbahnspezialitäten nicht erschöpft, und um den groben Überblick ein wenig abzurunden, wollen wir noch einige weitere Reiseziele empfehlen: Den riesigen, etwa 675 m langen Viadukt über den Neckar zwischen Stuttgart-Bad Cannstatt und Stuttgart-Münster im Zuge der Güterbahn von Untertürkheim nach Kornwestheim sollte sich niemand entgehen lassen. Einen ganz anderen bahnbrechenden technischen Aspekt zeigt die Neckarkanal-Brücke in Heilbronn in

Stahlbetonbauweise mit Spannbewehrung durch in wenige Großbündel zusammengefaßte und verseilte Stahllitzen.
Weisen wir noch auf die Dampfzugfahrten der Gesellschaft zur Erhaltung von Schienenfahrzeugen (GES) und auf die Veranstaltungen der Eisenbahnfreunde Zollernbahn hin. Nennen wir die Hohenzollerische Landesbahn mit Strecken im Raum Hechingen – Gammertingen – Sigmaringen und die Ulmer Eisenbahnfreunde mit ihren Dampfzugfahrten auf der Strecke Amstetten – Gerstetten (und der Albtalbahn). Die Eisenbahn-Knotenpunkte Ulm in Württemberg und Neu-Ulm in Bayern bilden den „Donau-Brückenkopf" zwischen den beiden südlichen Bundesländern. Ulm besitzt

Oben links: Blick vom Hauptbahnhof Ulm auf das Münster. (Foto: BD Stuttgart)

Oben: Güterzug zwischen Jungingen und Ulm. (Foto: Messerschmidt)

Rechte Seite: Schnellzug auf der Donaubrücke in Ulm, dahinter das Münster. (Foto: BD Stuttgart)

noch sein großes Betriebswerk. Zahlreiche Industriegleisanschlüsse, der Verschiebebahnhof Ulm, aber auch das einmalige Brotmuseum und das großartige Münster mit seinem 161,6 m hohen Turm – er ist immer noch der höchste Kirchturm der Welt – machen die

beiden zusammengewachsenen Donaustädte attraktiv, zumal Ulm noch eine Straßenbahn betreibt und die verschiedenen Kunstbauten für die Streckeneinbindungen und Abzweigungen (darunter ein Tunnel für die Brenz-Bahn) eine Besichtigung lohnen. Das Fernmeldeamt mit der Bildschirmtext-Leitzentrale für die Bundesrepublik ist ein kühner und moderner Zweckbau zwischen Hauptbahnhof und Theater. Dort wird gespeichert, was in unserer Industriegesellschaft so sehr gefragt ist, nämlich Daten.

Die in Ulm beginnende Brenz-Bahn in Richtung Aalen – Goldshöfe (Abzweigung nach Nördlingen – Donauwörth) – Lauda führt über Crailsheim, dessen einstiges großes Dampflokomotiv-Betriebswerk auf Diesellokomotiven umstellen mußte und nur noch einen schwachen Abglanz früheren Lokomotivbetriebes darstellt, zumal inzwischen schon die elektrische Zugförderung zwischen Stuttgart und Nürnberg Einzug gehalten hat.

Als Zeugin der bedeutenden Dampflokomotivvergangenheit des ostwürttembergischen Raumes findet man in Aalen-Wasseralfingen eine Denkmalsdampflok der Baureihe 23 unter freiem Himmel aufgestellt. Im Märklin-Museum in Göppingen sind die meisten Erzeugnisse der Gegenwart und viele Oldtimer als Modelle vertreten.

Im Raum Nördlingen, über Aalen/Wasseralfingen – Schwäbisch Gmünd – Schorndorf im

Oben: Nahverkehrszug Ulm – Aalen mit Diesellok der Baureihe 215. (Foto: Messerschmidt)

Links: Auf der Brenztalbahn gibt es noch Formsignale. (Foto: Messerschmidt)

Unten: Die Brenzbrücke bei Herbrechtingen. (Foto: Messerschmidt)

Rechts oben: Bahnhof Giengen (Brenz) im Winter. (Foto: Messerschmidt)

Rechts unten: Güterzug auf der Brenztalbahn in der Nähe von Herbrechtingen. (Foto: Messerschmidt)

Bahnhof Aalen mit Triebzug nach Stuttgart. (Foto: Messerschmidt)

Rechte Seite: Dampfzug der Deutschen Gesellschaft für Eisenbahngeschichte auf der Jagsttalbahn Möckmühl – Dörzbach. (Foto: DGEG)

Bahnhof Bad Mergentheim mit einem aus Ulm kommenden Eilzug. (Foto: Messerschmidt)

elektrischen Betrieb an Stuttgart und über Donauwörth – Augsburg an München angeschlossen, findet man eine geologisch hochinteressante Landschaft, die nicht nur den Sachkundigen beeindruckt. Gemeint ist das zwischen dem Fränkischen und dem Schwäbischen Jura gelegene Ries, ein fast kreisrundes Becken von 23 bis 24 km Durchmesser, das viele Jahrzehnte lang die Geologen und in jüngerer Zeit auch Astronauten beschäftigte. Es entstand vor 14,7 Millionen Jahren durch den Einschlag eines riesigen Meteoriten, Gesteinsbrocken fand man bis in die Augsburger Gegend. Wie schon bei der ersten Grundsteinlegung hatte auch bei dem Erweiterungsbau des Deutschen Museums in München, das am 7. Mai 1978 seinen 75. Geburtstag beging, wieder ein Stein aus dem Ries den Anfang gemacht. Ein Stück metamorphes Gestein – ähnlich dem Mondgestein – aus dem Krater unterstreicht damit die Bedeutung des Nördlinger Rieses.
Fahren wir wieder zurück ins württembergische „Ländle“, dann sollte man die Streckengabelung beim malerisch gelegenen Schwäbisch Hall-Hessental besuchen und zur Festspielzeit vielleicht auch die berühmten Schwäbisch Haller Freilichtspiele miterleben.

Schwarzwald-Romantik

Das vom Großherzogtum Baden im März 1838 verkündete Gesetz lautet mit seinem Artikel 1: „Von Mannheim über Heidelberg, Karlsruhe, Offenburg, Dinglingen, Freiburg bis zur Schweizer Grenze bei Basel wird eine Eisenbahn gebaut. Kehl wird durch eine Seitenbahn mit der Hauptbahn verbunden.“ Die Anlage einer solchen Bahn war durch den Oberrheingraben und seine schon damals große Bedeutung als Verkehrsweg vorgezeichnet. Die Strecke war bereits im Jahre 1847 mit dem nördlich von Basel liegenden Bahnhof Schliengen und seiner Inbetriebnahme fast fertig. Aber der Anschluß bis zum Badischen Bahnhof in Basel ließ bis zum Jahre 1855 auf sich warten. 95 % dieser 290 km langen badischen „Rückgrat-Strecke“ wurden gleich zweigleisig gebaut. Sie wurde – in Deutschland einzig – in 1600 mm Spurweite angelegt. Als man dies als schwerwiegenden Fehler erkannte, schaltete man schnell: Innerhalb nur eines Jahres spurte man auf 1435 mm um. Später kam in Bruchsal der Anschluß an Württemberg, in Waldshut an die Schweiz und in Kehl an Frankreich hinzu. Die reizvolleren badischen Strecken sind jedoch die im südlichen Schwarzwald. Hierzu gehören die Linien von Basel nach Schopfheim (Inbetriebnahme 1862) und von Schopfheim nach Säckingen (1890). Der untere Teil der sogenannten Wiesentalbahn Basel – Schopfheim wurde schließlich bis Zell verlängert. Diese Strecke folgt in ihrer ganzen Länge (28,8 km) bis Zell dem Lauf der Wiese, während die in Schopfheim abzweigende Linie nach Säckingen (19,7 km) größtenteils der Wehra folgt. Ein interessantes Bauwerk ist der 3,2 km lange Fahrnauer Tunnel, der die Verbindung zwischen Wiesen- und Wehratal herstellt. Im Jahre 1890 hat man darüber hinaus die „im Interesse der Landesverteidigung" errichtete Umgehungsbahn Weil – Lörrach (6 km) vollendet.

Mit der Drehstromversorgung aus dem Hochrhein-Kraftwerk Wyhlen und der Aufnahme des elektrischen Zugbetriebes im Jahre 1913 wurden die Wiesen- und die Wehratalbahn das erste elektrifizierte Bahnnetz, das seinen Bahnstrom aus einem öffentlichen Energieversorgungsunternehmen bezog. Erst im Dezember 1936 wurde eine Neuordnung der elektrischen Stromversorgung wirksam; ein AEG-Umformer übernahm die Bahnstromversorgung der Wiesen- und Wehratalbahn. Die ursprüngliche Drehstromversorgung mit gekuppeltem Einphasensynchron-Generator für 15 Hertz hatte damit ausgedient. Der Erneuerungsplan für das Bahnstromsystem mit 16⅔ Hertz hatte dem badischen Versuchsbetrieb ein Ende bereitet.

Ein kleiner Rückblick auf den badischen Elektro-Versuchsbetrieb: Die alten badischen Elektrolokomotiven der Gattungen A1 bis A3 waren bis zum Jahre 1936 schrittweise ausgemustert und durch elektrische Lokomotiven aus dem mitteldeutschen Streckennetz ersetzt worden. Dann kamen Lokomotiven der Gattungen E 32 und E 44 und die Triebwagen ET 85 und ET 25 zur Wiesen- und Wehratalbahn, nachdem diese landschaftlich reizvoll gelegenen Strecken mit der Rheintalbahn zu einem elektrischen Großnetz vereinigt worden waren.

Die Höllentalbahn zu charakterisieren, ohne den 50-Hertz-Versuchsbetrieb zu nennen, wäre eine grobe Unterlassungssünde. Von 1936 bis 1960 gab es auf der Höllentalbahn und auf der Dreiseenbahn elektrischen Zugbetrieb mit 20 kV Fahrspannung und 50 Hertz. Der Anschluß an das 110-kV-Drehstromnetz der Badenwerk AG bestand in Löffingen. Die Entfernung von der Schaltstelle Löffingen bis zum Unterwerk Titisee betrug 18 km. Die damalige Deutsche Reichsbahn setzte zwei Gleichrichterlokomotiven sowie eine Lokomotive mit Einphasen-Reihenschlußmotoren und eine Lokomotive mit Induktionsmotoren ein. Nach dem Zweiten Weltkrieg beschaffte die Eisenbahndirektion Karlsruhe eine weitere Lokomotive und außerdem einen Oberleitungstriebwagen, beide jeweils mit Reihenschlußmotoren. Alle Lokomotiven erhielten die Gattungsbezeichnung E 244, der Triebwagen wurde als ET 255 eingereiht.

Der durch den Zweiten Weltkrieg unterbrochene meßtechnische Versuchsbetrieb, die Wiederaufbauprobleme nach 1945, die Lage der Höllental- und Dreiseenbahn als Inselbetrieb machten schließlich dem 50-Hertz-Großversuch, wie man ihn nannte, ein Ende. Schließlich konnten die insgesamt sechs vorhandenen Prototyp-Fahrzeuge für einen Vollbetrieb nicht ausreichen. Man mußte auch noch mit Dampflokomotiven fahren. Die Inbetriebnahme des Unterwerkes Freiburg für die Bahnstromversorgung der Rheintallinie ließ den Stoßstellenbetrieb in Freiburg, einerseits 16⅔ Hz, andererseits 50 Hz, nicht mehr gerechtfertigt erscheinen. Ab 20. Mai 1960 erhielt die Höllentalbahn Strom mit der üblichen Frequenz. Doch der fast 25 Jahre wäh-

Blick auf das Gleisfeld des Hauptbahnhofs in Freiburg/Breisgau. (Foto: BD Karlsruhe)

rende 50-Hertz-Betrieb bleibt in der Entwicklung der elektrischen Zugförderung ein Markstein. Viele ausländische Bahnen haben zwischenzeitlich das 50-Hertz-System aufgegriffen und in großem Umfange eingeführt. Indessen kam die Höllentalbahn-Lokomotive E 244 31, gebaut 1936 von Garbe-Lahmeyer und Krupp, im Jahre 1962 in das Deutsche Museum in München und später in die Obhut der Deutschen Gesellschaft für Eisenbahngeschichte. An eine ganz andere „gute alte Zeit" erinnert eine Straßen-Dampfwalze vor dem Technischen Rathaus in Freiburg, die 1983 dort aufgestellt worden ist.

Die Strecke Basel – Waldshut am Hochrhein ist neuerdings in den Blickpunkt der Öffentlichkeit geraten, nachdem diese 55 km lange Linie zweigleisig ausgebaut wird. Im Bereich Murg – Laufenburg verzichtet man jedoch aus Kostengründen im 350 m langen Rappensteintunnel auf ein zweites Gleis. Waldshut ist ein wichtiger Ausgangspunkt für die Bahnen in Richtung Weizen (Wutachtalbahn mit historischen Dampfzügen), Bodensee und Allgäu.

Die berühmtere Schwarzwaldstrecke, die malerisch angelegte Höllentalbahn, liegt im Zuge einer Eisenbahnverbindung von Freiburg im

Reisebüro-Sonderzug mit Lok 103 141 auf der oberen Rheintalstrecke zwischen Appenweier und Freiburg. (Foto: Messerschmidt)

Breisgau (Schauinslandbahn) nach Neustadt und Donaueschingen. Es war vor allem der badische Baudirektor Robert Gerwig, Erbauer der weiter nördlich gelegenen Schwarzwaldbahn, der sich für die Verwirklichung der Höllentalbahn stark machte. Abweichend von der sogenannten „Kehren"-Lösung der Schwarzwald- und Gotthardbahn schlug er die direkte Trasse vom Dreisamtal nach Titisee zur Hochfläche vor. Gerwig hielt sich an den alten, vom Rheintal über den südlichen Schwarzwald führenden Weg durch das romantische, in die Felsen eingeschnittene Höllental. Auf dem Abschnitt Hirschsprung – Hinterzarten liegt die größte Steigung mit 55 Promille. Hier war zunächst Zahnstangenbetrieb erforderlich. In der ersten Hälfte der dreißiger Jahre konnte man durch Einsatz der starken 1′E1′-Dreizylinder-Dampflokomotiven der Baureihe 85 den Zahnstangenbetrieb endgültig aufgeben. Eine dieser mächtigen Tenderlokomotiven, die Lok 85 007, wurde nach ihrer Ausmusterung vor der Ingenieurschule in Konstanz, später in Freiburg als Technikdenkmal aufgestellt. Robert Gerwig hat die Eröffnung „seiner" Höllentalbahn am 23. Mai 1887 nicht mehr erlebt. Von 1898 bis 1901 folgte der Weiterbau der Bahn nach Donaueschingen, womit die Verbindung von Rheintal- und Schwarzwaldbahn hergestellt war. 1926 hatte der Betrieb der Dreiseenbahn im Südschwarzwald begonnen. Mit ihrer Abzweigung von Titisee führt die Dreiseenbahn in Richtung Süden über Feldberg-Bärental, den höchstgelegenen Bahnhof (967 m Meereshöhe) der Deutschen Bundesbahn, nach See-

brugg am Schluchsee, dessen Station 932 m hoch liegt.
Während die Strecke Schopfheim – Säckingen stillgelegt wurde, haben Höllental- und Dreiseenbahn ihren interessanten Betrieb aufrechterhalten können. Ein Besuch lohnt sich: Die Abschnitte von Himmelreich bis Hinterzarten und von Titisee nach Feldberg-Bärental haben ausgesprochenen Gebirgscharakter. Der imposante Ravenna-Viadukt und neun Tunnel mit 1665 m Gesamtlänge auf dem Streckenabschnitt Freiburg – Neustadt und fünf Tunnel mit zusammen 1229 m Länge zwischen Neustadt und Donaueschingen sind Lehrstücke, wie sie auch der Modellbahner schätzt.
Ein Stück Eisenbahngeschichte ist 1977 mit dem damals zum Verkauf ausgeschriebenen Bahnhof Baden-Baden zu Ende gegangen. Zum Fahrplanwechsel am 24. September 1977 wurde die etwa 4 km lange Stichbahn von Baden-Oos nach Baden-Baden stillgelegt. Mit einem „Taufakt“ im Bahnhof Baden-Oos, der nunmehr Baden-Baden heißt, war das Schicksal der am 25. Juli 1845 in Betrieb genommenen Seitenbahn, die später elektrifiziert worden war, endgültig besiegelt. Die Kurstadt Baden-Baden mit ihrem schönen Bahnhof hatte plötzlich keine Stichbahn mehr; sie setzte auf das Kraftfahrzeug, und so fährt seit 25. September 1977 kein Zug mehr in die Stadt hinein. Dazu trug natürlich sehr stark die „zeitgemäße“ Abwanderung des Publikums auf die Straße bei. Doch andere Städte ließen sich gottlob weniger beeinflussen, da ihre Anbindung an das Schienennetz ohnehin weitaus günstiger war. So verbindet beispielsweise die Albtal-Verkehrs-Gesellschaft weiterhin die Kurstadt Bad Herrenalb mit Karlsruhe auf dem Schienenweg.
In Karlsruhe verdienen übrigens das DB-Betriebswerk und das Bundesbahn-Umformerwerk besonderes Interesse. Beim Umformerwerk handelt es sich um ein nach neueren

Reisezug im winterlichen Bärental (967 m über NN) im südlichen Schwarzwald. (Foto: BD Karlsruhe)

Gesichtspunkten ausgestattetes Werk mit Netzkupplungstransformator, der das 50-Hz-Drehstromnetz der Landesversorgung mit dem 16,67-Hz-Einphasennetz der Deutschen Bundesbahn verbindet. Das Bemerkenswerte dieses Bahnstrom-Umformerwerkes ist seine Leistungselektronik. In den Jahren 1971 und 1972 wurde in Zusammenarbeit mit AEG-Telefunken und Siemens ein Konzept entwikkelt, das sämtliche rotierenden Hilfsmaschinen zur Regelung der Maschinensätze durch statische Bauelemente ersetzt. Ein nach gleichen technischen Prinzipien geschaffenes Unterwerk befindet sich übrigens in Neu-Ulm.
Man schrieb das Jahr 1902, als sich Karlsruhe in die Reihe der deutschen Großstädte (Städte

Teilansicht des Karlsruher Hauptbahnhofs.
(Foto: Messerschmidt)

mit 100 000 Einwohnern und mehr) eingliederte. Damals wurde auch der dortige Rheinhafen, an Deutschlands größter Schiffsverkehrsader, eingeweiht. Aus der vom Markgrafen von Baden-Durlach gegründeten Stadt mit dem Schloß als Mittelpunkt und fächerförmiger Anordnung der Straßen ist inzwischen ein wichtiges Wirtschaftszentrum geworden. Die Bundesanstalt für Wasserbau, Maschinenbau, Elektroindustrie, Raffinerien, eine Verwaltungs- und Wirtschaftsakademie, die Universität, das Kernforschungszentrum (vor den Toren der Stadt in Leopoldshafen) und eine Bundesbahndirektion (in der Lammstraße) charakterisieren und prägen zu einem wesentlichen Teil die einstige badische Landeshauptstadt.

Als Verkehrsknotenpunkt hat Karlsruhe weitere Bedeutung. Seinen ersten Bahnhof bekam Karlsruhe im Jahre 1842. Jener von Friedrich Eisenlohr erbaute Bahnhof, an den Augärten errichtet, wurde durch den von 1906 bis 1913 von August Stürzenacker geplanten neuen Hauptbahnhof ersetzt. Er ist ein Durchgangsbahnhof mit einer aus sechs Hallenschiffen bestehenden Gleisüberdachung. Die Bahnverbindung nach Stuttgart führt über Pforzheim (Pforzheimer Tunnel mit 903,4 m Länge) und Mühlacker (Gleisdreieck). In Richtung Westen fährt der Eisenbahnreisende über die Rheinbrücke in Karlsruhe-Maxau in die Pfalz. Der Anschluß an die Pfalz war für Baden schon immer eine wichtige Frage. Die Städte Wörth, Landau und Lauterburg (französische Grenze) sind mit guten Verkehrsverbindungen zu erreichen, wenngleich hierbei

Die Eisenbahnbrücke über den Rhein bei Karlsruhe. (Foto: BD Karlsruhe)

das Straßennetz – wie so oft – im Ausbau bei weitem bevorzugt wurde.
Die Schalterhalle des Karlsruher Hauptbahnhofes, nur wenige Schritte von Stadtgarten und Tierpark entfernt, zeigt ein betriebsames Leben. Und das wird auch so bleiben: Der viergleisige Ausbau des Nordabschnitts Karlsruhe – Offenburg der Oberrheinstrecke nach Basel scheint in greifbare Nähe gerückt zu sein; internationale Züge erreichen die sehenswerte Stadt. Der Bahnhof Karlsruhe-Durlach hat durch die Verladung „Auto im Reisezug" schon ein Stück jüngster deutscher Eisenbahn-Reiseverkehrsgeschichte gemacht. Der Karlsruher Verschiebebahnhof und etwa 75 private Gleisanschlüsse mit Schwerpunkt im Hafen und im Bereich der Raffinerien sowie der Container-Bahnhof an der Wolfartsweierer Brücke zeigen, daß Karlsruhe auch eisenbahntechnisch und -betrieblich eine Stadt der vielen Möglichkeiten ist.
Die Albtal-Verkehrsgesellschaft mbH (AVG) mit Sitz in Karlsruhe bereichert das Eisenbahngeschehen. Die noch betriebenen Strekken Karlsruhe – Bad Herrenalb, Ettlingen West – Ettlingen Stadt sowie Busenbach – Langensteinbach – Ittersbach (Karlsbad) wurden bereits im vergangenen Jahrhundert geplant. Der Betrieb ist regelspurig. Das Netz der Omnibuslinien jener rührigen Gesellschaft ist allerdings jetzt weitaus größer als das relativ kleine Schienennetz mit nur rund 52 km Betriebslänge. Der Schienenverkehr wird überwiegend von elektrischen Gleichstrom-Triebwagen bei 750 Volt Fahrspannung bewältigt.
Wer etwas für Standseilbahnen übrig hat,

Internationaler Reisezug mit französischer Ellok auf der Rheinbrücke zwischen Kehl und Straßburg.
(Foto: BD Karlsruhe)

kommt in Baden-Baden (Merkur-Bergbahn), Wildbad (Sommerbergbahn) und in Karlsruhe (Turmbergbahn) auf seine Kosten. Die einst von der Maschinenfabrik Esslingen mit Wasserballast-Betrieb errichtete Karlsruher Anlage stammt aus dem Jahre 1888 und führt mit einer Maximalneigung von 362 Promille auf den Turmberg. Im Jahre 1966 wurde die meterspurige, von Ausflüglern rege benutzte Bahn modernisiert und ein 440-Volt-Gleichstrombetrieb mit neuen Wagen eingeführt. Damit entfiel auch die frühere Riggenbach-Zahnstange.

Eine weitere badische Besonderheit war im Südwesten von Karlsruhe der jetzt stillgelegte Bahnhof Wintersdorf an der einstigen strategischen Strecke Mannheim – Rastatt – Roeschwoog (Elsaß). Nach Kriegsende 1945 wurde Wintersdorf einer der größten deutschen Abstellplätze für Schrott- und Kriegsschadlokomotiven aller möglichen Baureihen. In den sechziger Jahren begann dort die Verschrottung überalterter Reisezugwagen. Im Mai 1966 erwachte Wintersdorf aus seinem Dornröschenschlaf, aber nur für knapp drei Wochen: Wegen des Umbaues der Kehler Rheinbrücke mußten die Züge über die Wintersdorfer Brücke umgeleitet werden. Das auf der Brücke liegende Gleis wurde danach wieder für den grenzüberschreitenden Autoverkehr abgedeckt. In den Kursbuch-Streckenkarten sucht man die einstige Strecke Rastatt – Wintersdorf – Roeschwoog vergebens, wenngleich ein verwahrloster Oberbau für „Sonderfälle“ noch bereitgehalten wird.

Aus der rechtsrheinischen Seite ist besonders das Murgtal interessant. Dort führt die Bahnli-

Auf der Schwarzwaldbahn bei Biberach/Baden.
(Foto: BD Karlsruhe)

nie von Rastatt über Gernsbach (160 m Höhe) nach Au und Schönmünzach (463 m Höhe), dann weiter über Klosterreichenbach nach dem 739 m hoch gelegenen Bahnhof Freudenstadt Stadt und dem tiefer gelegenen Freudenstadt Hbf. Jene 58 km lange Strecke hatte früher abschnittweise Zahnstangenbetrieb zwischen Freudenstadt und Klosterreichenbach (514 m Höhe). Die erste Zahnstangenstrecke hatte 45‰ Größtneigung, war 1663 m lang und hatte einen kleinsten Krümmungsradius von 240 m. Der andere Abschnitt war 3909 m lang, hatte 50 ‰ Größtneigung und ebenfalls Krümmungsradien bis herab zu 240 m. Die 1892 eröffnete Zahnrad- und Reibungsbahn hatte eine Leiterzahnstange des Systems Klose. Der Bau der Gesamtstrecke Rastatt – Freudenstadt war erst mit der Schließung der Lücke zwischen Klosterreichenbach und Raumünzach am 14. Juli 1928 fertiggestellt. Man hatte also seit der Eröffnung der privaten Bahn Rastatt – Gernsbach bis zur Betriebseröffnung nach Freudenstadt 59 Jahre (von 1869 bis 1928) gebraucht! Der Zahnstangenbetrieb endete noch in der zweiten Hälfte der zwanziger Jahre. Der württembergische Raum um Freudenstadt und Baiersbronn war damit um eine Attraktion ärmer. Die späteren Diesellokomotiven der Baureihe 213 der DB mit hydrodynamischer Bremse verwiesen die zwischenzeitlich eingesetzten Dampflokomotiven der preußischen Gattung T 16 und der Bundesbahn-Baureihe 82 (jeweils mit Riggenbach-Gegendruckbremse) aufs Abstellgleis. Das im Zweiten Weltkrieg schwer bombardierte, aber wiederaufgebaute Freudenstadt am Ende der Schwarzwaldhochstraße ist aber

auch für Eisenbahnfreunde immer noch eine Reise wert. Der heilklimatische Kurort hat besondere städtebauliche Reize: Der 220 m lange und 210 m breite Marktplatz, nicht weit vom zentralen Stadtbahnhof entfernt, gilt heute noch als größter seiner Art. Die alte Eisenbahnherrlichkeit mit den alten Esslinger Zahnradlokomotiven, den preußischen Baureihen P 8 und T 16 und den Bundesbahn-Tenderlokomotiven Reihe 82 mit Mischvorwärmer und Gegendruckbremse ist allerdings unwiederbringlich verloren.

Wer sich dem Eisenbahnwesen des südwestdeutschen Raumes widmet und dort auf Entdeckungsfahrt geht, kann Eisenbahnromantik, aber auch die technischen Möglichkeiten des Eisenbahnbaues konzentriert erleben. Wir denken hier an die zweigleisige Hauptstrecke von Offenburg über Triberg, Villingen, Donaueschingen (Donau-Durchbruch) und Singen nach Konstanz am Bodensee. Die als Schwarzwaldbahn bekannte Gebirgsbahn verbindet die seit 1958 durchgehend elektrifizierte Rheintallinie Mannheim – Basel mit dem „Schwäbischen Meer“. Auf der insgesamt etwa 180 km langen Strecke überwindet die Schwarzwaldbahn bis zum höchstgelegenen

Oben: Die Schwarzwaldbahn im Gutachtal. (Foto: BD Karlsruhe)

Rechts oben: Reisezug mit Lokomotive 139 555 in Triberg (616 m über NN). (Foto: Messerschmidt)

Rechts unten: Der Bahnhof Offenburg, nördlicher Endpunkt der Schwarzwaldbahn (Foto: Messerschmidt)

139 555-7

OFFENBURG

Bahnhof Sommerau vor St. Georgen einen Höhenunterschied von 637 m. 37 Tunnel mit einer Gesamtlänge von 9,6 km liegen allein auf dem Kernstück der Bahn (Strecke Hornberg – Sommerau), wo sie in vielen Kurven, durch Kehrtunnel und zwei Doppelschleifen (bei Triberg) bei nur 11 km Luftlinie, aber 26 km Streckenlänge 450 m hinaufklettert. Der Bahnbau war das Hauptwerk von Robert Gerwig (Denkmal am Bahnhof Triberg), der übrigens als Mitglied des Reichstages auch beim Bau des Reichstagsgebäudes in Berlin mitwirkte. Kohlenstaub und Dieselqualm gehören nun auf der Schwarzwaldbahn der Vergangenheit an. Nach vielen Jahren des Wartens konnten im Sommer 1972 die Elektrifizierungsarbeiten des 86 km langen Abschnittes Offenburg – Villingen begonnen werden. Ab 1975 fuhr man elektrisch, zunächst bis Villingen, danach auch bis nach Konstanz.
Zu den Attraktionen im Südwesten gehört unbestritten auch das Erlebnis des von Juraformationen geprägten, wildromantischen Landschaftsbildes im Raum Donaueschingen. Die 30 km lange und bis zu 200 Meter tiefe Wutach-Schlucht südwestlich von Donaueschingen, die sich am prächtigsten im Bereich des Oberen Muschelkalkes, zwischen der Einmündung des Tannegger Baches und der Gauach-Mündung, darbietet, zählt zu den großartigsten Natur-„Schauspielen“.

Bodensee-Impressionen

Am Bodensee sind wir in einer der schönsten Gegenden Europas. Der See ist nicht nur ein Dorado für Urlaub und Erholung, sondern auch ein bedeutender Kulturraum, er repräsentiert einen wesentlichen Teil der Geschichte der Schweiz, Österreichs und Deutschlands. Von München über Kempten nach Lindau, von Ulm über Aulendorf nach Friedrichshafen oder von Karlsruhe über Offenburg, Triberg und Donaueschingen (Schwarzwaldbahn) nach Konstanz ist er gut zu erreichen.
In Lindau ist die Diskussion um den Hauptbahnhof abgeebbt: er soll auch in Zukunft auf der Insel bleiben. Die Initiativen der Bodenseestadt und anderer Interessengruppen, einen Bahnhof als Durchgangsstation, als Ersatz für den bisherigen Kopfbahnhof, auf dem Festland zu errichten, sind bisher gescheitert. So wird eine Reise an den Bodensee, über den Eisenbahndamm zur Insel Lindau, immer noch ihre Anziehungskraft haben, wenngleich im früher oft fotografierten Bahnbetriebswerk Lindau keine Lokomotiven der berühmten bayerischen Gattung S 3/6 mehr dampfen. Das Restaurant im Lindauer Bahnhof, im März 1977 nach Renovierung wieder eröffnet, darf mit dem großartigen Blick auf die Hafeneinfahrt und das Alpenpanorama als schönstes seiner Art in Deutschland gelten. Die beiden Bauten, die heute noch die Hafeneinfahrt säumen, der Leuchtturm und das Denkmal mit dem bayerischen Löwen, sind seit 1856 fast unverändert geblieben und zum Wahrzeichen der Inselstadt geworden.
Lindau liegt im Dreiländereck. Hier ist der Ausgangspunkt für Fahrten mit der Bahn, mit dem Auto und mit dem Schiff zu reizvollen Ausflugszielen in schönste Reisegebiete des Allgäus, Vorarlbergs, der Schweiz und des Fürstentums Liechtenstein. Omnibus-Touristikfahrten und Rundflüge tun ein übriges, um den Wünschen des Publikums gerecht zu werden. Eine Fahrt entlang dem Nordufer führt uns etwa nach Langenargen, im Jahre 770 als „Arguna“ erstmals urkundlich erwähnt, an der Strecke Friedrichshafen – Lindau gelegen, mit seinem im maurischen Stil erbauten Montfortschlößchen; nach Friedrichshafen, durch die deutsche Zeppelin-Luftschiffahrt zu großer Publizität gekommen, mit seinen berühmten Industrieunternehmen, darunter die Zahnradfabrik und das Werk Friedrichshafen der Mo-

Ein Schiff der DB auf dem Bodensee bei Lindau.
(Foto: BD Karlsruhe)

toren- und Turbinen-Union (MTU), und mit seinem „Muster-Bahnhofsbau“ am Hafen, der einst den Modellbahn-Herstellern ein Vorbild war; nach Unteruhldingen mit seinem Freilichtmuseum deutscher Vorzeit, den bekannten rekonstruierten Pfahlbauten der Dörfer aus Stein- und Bronzezeit.
Vergessen wir nicht, wenngleich die Eisenbahn dort nicht hinfährt, die Gemüseinsel Reichenau (mit drei schönen und bedeutenden Kirchen) und die Mainau mit ihren subtropischen Gewächsen und dem riesigen, jahreszeitlich wechselnden Blütenmeer. Denken wir aber auch an das Hinterland des Bodensees mit den schönen Städten und Dörfern an der Oberschwäbischen Barockstraße.
Und vergegenwärtigen wir uns noch Konstanz, die größte Stadt am Bodensee. Sie wird vom Rhein geteilt in eine linksrheinische Altstadt und in eine rechtsrheinische neuere Stadt. Vom Ufer am Stadtgarten schweift bei gutem Wetter der Blick in die wunderschöne Konstanzer Bucht, über den Obersee und bis zu den Alpen. Mit der Fähre ist das malerische Meersburg schnell erreicht. Dort ist die Schloßmühle für den Technikgeschichtler besonders interessant. Ihr hölzernes Riesenwasserrad mit 8,5 m Durchmesser gehört zu einer der ältesten Wassermühlen Deutschlands.
Die Deutsche Bundesbahn unterhält einen recht beachtlichen Schiffs- und Fährdienst auf dem See. Die „Weiße Flotte“ enthält Motorschiffe mit über 60 m Länge und nahezu 500

Konstanz am Bodensee: Schon vor der DB-Elektrifizierung war der Bahnhof für Züge der Schweizerischen Bundesbahnen mit Fahrleitungen überspannt. (Foto: DB-Pressedienst)

Sitzplätzen in geschlossenem Raum (zusätzlich bis an die 700 Plätze auf dem Freideck). Die Fahrten entlang der malerischen Ufer angesichts sonnenbeschienener Rebhänge oder der mächtigen Gebirgsstöcke der österreichischen und Schweizer Bergwelt sind ein besonderes Erlebnis. Die sogenannte „schwimmende Brücke“ über den Bodensee fährt zwischen Friedrichshafen und Romanshorn, womit ein 70 km langer Umweg eingespart wird. Anstelle der 54 Jahre alten und außer Dienst gestellten Fähre „Schussen“ wurde mit Beginn des Stundentakt-Fahrplanes im Jahre 1983 das Bundesbahn-Fährschiff „Friedrichshafen“ eingesetzt. Es bedient gemeinsam mit der Fähre „Romanshorn“ der Schweizerischen Bundesbahnen (SBB) den Autotrajektverkehr zwischen beiden Ländern. Die „Friedrichshafen“ ist die frühere Güterwagen-Fähre „Rorschach“, die von den SBB an die DB verchartert und umgebaut wurde.

Das erste im Regeldienst eingesetzte Dampfboot auf dem Bodensee hieß „Wilhelm“. Die Kursfahrten begannen schon am 1. Dezember 1824. Am 10. Oktober 1837 kam das erste bayerische Dampfschiff „König Ludwig I.“ in den Dienst. Die recht bewegte Vergangenheit der Bodensee-Schiffahrt endete mit der „Verreichlichung“ der verschiedenen deutschen Staatsbahnen nach dem Ersten Weltkrieg. Im Zweijahres-Turnus hatten zuvor die Großherzoglich Badischen Staatseisenbahnen, die Königlich Bayerischen Staatseisenbahnen, die k.k. Österreichischen Staatsbahnen, die Schweizerischen Bundesbahnen und die Königlich Württembergischen Staatseisenbahnen die geschäftsführende Verwaltung übernommen. Bald wurden auch Trajektschiffe eingesetzt.

Die gesamte Bodenseeflotte der DB, der Österreichischen und der Schweizerischen Bundesbahnen „hängt“ über Funksprechverbindungen am Fernsprechnetz der drei Bahnverwaltungen. Rund um den Bodensee sind insgesamt sechs ortsfeste Funkstationen aufgebaut, und zwar in Bregenz (Österreich), Romanshorn (Schweiz), Allensbach, Konstanz, Friedrichshafen und Lindau (alle Bundesrepublik Deutschland). Diese ohne Bedienungspersonal arbeitenden Stationen bilden das Bindeglied zwischen Schiff und Land.

Vielfältiges Bayern

Donau und Main sind die beiden Hauptströme, durch die Bayern schon frühzeitig zu Wasser Verbindung mit den Weltmeeren bekam. Dabei ist ein kurzer historischer Rückblick insofern interessant, als er ein bemerkenswertes Stück Technikgeschichte aufdeckt. Bis ins vierzehnte und fünfzehnte Jahrhundert hinein übertraf der Schiffsverkehr auf der Donau den auf dem Rhein. Regensburg und Passau sind wichtige Donauhäfen geblieben und dazu bemerkenswerte Eisenbahnknotenpunkte geworden. Ein Versuch, die Schiffahrt auf Main und Donau zu beleben, war die inzwischen längst vergessene Kettenschiffahrt, die auf das Jahr 1872 zurückgeht; zu dieser Zeit bestand sie bereits auf der Elbe. Das funktionierte so: Eine Kette wurde längs des Flusses im Bett verlegt. Ein Greifrad, dessen Klauen die Kette erfaßten, bildete das entscheidende Kraftübertragungsglied des Antriebs. Man versuchte zunächst eine Gesellschaft für diese Art von Schiffsverkehr auf dem Abschnitt Mainz – Würzburg zu gründen. Der Versuch scheiterte zunächst. Mit einem einzigen Heckradschleppdampfer war nicht allzuviel erreicht. Später sprach man von einer „Mainkette“, wobei ein Kettenbetrieb von Aschaffenburg bis Miltenberg und Bamberg geplant war. Der staatliche Betrieb schaffte noch vor dem Ersten Weltkrieg die Voraussetzungen für einen Kettenbetrieb von Aschaffenburg bis Schweinfurt. Wiederholt wurde die Kette – vor allem beim Frühjahrshochwasser – von Geröll und Sand zugedeckt. Acht bayerische Kettenschiffe hatten aber in der Tat – besonders im Ersten Weltkrieg – großartige Transportleistungen vollbracht. Getreide kam aus dem Balkan, und mit einer Geschwindigkeit von ungefähr 10 km/h ging’s schon hurtig vorwärts. Die Kettendampfer waren im Volksmund die „Mainkühe“. Sie mußten mit der Mainkanalisierung gegen Ende der zwanziger Jahre allmählich „sterben“. Voraussetzung für ein gutes Funktionieren und Weiterbefördern waren entsprechende Häfen und Eisenbahnanschlüsse.

Angesichts eines allgemeinen „archäologischen“ Interesses muß man auch nach den Schattenseiten eines solchen Massentourismus

Die 800 m lange Maintalbrücke bei Gemünden (Neubaustrecke Hannover – Würzburg) wird dazu beitragen, die Nord-Süd-Relation zwischen Norddeutschland und München zu verkürzen.
(Foto: BD Nürnberg)

und nach der Problematik der Bildungsreisen fragen. Es ist schon das Schlagwort der „Plünderung der Vergangenheit" gefallen, und selbst Leute, die es bei ihrem Bildungsniveau eigentlich besser wissen müßten, nehmen die Gelegenheit wahr, von schlecht beaufsichtigten Ruinenplätzen „Andenken" mitzunehmen. Und es ist kein Geheimnis, daß die von Touristen „abgenutzte" Akropolis eigentlich nicht nur zeitweise gesperrt werden müßte.
Wir wissen ja selbst, daß es auch unter den Eisenbahnfreunden „Hobbyausgräber" gibt, die beispielsweise Lokomotivdenkmäler ihrer nicht niet- und nagelfesten Ausrüstungsteile berauben. Es ist nicht unsere Absicht, den Tourismus und die Fremdenverkehrsindustrie im ganzen in Frage zu stellen. Das würde uns auch gar nicht gelingen. Der Autor hält jedenfalls die Individualreise, die Entdeckungsfahrt in kleinen Gruppen für sinnvoller. Immerhin ist die Aussicht auf bessere Information und mehr Bewegungsfreiheit größer. Sicher haben die „Denkmalspfleger" auch Pflichten. Aber es kann sich wohl niemand leisten, eine im Freien ungeschützt stehende Lokomotive bei Tag und Nacht bewachen zu lassen. Das geht sicher auch nicht bei Objekten der Industriekultur, wie auch bei prähistorischen Fundstätten nur selten. Museen unter Dach haben es da leichter.
Drei der bedeutendsten Museen unseres Interessengebietes liegen in Bayern. Es sind dies das weltberühmte Deutsche Museum in München, das Verkehrs- und Postmuseum in Nürnberg und das Deutsche Dampflokomotiv-Museum in Neuenmarkt.

Oskar von Miller hatte die Idee zur Einrichtung eines Museums für Meisterwerke der Naturwissenschaften und der Technik, und Georg von Krauss wurde der erste „Mäzen". Die Gründungsversammlung fand am 28. Juni 1903 statt. Der Bayerische Staat stellte für die erste Abteilung (mit Landtransportmitteln) das Gebäude des alten Nationalmuseums in der Maximilianstraße in München zur Verfügung. Für die zweite Abteilung wurde 1905 die vom Kriegsministerium freigegebene Isarkaserne verwendet. Aber man hatte bereits Pläne für einen repräsentativen Neubau. Gabriel von Seidls neuer, preisgekrönter Bau zwischen zwei Armen der Isar öffnete feierlich zum 70. Geburtstag des Museumsgründers am 7. Mai 1925.

Was die umfangreiche Eisenbahnabteilung dieses weltbekannten Museums heute enthält, ist erstaunlich. Wir finden beispielsweise die Nachbildung der Borsig-Lokomotive „Beuth" (Fabriknr. 24), die erste elektrische Lokomotive der Welt von Siemens, die erste elektrische Vollbahnlokomotive Europas (Burgdorf-Thun-Bahn, Schweiz), die berühmte Maffei-Konstruktion der bayerischen S 3/6 (Reichsbahn-Nummer 18451), eine elektrische Zahnradlokomotive (System Strub) für die Jungfraubahn, eine von der Wiener Lokomotivfabrik Floridsdorf gebaute Abt'sche Zahnradlokomotive für Bosnien (Gattung III^{c} Nr. 719, spätere 97-019 der JZ) aus dem Jahre 1908. Letztere ist für kombinierten Reibungs- und Zahnradbetrieb (760 mm Spurweite) ausgelegt und macht die Bergbahn-Abteilung des Museums, worin sich auch ein Pilatusbahn-Dampftriebwagen aus der Schweiz befindet, besonders attraktiv. In dieser Abteilung finden sich noch zahlreiche wertvolle Fahrzeugmodelle, darunter eines von der 1887 für die Bolan-Paßstrecke in Indien von der Maschinenfabrik Esslingen gebauten Zahnradlokomotive, und Dioramen (Jungfraubahn).

Die Liste der Exponate des Deutschen Museums, schon allein der Eisenbahnabteilung mit Lokomotiven, Wagen, Stellwerken und Eisenbahnbau, wäre zu lang, um sie hier aufzuführen. Man benötigt nicht nur Stunden, sondern mindestens zwei Tage, um sich wenigstens einen flüchtigen Überblick zu verschaffen. In der großen Fahrzeughalle der Abteilung Landverkehr begegnen sich jetzt zwei Generationen von Diesellokomotiven: die 1935 von Krauss-Maffei gebaute V 140 mit Stangenantrieb und die Antriebsanlage einer modernen Drehgestell-Diesellokomotive der Baureihe 216 (V 160). Der Dieselmotor dieses Exponats stammt von MTU in Friedrichshafen, das hydraulische Getriebe von Voith in Heidenheim, die Radsatzgetriebe von Kaelble Gmeinder in Mosbach (Baden) und die Radsätze von Thyssen-Henrichshütte in Hattingen (Ruhr).

Die gewaltige Sammlung aus allen Zweigen der Technik wird immer wieder ergänzt, manche Exponate müssen anderen und wichtigeren weichen. Das betrifft auch Schienenfahrzeuge, die gegebenenfalls an andere Museen und Standorte abgegeben werden müssen. – Jeder engagierte Museumsmann und Archivar hat das Ziel, geschichtlich wertvolle Gegenstände aufzuspüren und zu beschaffen. Das Deutsche Museum bietet einen erstaunlichen, systematischen Einblick in das Reich der Technik und ihrer Geschichte. Aber auch über die Zukunftsaussichten kann man sich in der neuen Abteilung „Energietechnik" mit Beiträgen zur Nutzung der Kernenergie, des Sonnenlichtes, der Biomasse und der Windenergie informieren.

Das viel jüngere „Deutsche Dampflokomotiv-Museum (DDM)" in Neuenmarkt (Oberfranken) öffnete offiziell am 22. Juli 1977 im ehemaligen Bahnbetriebswerk Neuenmarkt-Wirsberg seine Tore zur Überraschung der Fachwelt. Es war an einer der interessantesten deutschen Eisenbahnstrecken entstanden, der bekannten „Schiefen Ebene" am Rande des

Das Verkehrsmuseum in Nürnberg.
(Foto: Messerschmidt)

Die berühmte „Adler" im Nürnberger Verkehrsmuseum.
(Foto: BD Nürnberg)

Fichtelgebirges. Die Kriegs-Dampflokomotive 52 5804 zählte zu den ersten Lokomotiven, die im DDM museal aufgearbeitet wurden. 1983 wurde jedoch schon über die Zukunft dieses hervorragenden Museums diskutiert. Verkauf, Überlassung oder eine anderweitige Unterbringung der Lokomotiven, möglicherweise in Berlin, gehörten zu den Gesprächsthemen. Das wäre schade, denn auch die herrliche Umgebung Neuenmarkts mit der vielgerühmten, etwa 8 km langen Steigung, die zwischen Frankenwald und Mainland einen Höhenunterschied von 137 m überwindet, hinterläßt bei allen Eisenbahnfreunden, bei alt und jung, unvergeßliche Eindrücke.
Das Verkehrsmuseum Nürnberg, das bereits am 22. April 1925 eröffnet wurde und im alten Museum (1899–1924) am Marientorgraben einen Vorläufer hatte, ist in den Jahren 1983 und 1984 im Hinblick auf das Eisenbahn-Jubiläumsjahr 1985 (150 Jahre deutsche Eisenbahnen) umgestaltet und erweitert worden. Ein Besuch im Nürnberger Verkehrsmuseum, das sich übrigens in unmittelbarer Nähe des Hauptbahnhofs befindet, ist sehr empfehlenswert, weil hier fundierte Eisenbahn- und Post-Technikgeschichte „handgreiflich“ geboten wird, die zum Wissen jedes ernsthaften Eisenbahnfreundes gehören sollte. Da gibt es Kostbarkeiten wie eine elektrische Lokomotive (3 x 160 Volt) der Münchener Post-Untergrundbahn. Dieses 1910 von Krauss mit der Fabriknummer 23 gebaute Lokomotivchen hat 45 cm Spurweite. Auch der Nachbau der ersten, von Siemens im Jahre 1879 gebauten Elektrolokomotive und der Originalführerstand der 1'C1'-Elektrolokomotive E 32 12 fesseln den Lokomotivgeschichtler.
Allein die Entstehungsgeschichte des Nürnberger Museums ist reizvoll genug: Im Jahre 1882 fand in Nürnberg die erste bayerische Landesgewerbeausstellung statt, auf der die Königlich Bayerische Staatseisenbahnverwaltung viele Modelle von Fahrzeugen und Betriebsanlagen zeigte. Diese Sammlung fand so starke Beachtung, daß die Generaldirektion der Staatseisenbahnen bei der Regierung beantragte, die auf der Ausstellung gezeigten Objekte als Grundstock eines Eisenbahnmuseums zu verwenden. Die Regierung entsprach diesem Antrag. Zunächst wurde die Sammlung in einem Gebäude der Eisenbahn-Zentralwerkstätte in München untergebracht, wo sie nur Eisenbahnern und Angehörigen der Verkehrsanstalten zugänglich war.
Die zweite Landesgewerbeausstellung im Jahre 1896 in Nürnberg hatte eine weitere Bereicherung der Sammlung zur Folge. Und nun half die Stadt Nürnberg weiter. Sie überließ der Generaldirektion der Königlich Bayerischen Staatseisenbahnen einen Kunstpavillon am Marientorgraben, den man für die erste Landesgewerbeausstellung 1882 errichtet hatte. In ihm fand das Eisenbahnmuseum eine Bleibe. Es wurde am 1. Oktober 1899 eröffnet. Bereits damals standen 3000 m^2 Ausstellungsfläche zur Verfügung. Im Jahre 1901 kam eine interessante Post- und Telegraphenabteilung hinzu, was zur Umbenennung in „Kgl. Bayerisches Verkehrsmuseum“ führte. Zwischen Lessing-, Sand- und Weidenkellerstraße stellte die Stadt Nürnberg im Jahre 1914 ein Grundstück für einen Neubau zur Verfügung. Das neue „Verkehrsmuseum Nürnberg“ konnte am 22. April 1925 seine Tore öffnen. Große Beachtung fanden schon in den zwanziger Jahren die angeschlossene Bibliothek, die bald über 20 000 Bände umfaßte, und das Verkehrsarchiv. Im Zweiten Weltkrieg erlitt das Museum Bombenschäden, Schäden durch Witterungseinflüsse und Plünderungen. Erst am 22. April 1953 konnte man die Sammlungen wieder der Öffentlichkeit zugänglich machen.
Zu den Prunkstücken gehören Modelle des ersten deutschen Eisenbahnzuges der Bahn von Nürnberg nach Fürth, zahlreiche Dampflokomotivmodelle im Maßstab 1:10, Modelle anderer Triebfahrzeuge und von Eisenbahn-

U-Bahnhof Lorenzkirche in Nürnberg.
(Foto: Bildstelle Stadt Nürnberg)

Rechts oben: Der Hauptbahnhof Nürnberg. Im Jahre 1835 fuhr die erste deutsche Eisenbahn des öffentlichen Verkehrs zwischen Nürnberg und Fürth.
(Foto: BD Nürnberg)

Rechts unten: Gleisbildtafel im Stellwerk des Verschiebebahnhofs Nürnberg.
(Foto: BD Nürnberg)

wagen. Eine Wunderwelt für sich ist die 80 m^2 große Modellbahnanlage; der Rangierbetrieb entspricht genau dem „großen Vorbild".
Im Fahrzeugsaal sind historische Lokomotiven und Wagen in Originalgröße ausgestellt, darunter die Nachbildung der Stephenson-Lok „Adler" (erste Lokomotive in Deutschland, 1835 für die Strecke Nürnberg – Fürth beschafft), die Crampton-Lokomotive „Phoenix", die Krauss-Lokomotive „Landwührden", die berühmte bayerische Schnellzuglok S 2/6 aus dem Jahre 1906 und die Borsig-Stromlinienlokomotive 05 001. Auch der Salonwagen des Fürsten Bismarck und zwei Wagen aus dem Hofzug König Ludwigs II. von Bayern gehören zu den beachtenswerten Eisenbahnwagen-Exponaten. Wir können hier den Interessenten nur den „Mund wäßrig machen". Sehen Sie selbst, im Adlersaal, im Maschinensaal, in den Räumen der Betriebs- und Werkstättenanlagen, im Schiffssaal, im Lehrstellwerk oder in der Modellbahnanlage, es wird ein Erlebnis mit unvergeßlichen Eindrücken. Die am Postwesen Interessierten werden nicht schlechter bedient und kommen ganz bestimmt auf ihre Kosten. Nürnberg darf auf einer Entdeckungsreise deutscher Eisenbahn- und Postgeschichte einfach nicht ausgelassen werden.
In Nürnberg wird das Mittelalter unterfahren, so hieß es 1978 zur Fertigstellung der Untergrundbahn im Bereich der Altstadt. Am 28. Januar 1978 war ein 2 km langer Abschnitt betriebsbereit, ein Teil der 14 km langen Stammlinie U 1, zwischen den Stationen Aufseßplatz und Weißer Turm. Die Strecke wurde von Anfang an mit U-Bahnzügen, nicht mit Straßenbahnen wie in manchen anderen Städten, betrieben. Der Startschuß zum Beginn des bergmännischen Vorgehens in der Tunnelstrecke Aufseßplatz – Hauptbahnhof war im August 1973 gegeben worden. Den Besucher

TA Computer Systeme
Büromaschinen

werden sicher einige bauliche Besonderheiten beeindrucken: Das 2600 t schwere Portal des DB-Hauptbahnhofs wurde während der Bauarbeiten mit einem Stahlträgerrost und zahlreichen Betonpfählen unterfangen und steht heute auf der oberen Tunneldecke des U-Bahnhofs. Der 7000 t schwere Südturm der Lorenzkirche machte ähnliche Kunststücke erforderlich; er steht nur 80 cm neben der östlichen Bahnhofsröhre. Dagegen ruht der 4500 t schwere Weiße Turm sogar direkt auf dem Bahnhofsbauwerk der U-Bahn. Weitere unterirdische Strecken sind inzwischen hinzugekommen.

Nürnbergs Hauptbahnhof mit etwa 800 täglichen Zugfahrten und rund 4200 Rangierbewegungen erhielt ein Drucktasten-Stellwerk der Bauform SpDr S-600. Damit sollen nicht nur mehrere veraltete Stellwerke ersetzt werden; auch die Fahrdienstleiter für die S-Bahn werden später in diesem Gebäude untergebracht. Mit dem S-Bahnbau im Ballungsraum Nürnberg wurde am 1. Oktober 1983 begonnen, die erste Strecke führt nach dem 17 km entfernten Lauf links der Pegnitz. Der Umschlagbahnhof Nürnberg ist erweitert worden und stand damit im Bundesgebiet im Containerverkehr des Jahres 1983 an zweiter und im Huckepackverkehr an neunter Stelle. Wer die Betriebspraxis studieren will, möge zum Nürnberger Rangierbahnhof hinausfahren. Der Ausbau auf vollautomatischen Betrieb ließ eine Steigerung der Stundenleistung von 277 auf 320 Güterwagen zu. Mit täglich 4700 Wagen im Ausgang, 17 Einfahrtgleisen, 106 Richtungsgleisen und 24 Ausfahrgleisen, die sich über eine Länge von 3,7 km erstrecken, gehört dieser Bahnhof zu den größten Rangieranlagen Deutschlands. Die Laufwegsteuerung und Laufverfolgung sowie die Regelung der Geschwindigkeiten erfolgt automatisch über Prozeßrechner. Um in Anbetracht der langen Laufwege einen vorzeitigen Wagenstillstand zu verhindern, wurde eine Zusatzanlage nach dem Booster-Retarder-System, eine Kombination aus hydraulischem Bremselement und pneumatischem Beschleunigungselement, installiert. Eine neuartige Sicherung (versenkbarer Prellbock mit Gleisrost) bergab gelegener Spitzen der Richtungsgleise wurde hier bereits 1982 erprobt.

Wie Augsburg die Metropole für die Region Bayerisch Schwaben ist, so ist es Nürnberg für das Frankenland. Die „Fränkische Schweiz“ mit pittoresken Felsgebilden, Höhlen und Grotten, aber auch die Städte Coburg, Aschaffenburg, Rothenburg ob der Tauber, Bayreuth, Würzburg und Dinkelsbühl machen diesen Teil Bayerns zu einem vielfältigen Urlaubsparadies. Dinkelsbühl, Stadt im Schnittpunkt früherer Handelswege, liegt an der Bahnlinie zwischen Feuchtwangen und Nördlingen. Das behäbig anmutende schwäbisch-fränkische Mittelalter läßt uns die Eisenbahn fast vergessen.

Im nördlichsten Zipfel Frankens führt die Bahnlinie über Pressig (-Rothenkirchen) und Ludwigsstadt in die Deutsche Demokratische Republik. Ludwigsstadt im Frankenwald mit seiner langen, 28 m hohen Eisenbahnbrücke, über die früher ein lebhafter internationaler Schnellzugverkehr von und nach Berlin und Mitteldeutschland abgewickelt wurde, heute aber nur noch einen schwachen Betrieb über Probstzella (Grenzbahnhof) nach Saalfeld zu verkraften hat, liegt nun an der Grenze eines geteilten Deutschland. Während Coburg, einst das „Tor nach Thüringen“, mit der Grenzziehung zur DDR eisenbahnbetrieblich ins Hintertreffen geraten ist, hat die Grenzstadt Hof mit Transitzügen nach Berlin, Dresden, Leipzig und Görlitz noch eine gewisse Bedeutung für den Durchgangsverkehr behalten. Ein technisches Meisterwerk findet sich am Stadtrand von Hof: die größte Radarstation Europas. Sicherlich werden derartige Superlative im Laufe der Zeit noch überboten. Aber schließlich hat Hof außer seinem Bahnbetriebswerk und den Saalebrücken auch eine

herrliche, landschaftlich bestechende Umgebung mit dem Frankenwald zu bieten.
Südlich von Hof liegt Marktredwitz, Knotenpunkt der Linien Hof – Regensburg (frühere Schnellzugstrecke Leipzig – Hof – Regensburg – München) und Nürnberg – Eger (Cheb) mit Grenzbahnhof Schirnding. Die Fortsetzung des Grenzgebirges zur Tschechoslowakei bildet im Süden der Bayerische Wald, der über eine bewegte Eisenbahnbaugeschichte verfügt. Bereits um die Mitte des vorigen Jahrhunderts sprach man von der „Eisenbahnwüste“ Ostbayern: „Nur noch ein Bahnanschluß kann diese Gegend vor der völligen Verödung retten!“ Man atmete auf, als 1860 die Strecke Regensburg – Passau mit zahlreichen Brükkenbauten, darunter die fast 320 m lange Isarbrücke bei Plattling, den Betrieb in vollem

Die Deffernik-Brücke bei Zwiesel auf der Strecke Plattling – Bayerisch Eisenstein.
(Foto: Messerschmidt)

Umfang aufnahm. In Richtung Oberpfalz drang die Strecke Regensburg – Schwandorf (mit Linie Schwandorf – Amberg – Nürnberg) vor. Bei Regensburg-Schnabelweis entstand eine mit Flutöffnungen ausgestattete 587 m lange Brücke über die Donau.
Betriebsam geht es noch auf der Strecke Nürnberg – Sulzbach-Rosenberg – Schwandorf – Furth im Wald (Grenzbahnhof) zu. In Sulzbach-Rosenberg hat die bekannte Maximilianshütte ihren Standort. Schwandorf wurde der Ausgangspunkt für eine weitere Strecke in die Tschechoslowakei. Die Trasse führt über

Cham zum Grenzbahnhof Furth im Wald. Damals freilich war Furth im Wald Grenzbahnhof zu dem zum habsburgischen Kaiserreich Österreich-Ungarn gehörenden Böhmen. Verschiedene Kunstbauten, darunter tiefe Einschnitte in einem Gneis-Bergzug und ein 120 m langer Tunnel, und die Notwendigkeit, durch Kehren und Talausfahrungen Höhen auf langen Fahrstrecken zu überwinden, machten den Bahnbau über das Grenzgebiet von Bayerischem und Böhmerwald nach Pilsen zur mühevollen Arbeit.

Südlich dieser Strecke wurde die Lokalbahn Plattling – Deggendorf gebaut, die im März 1866 eingeweiht wurde und als die erste Nebenbahn, auch Sekundärbahn genannt, in Süddeutschland galt. Doch schon 1867 übernahm die Bayerische Ostbahn die Betriebsführung, und mehrere Jahre später plante man, die Strecke in eine Linie von Böhmen über Zwiesel nach Landau (Isar) einzugliedern. Im Jahre 1877 wurde die „Waldbahn" nach Zwiesel und Ludwigsthal in Betrieb genommen. Der Deggendorfer Bahnhof wurde verlegt, um etwas Höhe für den Gebirgsanstieg zu gewinnen. Die Strecke ist auch heute noch recht malerisch. Zu den großartigsten Kunstbauten zählen die Deffernikbrücke bei Ludwigsthal, die 49 m hohe und 308 m lange Ohebrücke bei Regen, der 474 m lange Kühbergtunnel im Raum Ulrichsberg und der 569 m lange Hochbühltunnel bei Gotteszell.

Ein trauriges Kuriosum bildet der verödete Bahnhof Bayerisch Eisenstein, früherer Gemeinschaftsbahnhof Eisenstein. Die östliche Hälfte des Bahnhofsgebäudes ist ungenutzt, nur die deutsche Hälfte ist in Betrieb. Das Bahnhofsgelände ist von einem Grenzgitter quer durchzogen. Welche politischen Großtaten sind doch solche trennenden Zäune, Mauern und Streckenunterbrechungen! Früher führte die Strecke von Zwiesel über Eisenstein

Links: Eisenbahn-Schneeschleuder, Bauart Beilhack HB 300, im Bayerischen Wald. (Foto: Beilhack)

Rechts: Der Regensburger Hauptbahnhof. (Foto: Messerschmidt)

nach Neuern – Klattau – Pilsen. Es gibt Pläne, auf dem Gelände des Bahnhofs Bayerisch Eisenstein mit seinem verlassenen Bahnbetriebswerk ein Lokalbahn-Museum einzurichten. In Zwiesel zweigen die Stichbahnen Zwiesel – Grafenau (früher Lokalbahn) und Zwiesel – Bodenmais ab, die beide in schöne Erholungsgebiete führen.
Eine der großen privaten Eisenbahnen jenes Gebietes ist die Regentalbahn AG, die 1983 noch über 60 km Streckenlänge verfügte; zu ihr rechnen die Linien Gotteszell – Viechtach – Blaibach, Deggendorf – Metten und Lam – Kötzting. Die Umstellung auf Omnibusbetrieb ist, besonders auf den letztgenannten beiden Strecken, schon weit fortgeschritten. Andere Schienenwege, darunter die Bundesbahnstrecke Erlau – Obernzell – Wegscheid (mit Zahnstangenabschnitt), sind seit langem „tot". Aber wie im „Bürgerforum" des Bayerischen Fernsehens und auch sonst in öffentlichen Diskussionen im ersten Halbjahr 1984 anklang, sind die Strecken von Zwiesel nach Bodenmais, Bayerisch Eisenstein und Grafenau von der Stillegung ebenfalls bedroht, müssen also bereits der Vergangenheit zugeordnet werden.
Sicher wird auch die Fertigstellung des Rhein-Main-Donau-Kanals einen Rückgang des Eisenbahn-Verkehrsaufkommens verursachen. Diese künftige Wasserstraße zwischen Schwarzem Meer und Nordsee wird auch Regensburger Gebiet durchqueren. In Regensburg mit seinem großen Betriebswerk bewundert man die älteste deutsche steinerne Flußbrücke (Baujahre 1135–1146). Und wer denkt nicht an den Donaudurchbruch zwischen Weltenburg und Kelheim?
Passau am Zusammenfluß von Donau, Inn und Ilz ist nach wie vor ein lohnendes Reiseziel, schon allein wegen seiner zahlreichen Brücken. Die im Zweiten Weltkrieg stark be-

schädigte Innbrücke konnte im November 1945, zunächst eingleisig, wieder befahren werden. Die Donaubrücke beim Kachlet-Kraftwerk, im Zuge der Strecke Passau – Freyung, folgte erst im April 1948. Dagegen richtete man den schwer getroffenen Hauptbahnhof von Passau so schnell wieder her, daß er schon im Oktober 1945 etwa ein Drittel seiner früheren Leistungsfähigkeit erreichte. Am Stadtrand von Passau wurde 1968 die Borsig-Lok 99 7201 als Blickfang aufgestellt.

Einen ähnlichen Ruf als Brückenstadt hat die einstige Reichsstadt Donauwörth an der Mündung der Wörnitz in die Donau. Im Jahre 1977 feierte man in der Stadt ein kleines Eisenbahn-Jubiläum unter dem Leitspruch „1000 Jahre Brückenstadt – 100 Jahre Bahnhof Donauwörth". Früher Standort eines großen Betriebswerkes, hat Donauwörth mit dem Werk von Messerschmitt-Bölkow-Blohm (MBB) große Bedeutung für den Schienenfahrzeugbau.

In Franken fuhr die erste deutsche Eisenbahn, die Ludwigseisenbahn, von Nürnberg nach Fürth. Das war am 7. Dezember 1835. Zahllose Fern- und Vizinalbahnen folgten. Vizinalbahnen, das sind Bahnverbindungen von lokaler Bedeutung. Und solche gab es in Bayern bald, noch im vorigen Jahrhundert, in Hülle und Fülle: Markt Schwaben – Erding, Immenstadt – Sonthofen, Holzkirchen – Tölz, Dombühl – Feuchtwangen, Prien – Aschau, Feucht – Altdorf oder Weilheim – Murnau, um nur einige zu nennen. Bis um 1930 waren noch fast alle in Betrieb.

Eine Eisenbahn-Besonderheit stellte die einzige Zahnradbahn der Königlich Bayerischen Staatseisenbahnen dar, auf den Streckenabschnitten Obernzell – Untergriesbach und Mitterwasser – Wegscheid jeweils mit Strub-Zahnstange, der Linie Erlau – Wegscheid (bei Passau). Aus ist's damit! Verschwunden ist auch die Lokalbahnstrecke von Sontheim an der Brenz nach Gundelfingen (in Bayern). Man sieht davon nur noch ein übriggebliebenes Stumpfgleisstück südlich des Bahnhofs Sontheim. Geblieben ist aber auch die immer noch in Betrieb befindliche Strecke Murnau – Oberammergau. Dort wurde erstmals von einer bayerischen Privatbahn der Wechselstrombetrieb eingeführt. Heute gehört diese Strecke zum Bundesbahnnetz, ebenso wie die Linie Bad Reichenhall – Berchtesgaden, die auf fast 5 km Länge eine Neigung von 40‰ aufweist.

In den Jahren von 1970 bis 1977 ist der Reisezugbetrieb auf zahlreichen bayerischen Nebenbahnen eingestellt worden, darunter die Bahnen Dombühl – Rothenburg ob der Tauber, Ingolstadt – Riedenburg, Memmingen – Legau, Schongau – Kaufbeuren, Bayreuth – Thurnau, Erlau – Wegscheid, Aschaffenburg – Höchst, Bayreuth – Hollfeld, Tirschenreuth – Bärnau (Waldnaab), Lohr Stadt – Wertheim, Neustadt (Saale) – Königshofen und Strullendorf – Schlüsselfeld. Manche dieser Strecken sind inzwischen ganz aufgelassen. Geradezu an ein Wunder grenzt da die Wiederinbetriebnahme des Streckenabschnittes Passau – Kalteneck der 1982 stillgelegten Nebenbahn Passau – Freyung. Anlaß der Stillegung war der traurige Zustand der 184 m langen Kachletbrücke über die Donau. Den Anstoß für die Renovierung im Jahre 1983 gab die Zahnradfabrik in Passau, die ein Zweitwerk in Patriching plante. Auf den nichtstaatlichen bayerischen Nebenbahnen, beispielsweise Schaftlach – Tegernsee, Prien – Stock und Gotteszell – Blaibach (mit einer gewaltigen Bogenbrücke von 70 m Stützweite nahe Blaibach), wird noch ein Betrieb aufrechterhalten; Einstellungen dürften auch hier nicht in allzu weiter Ferne liegen. Die schmalspurige Walhallabahn und die Härtsfeldbahn, beide ehemals mit Rollbockbetrieb, sind längst der Rationalisierung zum Opfer gefallen. In Dillingen (Donau) sind ein demontiertes Betriebsgelände und ein verwaistes Betriebsgebäude die letzten Zeugen

der über das Härtsfeld vom Donautal nach Aalen führenden Meterspurbahn.
Und es gab auch eine interessante Bahn von Miltenberg nach Wertheim (Main), wobei die Lok den Zug von Miltenberg Hbf bis zur Spitzkehre vor Miltenberg Nord schob. Der Spitzkehrenbetrieb hat sich übrigens noch bis in die siebziger Jahre unseres Jahrhunderts für die durchgehenden Eilzüge Ulm – Bad Mergentheim – Lauda – Wertheim – Miltenberg – Aschaffenburg – Frankfurt (Main) gehalten. Aber das ging dann schon mit der Diesellok der Reihe 215 vor sich, die den Zug einfach rückwärts in den Miltenberger Bahnhof hineindrückte. Heute fahren die Züge über die Verbindungskurve, in unmittelbarer Nähe der Mainbrücke, ohne Kopfmachen oder „Rückwärtsgang".
Bayern ist, wie wir mehrfach gesehen haben, eine bedeutende „Eisenbahnregion" mit viel Tradition und Zukunft. Hierzu gehört auch die Erzeugung von elektrischem Strom für die Bahn. Im Jahre 1978 bezog die DB ihren Strom aus 28 Kraft- und Umformerwerken zwischen Bremen und Bad Reichenhall. In jedem dieser Werke stehen besondere Bahnstrommaschinen für Einphasen-Wechselstrom mit einer Frequenz von 16⅔ Hz. Aber nicht alle Elektrizitätswerke gehören der Bundesbahn, man bezieht den Bahnstrom auch von Energieversorgungsunternehmen. Der Stromeinsatz obliegt der zentralen Bundesbahn-Netzleitstelle in Frankfurt (Main). Eines der ältesten Bahnstrom-Kraftwerke liegt in Bayern in einer herrlichen Alpenlandschaft, das Walchensee-Kraftwerk, das die zweihundert Meter Höhenunterschied zwischen Walchensee und Kochelsee nutzt.
Das Gebiet im Osten der Bayerischen Alpen, zwischen Kampenwand und Watzmann, Chiemsee und Königsee ist durchaus nicht nur eine vielfältige Ferienlandschaft mit besonderen Reizen. Außer dem „Neuen Schloß" Herrenchiemsee, 1878–85 von Ludwig II. nach dem Vorbild von Versailles errichtet, außer Ruhpoldings Trachtenpracht oder Berchtesgadens Weihnachtsromantik gibt es hier auch eine Fülle von Eisenbahnsehenswürdigkeiten. Da fährt ein altes, aber immer noch lebendiges Bähnchen zwischen dem Bahnhof Prien und dem Chiemseehafen in Stock. Da ist die berühmte Wendelsteinbahn zu bewundern, die 1912 in Betrieb genommen wurde und sich an einer Strub-Zahnstange von Brannenburg aus, an der Strecke München – Kufstein gelegen, den Wendelstein emporarbeitet. Die elektrische Gleichstrombahn (1500 V Fahrspannung) mit 1000-mm-Spur fährt noch heute mit den alten Esslinger Lokomotiven, die von BBC und von Siemens elektrisch ausgerüstet wurden. Allerdings stand die Bahn schon wiederholt auf „Krisen-Kurs", nachdem man früher bereits ihre Streckenlänge gekürzt hat. Anfangsstation war einst der Bahnhof Brannenburg an der zweigleisigen Hauptbahn, jetzt beginnt die Fahrt an anderer Stelle des Ortes. Vor dem Ersten Weltkrieg galt die Wendelsteinbahn als Wunderwerk. Die damals höchste deutsche Alpengipfelbahn führt bis auf 1724 m Höhe. Das schroffe Gebirge machte außer Zahnstangen-Steilrampen von insgesamt 5,8 km Länge einen Tunnel und viele andere Kunstbauten nötig. Sie war die erste in Deutschland mit 1500 Volt Gleichstrom betriebene Bahn des öffentlichen Verkehrs. Die kombinierten Esslinger Reibungs- und Zahnradlokomotiven haben zwei hintereinandergeschaltete Nebenschlußmotoren, die bei Talfahrt als Stromerzeuger arbeiten. Der dabei gewonnene Strom wird einer Puffer-Speicherbatterie zugeführt. Dieses System der Nutzbremsung wurde übrigens schon bei der am 16. April 1894 eröffneten und am 4. Juli 1959 stillgelegten Riggenbach-Zahnradbahn Barmen – Toelleturm der Wuppertaler Verkehrsbetriebe und seit 1904 bei der elektrischen Zahnrad-Straßenbahn Stuttgart – Degerloch praktiziert. Zu den im Jahre 1912 in Betrieb

genommenen drei Lokomotiven kam im Jahre 1935 eine weitere Esslinger Lok, die von Siemens ihre elektrische Ausrüstung erhielt.
Die Wendelsteinbahn hat im letzten Jahrzehnt Schlagzeilen in der Tagespresse gemacht. „Über dem Wendelstein kreist der Pleitegeier“, hieß es 1975, „Staat, Kreis und Gemeinden gleichen Defizit aus“, schrieb man 1977. Obwohl jährlich an die 160 000 Fahrgäste in die gelben Wendelstein-Züge stiegen, an Almen und Gemsen vorüberfuhren, kam man nicht mehr aus den roten Zahlen. Eine von Bayrischzell aus fahrende Seilbahn macht die Fahrt billiger. Und selbst die Tatsache, daß die „Geburtsurkunde“ der Wendelsteinbahn im

Oben: Zug der elektrischen Zahnradbahn auf den Wendelstein. (Foto: Wendelsteinbahn GmbH)

Rechts: Neuer Triebwagenzug im Winterbetrieb auf der Zahnstangenstrecke der Bayerischen Zugspitzbahn. (Foto: Bayer. Zugspitzbahn/Blumenthal)

Jahre 1912 vom Prinzregenten Luitpold unterschrieben wurde, machte die ehrwürdige Zahnradbahn nicht rentabler. Aber die Bahn wird nicht stillgelegt. Alle ihre Freunde atmeten 1978 bei der Pressemeldung „Wendelsteinbahn gerettet“ auf. Nach langen Verhandlungen zwischen den Bayerischen Elektrizitäts-

BAYERISCHE ZUGSPITZBAHN

Werken als Eigentümer und dem Staatsministerium für Wirtschaft und Verkehr konnte die Aufrechterhaltung des Betriebes gesichert werden. Man argumentierte mit dem touristischen Reiz und der Bedeutung der Bahn für die Fremdenverkehrsgemeinden im Inntal. Aber auch die Bedeutung für die Versorgung des Sonnenobservatoriums des Deutschen Wetterdienstes und des Bayerischen Rundfunks auf dem Wendelstein sprach für die Erhaltung der Zahnradbahn, die bis 80 m unterhalb des Gipfels führt.

Die Bergbahnen, heute allerdings überwiegend Seilbahnen, sind das touristische Hauptverkehrsmittel in den bayerischen Alpen. Sie erschließen die Schönheiten der Berge und Möglichkeiten für Freizeit, Urlaub, Sport, Erholung und Naturgenuß. Die 104 Personen-Seilschwebebahnen im Bundesverband deutscher Eisenbahnen (BDE) brachten es in den Jahren 1982/1983 auf rund 23,5 Millionen „Beförderungsfälle", davon entfielen je die Hälfte auf den Sommer- und auf den Winterbetrieb.

Einen Schwerpunkt bildet die berühmte Zugspitzbahn. Als die Zahnradbahn auf die Zugspitze zwischen 1929 und 1930 abschnittweise in Betrieb genommen wurde, betrug die Fahrzeit von Garmisch-Partenkirchen aus bis zum Bahnhof Schneefernerhaus in 2650 m Höhe 105 Minuten. Auf dem letzten Stück der Bergstrecke Eibsee – Schneefernerhaus liegen etwa 4,5 Streckenkilometer im Tunnel. Bei einer Höchstneigung von 250‰ wurde eine verbesserte Riggenbach-Zahnstange eingebaut, die bereits bei Grainau beginnt. Der Stromversorgung nahmen sich die damaligen Isarwerke an. Im Unterwerk Eibsee wird der angelieferte Drehstrom in Gleichstrom für 1650 Volt Fahrdrahtspannung umgewandelt. Einer schweizerischen Idee folgend wurden 1954 zusätzlich zu den Lokomotivzügen neue elektrische Zahnradbahntriebwagen eingesetzt, womit sich die Gesamtfahrzeit auf 60 bis 70 Minuten verkürzte. Im Jahre 1977 hat die Bayerische Zugspitzbahn für die Zahnstangenstrecke von Grainau zum Schneefernerhaus zwei weitere neue Schnelltriebwagen in Dienst gestellt. Damit kann in Zeiten hohen Verkehrsaufkommens die Strecke auf Deutschlands höchsten Berg im 30-Minuten-Takt befahren werden. Zwei Seilschwebebahnen, die Gipfelseilbahn und die Eibsee-Seilbahn, ergänzen das Verkehrssystem zur Zugspitze. Die Reibungsbahn von Garmisch nach Grainau führt das Loisachtal aufwärts an den Stationen Riessersee, Kreuzeckbahn-Talstation und Hammersbach-Höllental vorbei zum Zugspitzbahnhof Grainau. Die meterspurige Strecke ist 7,5 km lang. Der Zugspitzbahnhof Garmisch ist mit dem Bundesbahnhof durch eine Unterführung verbunden. Die Zahnradbahnzüge fahren auf der ebenfalls meterspurigen, 11,1 km langen Riggenbach-Zahnstangenstrecke ab Station Riffelriß, vor Lawinen und Steinschlag geschützt, durch den 4,5 km langen Tunnel in mehreren Kehren zum Bahnhof Schneefernerhaus, der sich mit dem Hotel in einem Gebäude befindet. Das Zugspitzplatt ist mit dem Hotel durch eine Kleinkabinen-Seilbahn (Gletscherbahn) verbunden, die 70 m Höhenunterschied auf einer Strecke von 300 m Länge überwindet. Die 1963 in Betrieb genommene Seilbahn vom Eibsee zum Zugspitzgipfel erklimmt 1949 m Höhenunterschied auf 4453 m Bahnlänge. Bei allen Bahnen verbindet sich der Zauber der Hochgebirgswelt mit neuzeitlicher Technik.

Wer noch mit dem Sessellift von der Alm auf das 1770 m hohe Dürrnbachhorn, in der Nähe von Reit im Winkl, zu den Sonnenterrassen hinaufgondelt, der kann ein wunderschönes Panorama mit Wendelstein und Wildem Kaiser, der Venediger-Gruppe, Hohen Tauern, dem Dachstein- und Watzmannmassiv erleben. Im Jahre 1932 entdeckten leidenschaftliche Eisläufer in 930 m Höhe den Frillensee, nicht weit von Inzell entfernt, für sich. Er hat zwischen Oktober und April eine Eisdecke und gilt als Mitteleuropas kältester See.

Reisezug in Starnberg. (Foto: BD München)

Zu den herrlichen Postkartenmotiven in Bayerns Südosten gehören die Städtebilder von Bad Reichenhall, dem Bayerischen Staatsbad mit 22 Solequellen und Predigtstuhl-Seilbahn, der Königssee mit St. Bartholomä, das 2700 m hohe Watzmannmassiv, das „unvollendete Versailles“ auf der Insel Herrenchiemsee und Berchtesgaden mit seinem Salzbergwerk, das sogar zu besichtigen ist: Man fährt in das Bergwerk mit einer Seilbahn oder auf Rutschen ein, die brennende Grubenlampe in der Hand. Das oberbayerische Salz und sein Abbau finden eine Parallele im „Salinental“ von Bad Kreuznach im Mainzer Becken oder in der Lüneburger Saline, wo man schon im Mittelalter das Salz industriell mit großem Gewinn abbaute. Das Besondere am Berchtesgadener Salzbergwerk: Es wird seit 1517 im sogenannten Sinkwerkbau betrieben. Bergmännisch angelegte Hohlräume werden mit Süßwasser aufgefüllt, in dem sich das Salz löst; unlösbare Bestandteile scheiden sich dabei gleich ab. Die Sole wird in über 18 km langen Leitungen bis nach Bad Reichenhall gepumpt. Höhepunkt einer Besichtigung ist die Floßfahrt auf den Soleseen.

Hübsche Bauernhäuser, Misthaufen und gakkernde Hühner, der Duft von Heu und Schweinebraten, idyllische Kirchen mit Zwiebeltürmen prägen die oberbayerischen Landstriche. Aber auch hier bleibt die Zeit nicht stehen. Auf dem Plateau der Hirschberg-Alm bei Raisting, südlich des Ammersees an der Bahnstrecke von Weilheim nach Augsburg, fand die gewaltige Erdefunkstelle der Deutschen Bundespost ihren Platz. Diese Sende- und Empfangsstation für die Nachrichtenverbindungen zum amerikanischen Kontinent,

Schnellzug auf der Rosenheimer Verbindungskurve in Richtung Kufstein. (Foto: BD München)

nach Nah- und Fernost überbrückt mit Hilfe von Fernmeldesatelliten Atlantik und Indischen Ozean. Die Antennenanlage I besteht aus einer 280 t schweren Konstruktion, die sich auf einem Schienenkreis um sich selbst drehen kann. Von einer Traglufthalle aus Kunstfasergewebe umgeben (49 m Durchmesser), steht das Gebilde, neben anderen Richtantennen, wie ein riesiger weißer Pilz vor der Kulisse der Alpen.

Obwohl wir uns hier nicht mit sozialgeschichtlichen Dingen befassen, kann man wohl kaum von Augsburg sprechen, ohne an die Fuggerei zu erinnern, jene älteste Sozialsiedlung Europas, die aus 53 kleinen Häusern mit je zwei Wohnungen und einer Kirche besteht; eine fünftorige Mauer umgibt die Fuggerei. Und machen wir noch auf Augsburgs Tram aufmerksam, die 1983 ein neues elektrisches Winterdienstfahrzeug mit Einholm-Stromabnehmer und 110 kW Antriebsleistung erhielt.

Noch vieles wäre über die zahllosen „Harmonien und Kontrapunkte“ im bayerischen Raum zu sagen. Ob es sich um edle Tropfen von den Hängen des Mains handelt, der im charakteristischen Bocksbeutel den Weg zum Genießer findet, das stärkste Bier der Welt aus Kulmbach oder das Münchner Hefeweißbier – Bayern ist in vieler Beziehung verführerisch.

Schließen wir dieses Kapitel mit einem Hinweis auf einen lobenswerten, gemeinsam mit Österreich durchgeführten Bahnbetrieb. Schon vor dem Ersten Weltkrieg wurde zwischen Österreich und dem bayerischen Gebiet Deutschlands ein grenzüberschreitender Verkehr praktiziert; damals wurden die Mittenwaldbahn und die Außerfernbahn, die eine von Innsbruck nach Garmisch, die andere nach Reutte – Pfronten, gebaut. Bis 1984 war Klais (an der Strecke Garmisch – Mittenwald) mit 933 m über NN die höchste deutsche Schnellzugstation. Der Martinswand-Tunnel mißt 1809 m Länge. Von Innsbruck bis Reith mußten in diesem Grenzgebiet 16 Tunnel gebaut werden. Und am 28. Mai 1913 nahm die „erste bedeutende normalspurige Gebirgsbahn mit elektrischer Triebkraft in Österreich und in Bayern“ den Betrieb auf. Beide Bahnverwaltungen hatten Korridorwagen eingeführt. Die in jüngster Zeit gebaute „Rosenheimer Kurve“ hat den durchgehenden elektrischen (Korridor-)Zugverkehr auf der Strecke Salzburg – Wörgl (– Innsbruck) besonders attraktiv gemacht.

Eisenbahnzentrum München

Die Haupt- und Residenzstadt Bayerns, Stadt der bildenden Kunst, bedeutendster Bühnenplatz Süddeutschlands, Metropole der Gemütlichkeit und Geselligkeit, kann sich auch als Eisenbahnstadt sehen lassen. Münchens Hauptbahnhof mit seinen beiden Flügelbahnhöfen, dem Holzkirchner Bahnhof und dem Starnberger Bahnhof, ist – ähnlich wie in Frankfurt (Main) – ein moderner Verknüpfungspunkt von Fernbahn, S-Bahn, U-Bahn, Omnibussen und privaten Taxen. Dort ist, in der Nähe des berühmten „Stachus“, ein Verkehrskreuz entstanden, das in verschiedenen Ebenen pulsierendes Leben offenbart. Eine farbige Palette der Wirtschaftswerbung vermittelt den äußeren Eindruck einer großstädtischen Geschäfts- und Vergnügungsatmosphä-

Empfangsgebäude des Münchener Hauptbahnhofs. (Foto: DB-Archiv)

Blick auf die Bahnsteighalle des Hauptbahnhofs in München. (Foto: BD München)

re. Die funktionsgerechte Gestaltung der baulichen Anlagen entspricht einem marktorientierten Dienstleistungsangebot: Rolltreppen, Fahrkartenautomaten und -verkaufsstellen, Reisebüros, Geldinstitute, Gepäcktransporteinrichtungen über und unter Tage, gastronomische Betriebe und Einzelhandel, Piktogramme mit Standort- und Richtungshinweisen und riesige Informationstafeln. Ähnlich wie im Münchener Hauptbahnhof können sich übrigens seit 1981 auch im Stuttgarter Hauptbahnhof die Reisenden an einem rechnergesteuerten Informationssystem über die Zugabfahrten auf einen Blick informieren.
Mit einer Streckenlänge von rund 420 km stellt die S-Bahn einer Statistik des Jahres 1983 zufolge das größte S-Bahnsystem der Bundesrepublik dar. Seit der Anbindung der Südstrecken von Wolfratshausen und Holzkirchen an die innerstädtische Stammstrecke im Frühjahr 1981 ist es zugleich das erste in sich vollständig geschlossene System. Alle zwölf radial auf die Stadt zuführenden Vorortstrekken waren über die Stammstrecke, die im Kernbereich unterirdisch verläuft, zu Linien miteinander verbunden. Dieses im Verkehrs- und Tarifverbund mit anderen Nahverkehrsträgern betriebene Verkehrssystem hat wesentlich zur Steigerung des Verkehrsaufkommens beigetragen. Im Jahre 1982 hatte die Zahl der beförderten Personen bereits 600 000 je Werktag erreicht. Der Ausbau des S-Bahnnetzes wird ebenso fortgesetzt wie der Weiterbau neuer U-Bahnstrecken. Ähnlich wie in

der bayerischen Landeshauptstadt mehrere U-Bahn-Züge mit aus Thyristor-Stromrichtern gespeisten Drehstrom-Asynchronmotoren beschafft und im Fahrgastverkehr erprobt. München ist im Eisenbahngüterverkehr ein „Großverteiler“ und Sammelbahnhof für den Süden und zum östlichen Ausland. In München ist zusätzlich zum kombinierten (Container- und Huckepack-)Verkehr ein moderner Verschiebebahnhof, vorwiegend für den Wagenladungsverkehr, notwendig geworden. Die Bedeutung des im Großraum München konzentrierten Wirtschaftspotentials für die Bahn dokumentiert sich in der Existenz von 25

Rechts: Auf der stark befahrenen S-Bahn-Strecke durch die Münchener Innenstadt ist die Linienzugbeeinflussung eingebaut. (Siemens-Pressebild)

Unten: Zug der Münchener Untergrundbahn. (Foto: MBB)

Bahnhöfen des Eisenbahngüterverkehrs und weiteren fünf Stückgutbahnhöfen innerhalb der Stadtgrenzen. Hinzu kommt auch noch der internationale Güterverkehr (über Brenner und Tauern) mit Zielen in allen Teilen der Bundesrepublik. Die im Jahre 1984 im Raum München noch vorhandenen Rangierbahnhöfe München-Laim und München-Ost hatten eine Leistungsfähigkeit von 2200 und 2600 Wagen je Tag, bei der unrationellen „Sägebewegung" der Rangierabteilungen. Deshalb soll ein von Anwohnern und Bahngegnern wiederholt angefochtener Rangierbahnhof „München Nord" gebaut werden, dessen erste Planungen bereits auf das Jahr 1936 zurückgehen. Geplant ist ein einseitiger Flachbahnhof mit etwa 420 m Breite und 5600 m Länge bei 64 Gleisen der Richtungsgruppe. Durch den „Nordring" soll dieser zukünftige, die beiden anderen Verschiebebahnhöfe ersetzende Rangierbahnhof München Nord optimal an die elf sternförmig auf München zuführenden Fernstrecken angeschlossen werden. Veranschlagt ist eine Bauzeit von sechs Jahren.

Wer außer dem Eisenbahnwesen auch die Eigenarten der bayerischen Hauptstadt kennenlernen will, wird bei einem Streifzug „reiche Beute machen". Die Verschmelzung südlicher Charakterzüge mit dem heimischen Barock, die zahlreichen Bauten klassischer und italienischer Stilprägung, prunkvolle Schöpfungen großer Baumeister und zahllose Kirchen trifft man in einem Stadtgefüge sonst kaum noch an; und die Millionenstadt München kann neben ihrem Großstadtcharakter auch viel kleinstädtische, sogar dörfliche Atmosphäre bieten. Bildungsstätten, Kunstsammlungen, Wissenschaft, Verwaltungen, Banken und die Namen großer Industrieunternehmen, darunter BMW, Siemens, Bosch, Osram, Knorr-Bremse, Krauss-Maffei und viele andere, verleihen München ebenso ma-

Österreichische Lok 1042.602 im Betriebswerk München 1.
(Foto: Messerschmidt)

Rechts: Ansicht des Bundesbahn-Ausbesserungswerkes München-Freimann.
(Foto: BZA München)

gnetische Anziehungskraft wie das Olympiastadion mit Olympiapark, der Fernsehturm (290 m hoch), der Odeonsplatz, das innerstädtische Einkaufsgebiet mit weiträumiger Fußgängerzone und der Tierpark Hellabrunn. Ergänzen wir diese kurze Aufzählung mit Planetarium, Deutschem Museum, Englischem Garten, Botanischem Garten, Frauenkirche (99 und 100 m hohe Türme), Schloß Nymphenburg, Funk- und Fernseh-Studios, mit Landesbehörden und Maximilianeum, mit Max-Planck-Instituten, dem Oskar-von-Miller-Polytechnikum und dem Nationaltheater, und kehren wir zum Eisenbahngeschehen zurück. München ist Sitz einer Bundesbahndirektion, eines Bundesbahn-Zentralamtes und mehrerer Betriebswerke. Im Bahnbetriebswerk München Hbf (München 1) treffen wir Lokomotiven der Baureihen 111, 140, 141, 260, 290, aber auch österreichischer Baureihen im grenzüberschreitenden Verkehr. Im Betriebswerk München-Steinhausen (München 6) sind es die S-Bahnzüge der Gattungen 420 und 421. In enger Zusammenarbeit mit der Industrie werden insbesondere bei der Rad-Schiene-Forschungsstelle der Entwicklungsabteilung des Bundesbahn-Zentralamts systematische Forschungen durchgeführt. Die Bundesbahn-Versuchsanstalt München widmet sich unter anderem auch der Komponentenprüfung (Lichttechnik, Hochfrequenztechnik, Werkstofftechnik, Meß- und Eichwesen). Die DB ist übrigens nicht nur Betreiber des größten deutschen internen Funknetzes (Zugbahnfunk), sondern sie korrespondiert für die Abwicklung des öffentlichen Zugtelefondienstes auch mit dem Funknetz der Deutschen Bundespost. Die Versuchsanstalt München verfügt hierzu über die meßtechnische Ausrüstung. Auf dem in München-Freimann errichteten Rollprüfstand können verschiedene Fahrzustände und geometrische Parameter

Leitpult in der Meß- und Steuerzentrale der Versuchsanlage Rollprüfstand in München-Freimann.
(Foto: BZA München)

des Gleises reproduziert werden. Jede der Prüfstandrollen hat einen Durchmesser von 1400 mm, ihre größte Drehzahl erreicht 1900 U/min, entsprechend einer Fahrgeschwindigkeit von 500 km/h.

München und sein Umfeld werden also allmählich zu einem Raum hochkarätiger Schienenverkehrsforschung. Das Deutsche Museum als klassische Pflegestätte von Technik und Naturwissenschaften mit seiner technischen Bibliothek (über 500000 Bände) und vielen Eisenbahn-Exponaten wurden schon erwähnt. Auf einem mehrtägigen Symposium, das im Herbst 1983 in München stattfand, beschäftigten sich rund 150 namhafte Fachleute aus Europa, Amerika und Asien mit dem Thema „Schnellbahnsysteme". Einen Themenschwerpunkt bildete die Magnetbahn-Entwicklung mit der Versuchsanlage im Emsland und dem „Transrapid 06" für 300 km/h. Der geplante Vorstoß in höhere Geschwindigkeitsbereiche für die Rad-Schiene-Technik auf dem niedersächsischen Streckenabschnitt Rheine – Freren wird zunächst aus Finanzierungsgründen unterbleiben müssen. Die auf dem Rollprüfstand München-Freimann gewonnenen Erkenntnisse wird man deshalb vorerst auf vorhandenen Strecken der Bundesbahn erhärten. Zur Diskussion stehen die Linien Rheda – Oelde, Bamberg – Forchheim und Augsburg – München. München wird also weiterhin im eisenbahntechnischen Blickpunkt bleiben.

Erinnern wir noch an das Siemens-Museum in der Prannerstraße mit eisenbahnspezifischen Ausstellungsobjekten, darunter eine elektrische Grubenlokomotive des Jahres 1882 und zahlreiche Eisenbahn-Signalanlagen. Eine große, traditionsreiche bayerische Dampflokomotive, Gattung S 3/6 (Betriebsnummer 18528), steht bei Krauss-Maffei in München-Allach. Ob eines Tages auch die Münchener

Das Gebäude der Bundesbahndirektion München.
(Foto: BD München)

Internationaler Eisenbahnverkehr in München.
(Foto: BD München)

Straßenbahn, die gute alte „Trambahn", in irgendein Museum geschoben wird, bleibt abzuwarten.
Ein anderes Kapitel bayerischer Eisenbahngeschichte vermittelt die 1853 errichtete „Großhesseloher Eisenbahnbrücke", die am südlichen Stadtrand von München in 36 m Höhe das Isartal überquert. Ihr schlechter baulicher Zustand machte im Jahre 1983 einen Neubau erforderlich. Bereits am 18. November 1983 fand die Belastungsprobe der dazu notwendigen Hilfsbrücke statt. In der weiteren Umgebung Münchens findet man noch eine sehenswerte nichtbundeseigene Eisenbahn, die unter der Regie der Tegernsee-Bahn AG (TAG) die Strecke Schaftlach – Gmund – Tegernsee mit 12,4 km Streckenlänge in Regelspur betreibt. Sonderfahrten erfreuen sich großer Beliebtheit.
Anläßlich einer Fachtagung des Verbandes Deutscher Eisenbahn-Ingenieure (VDEI) im Herbst 1983 in Würzburg wurden die rechnergestützte Zugüberwachung und die Ablösung der Relaistechnik in der Stellwerktechnik durch Mikroprozessoren erörtert. Eine Betriebserprobung ist in Murnau auf der Strecke von München nach Garmisch-Partenkirchen vorgesehen.
Im Münchner Raum liegen Zukunft, Gegenwart und Vergangenheit dicht beieinander. Forschungsinstitute und technische Museen sind die Mittler; auch das BMW-Museum wollen wir nicht vergessen. Mit dieser interessanten Ausstellungsstätte neben dem 100 m hoch aufragenden zweiundzwanziggeschossigen „Vierzylinder-Hochhaus" haben Architekten, Designer, Handwerker und Ingenieure ein hervorragendes Beispiel moderner Kommunikationsformen geschaffen. Flugmotoren, Motorräder, Automobile und Antriebsaggregate gehören zu den wichtigsten Exponaten.

Berlin – geteilte Stadt

Berlin, das war einmal eine Viereinhalb-Millionen-Stadt, eine Stadt, die einen riesenhaften Zentralbahnhof im Kreuzungspunkt neugeordneter Nord-Süd- und Ost-West-Strecken erhalten sollte. Berlin, das war einmal ein internationaler Eisenbahnbrennpunkt mit einem innerstädtischen S-Bahnnetz von Weltruf. Jenes Berlin gibt es nicht mehr. Die heutige Viermächtestadt ist kleiner, an der Einwohnerzahl gemessen. Sie hat diesseits und jenseits der Mauer getrennte Entwicklungen genommen. Das gilt für die kulturellen, gesellschaftlichen, politischen und städtebaulichen Aspekte. Im Westen entstand etwa ein Neubau der Philharmonie, Scharouns umstrittenes Wunderwerk moderner Baukunst am Kemperplatz, nachdem die alte Philharmonie an der Bernburger Straße in der Nähe des zerstörten Anhalter Bahnhofes im Zweiten Weltkrieg in Schutt und Asche gefallen war. Im Osten Berlins sonnte man sich in der neuen Frankfurter Allee im Zuckerbäckerstil. Im Westen wuchs das Europa-Center neben der Turmruine der Kaiser-Wilhelm-Gedächtniskirche empor. Im Osten etablierte sich ein noch großzügigerer Alexanderplatz. Der alte Berliner Funkturm im Westen hat Konkurrenz in Form der gigantischen, weitaus höheren Betonnadel im Osten bekommen. Im Westen gibt's ein riesiges Kongreßzentrum (ICC), und es fährt keine Straßenbahn mehr. Im Osten hält man noch etwas von der Straßenbahn, aber auch von S- und U-Bahn. Die erste „U-Bahn" Berlins, eine Werksbahn zwischen den AEG-Fabriken Brunnen- und Ackerstraße, ratterte schon um 1896 durch den Tunnel, der heute noch vorhanden ist.
Im Osten hat die Deutsche Reichsbahn das Schienenverkehrssystem völlig neu geordnet. Zu ihm gehören das großzügig entworfene

S-Bahnhof Schönhauser Allee.
(Foto: H. E. Stemmler)

Grünauer Kreuz, die Neu- und Umbauten der Bahnhöfe (Alexanderplatz, Ostbahnhof, Flughafen Schönefeld) sowie neue Brücken, Gleisverbindungen, der mehrgleisige Streckenausbau und Elektrifizierungen. Der systembedingte, 180 km lange Berliner Außenring wird von Zügen aller Gattungen befahren. Als eine der ersten repräsentativen Aufbautätigkeiten der Deutschen Reichsbahn in Ostberlin gilt die Wiedererrichtung des Schlesischen Bahnhofs, der die wohl wichtigste Einrichtung des Berliner Eisenbahnbetriebsdienstes für den internationalen Verkehr, aber auch für den Binnenreise- und S-Bahnverkehr ist. Der alte Schlesische Bahnhof (zeitweise auch Niederschlesisch-Märkischer Bahnhof genannt) entstand 1841 innerhalb Berlins Stadtmauern. Besonderheit war ein zugehöriger gedeckter Schiebebühnenbahnhof vor der Bahnsteighalle zum Umstellen der Lokomotiven. In zahlreichen Umbauten, vor allem in den Jahren 1878 bis 1880 und 1882, entstand ein stark frequentierter Durchgangsbahnhof. Sein Gebäude wurde im Zweiten Weltkrieg stark beschädigt; die Gleisanlagen hatten jedoch in diesen Katastrophenjahren weniger gelitten. Ein im Jahre 1950 durchgeführtes Preisausschreiben brachte im Zusammenhang mit den Wiederaufbauarbeiten auch einen neuen Namen: Berlin Ostbahnhof. Die Dienststellen Ostbahnhof, Alexanderplatz und Ostkreuz wurden im Jahre 1968 zu einer

gemeinsamen Betriebs- und Verkehrsdienststelle Berlin Ostbahnhof zusammengefaßt. Für den Fernverkehr stehen im neuerstandenen Ostbahnhof drei Bahnsteige mit fünf Gleisen zur Verfügung. Gleistechnisch rechnet auch der Postbahnhof zum Ostbahnhof. Der S-Bahnverkehr mit getrennter Betriebsführung hat zwei Bahnsteige mit vier Bahnsteiggleisen zur Verfügung.

Sicher herrscht im Berliner Ostbahnhof kein so reger Betrieb wie beispielsweise im Hauptbahnhof von Köln, aber die zahlreichen ein- und ausfahrenden Planzüge und der Rangierdienst in drei großen Weichenbezirken machen die Szene im Ostbahnhof durchaus nicht langweilig. Das Zu- und Abstellen der Post-, Kurs-, Schlaf- oder Speisewagen, das Zubringen von Verstärkungswagen, aber auch die Bildung und Auflösung von Expreßgut- und Postzügen machen einen ganz wesentlichen Teil des Verschiebedienstes aus. Und so kann man doch noch einen – wenn auch bescheideneren – Abglanz des einstigen „Eisenbahn-Brennpunktes Berlin“ spüren.

Berlin ist im Transitverkehr über fünf Eisenbahnstrecken mit der Bundesrepublik Deutschland verbunden. Einige dieser Linien sind abschnittsweise noch immer eingleisig. Von Zeit zu Zeit werden Gespräche über eine wenigstens teilweise Elektrifizierung dieser Transitstrecken geführt, jedoch ohne wesentliche Resultate. Die Höchstgeschwindigkeit liegt im allgemeinen gegenwärtig immer noch bei 120 km/h; über eine künftige Heraufsetzung wird diskutiert. Die Qualität des für den Transitverkehr zuständigen Westberliner

Fernbahnhofes Zoologischer Garten kann nur geringschätzig betrachtet werden. Reiselust wird hier nicht gefördert.
Berlin hat eine beträchtliche Industrietradition mit weltberühmten Namen wie Borsig, Siemens, Schwartzkopff oder AEG. Bedeutende gelungene oder wegweisende Industriebauten prägten zu einem wesentlichen Teil das Antlitz Berlins. Mit ihrer damals typischen Formensprache hatten sogar die Arbeitersiedlungen, beispielsweise für die AEG in Hennigsdorf und in Oberschöneweide sowie für Schwartzkopff in Wildau, zur Industriekultur der Zeit vor dem Ersten Weltkrieg beigetragen. Wichtige Beispiele der Architektur unseres Jahrhunderts sind das Großkraftwerk Klingenberg in Rummelsburg und das monumentale Tor der AEG-Fabrik Brunnenstraße, welches der Baumeister des Anhalter Bahnhofes, Franz Schwechten (1841–1924), entwarf. Die AEG errichtete kürzlich für den Geschäftsbereich Bahntechnik, dessen Fertigung in der Brunnenstraße beheimatet war, ein neues Werk an der Nonnendammallee in Berlin-Haselhorst. Als großzügige Fabrikanlage schuf Peter Behrens (1868–1940) mit der Turbinenhalle der AEG in der Huttenstraße einen formstrengen und monumentalen Bau. Dieses ästhetische Konzept der Jahre 1908/1909 wird noch heute als Ausdruck „menschlicher Kultur auf der Grundlage der maschinellen Produktion“ empfunden.
Durch Berlin zieht sich eine gespenstische Mauer, die Lebensräume und gesellschaftliche Zusammenhänge voneinander trennt. Die Erholungsgebiete des Grunewalds, der Havel, an Spree und Wannsee lassen zwar die Büros, Hochhäuser und Fabriken vergessen, aber Müggelsee, Treptow und Grünau sind für viele Westberliner nur schwer erreichbar.
Was Berlin jedoch an Eisenbahn bietet, ist nach wie vor eine lange Reise wert. Natürlich

Linke Seite: Hochbahnbrücke über den Landwehrkanal in Westberlin. (Foto: Landesbildstelle Berlin)

Zug der Hochbahn zwischen Halleschem und Cottbusser Tor. (Foto: Messerschmidt)

Die Ruine des Anhalter Bahnhofs, von der ehemaligen Bahnsteigseite aus gesehen.
(Foto: Messerschmidt)

Rechte Seite: Der Westberliner Bahnhof Zoo.
(Foto: Messerschmidt)

gibt's nicht mehr den „Eisenbahn-Brennpunkt Berlin“. Die Demontage großer Bahnhöfe, deren Fragmente zu einem Teil noch sichtbar oder nachempfindbar sind, haben das westliche Berlin eisenbahnärmer gemacht. Die Deutsche Reichsbahn (DR) der Deutschen Demokratischen Republik hat dagegen im Osten der Stadt und im gesamten Umfeld Berlins ganz neue Eisenbahnbauten und Schienenverkehrsstrukturen geschaffen.
Der Rückblick stimmt schon richtig wehmütig: Bis zum 12. August 1961 hatten U-Bahn und S-Bahn noch einheitliche Liniennetze, die über die Sektorengrenzen hinweg betrieben wurden. Doch in der Nacht vom 12. auf 13. August sind alle grenzüberschreitenden Verbindungen abgebrochen worden. Der Endbahnhof Warschauer Brücke war plötzlich isoliert. Die U-Bahn-Nord-Süd-Linien C und D mußten den Ostteil der Stadt ohne Halt durchfahren. Linie C erhielt lediglich einen Halt auf dem Umsteigebahnhof Friedrichstraße. Alle übrigen Bahnhöfe dieser Linie im Ostsektor wurden geschlossen. In der Ost-West-Richtung (frühere Linien A und B) wurden an den Sektorengrenzen vor dem Potsdamer Platz und vor der Warschauer Brücke die Strecken unterbrochen. Die Linie wurde vom Kaiserhof an (Thälmannplatz) von der Ostberliner Verwaltung übernommen. Das war die überraschende Lage im August 1961, eine in der Welt wahrscheinlich einmalige und absurde Abgrenzungssituation, für die viele fassungslose Berlinbesucher vergeblich nach einer vernünftigen Erklärung suchen.
Am 28. August 1961 nahm man dann im Westen eine neue U-Bahn-Linie G in Betrieb, welche die nördlichen Vororte mit dem Gebiet um den Westberliner Zoo unter Umgehung Ostberlins verbindet. Leider fehlt noch der Anschluß des internationalen Flughafens Tegel. In der Zwischenzeit sind die U-Bahn-

Linienbezeichnungen geändert worden, weitere neue Bahnhöfe und Linien hinzugekommen. Die alte Strecke Potsdamer Platz – Gleisdreieck – Bülowstraße – Nollendorfplatz geriet ins Abseits und wurde stillgelegt. Nur das Hochbahn-Teilstück Bülowstraße – Gleisdreieck dient mitunter noch als Versuchsstrecke, beispielsweise für die automatische, fahrerlose Zugsteuerung. Im Zuge der Modernisierungs- und Neubaumaßnahmen haben die westlichen Berliner Verkehrsbetriebe (BVG) in Zusammenarbeit mit Siemens die 12,5 km lange Linie 9 (Rathaus Steglitz bis Osloer Platz) mit neuen Signalanlagen ausgerüstet. Im zentral gelegenen Linienstellwerk Berliner Straße wird der gesamte Zugverkehr dieser Strecke koordiniert und überwacht. Sechs Außenstellwerke werden von dort aus ferngesteuert. Im Jahre 1980 benötigte die Westberliner Untergrundbahn etwa 150 Millionen Kilowattstunden (bei 750 V Gleichstrom). Die Berliner Kraft- und Licht-(Bewag-)Aktiengesellschaft hat übrigens in Westberlin Kraftwerksleistungen von insgesamt 2 251 000 kW installiert (beispielsweise in Lichterfelde Block 1 bis 3, in den Heizkraftwerken Reuter, Charlottenburg, Moabit, Rudow und Steglitz sowie in den Gasturbinenkraftwerken in Wilmersdorf und Steglitz). Und immer wieder wird offensichtlich, daß sowohl im Kraftwerk- als auch im Bahnbau die Architektur der Gebäude ihre Reize hat: Der U-Bahnhof Dahlem-Dorf erscheint im Stil eines niedersächsischen Fachwerkhauses, der Bahnhof Thielplatz als repräsentativer Klinkerbau. Schmiedeeiserne Kostbarkeiten sind die Türgitter verschiedener U-Bahnhöfe, etwa Fehrbelliner Platz, Breitenbachplatz und Heidelberger Platz. Eine der modernen Betriebswerkstätten befindet sich in Britz-Süd, deren Bau wegen Erschöpfung der Kapazität der Werkstatt in der Seestraße erforderlich wurde. Im Jahre 1978 ist Westber-

Der Zugverkehr der Westberliner U-Bahnlinie 9 wird vom Linienstellwerk Berliner Straße überwacht und koordiniert.
(Siemens-Pressebild)

Rechte Seite: Hochbahnhof Hallesches Tor in Westberlin.
(Foto: Messerschmidt)

Vereinsamte Gleisanlagen beim Bahnhof Witzleben in Westberlin.
(Foto: Messerschmidt)

lins bis dahin teuerstes Verkehrsprojekt der Öffentlichkeit übergeben worden: Der Innsbrucker Platz wurde zur „Drehscheibe“ ausgebauter Straßenzüge umfunktioniert. Darunter entstand ein geräumiger Fußgängerbereich mit Zu- und Abgängen zur U-Bahn. In einer zweiten Tiefebene befindet sich ein Autobahntunnel, in der dritten Ebene (16 m unter Straßenniveau) ein weiterer U-Bahnhof. Überhaupt ist im Westen der Stadt die U-Bahn zum Favoriten geworden. Man strebt ein Streckennetz von ungefähr 200 km Länge an. Der Einzugsbereich würde dann etwa 480 Quadratkilometer umfassen.
Die einst weltberühmte S-Bahn erfuhr im August 1961 ebenfalls lähmende Zäsuren. Mitunter wurden die Gleisanlagen durch eingerammte Betonpfähle oder durch radikalen Abbau unterbrochen, so daß auch bei diesem Schienenverkehrsmittel eine willkürliche Zweiteilung entstand. Eine komplizierte Rechtslage machte die Wiederbelebung der S-Bahn in Westberlin zum Politikum. Der desolate, vielerorts einer Wildnis gleichende Zustand der Westberliner S-Bahnanlagen hat seit dem Eisenbahnerstreik des Jahres 1980 an Traurigkeit noch gewonnen. Bahnhöfe, Stellwerke, Gleise und Weichen waren genauso heruntergewirtschaftet wie die Fahrzeuge. Das in der Öffentlichkeit nicht unumstrittene „Einstiegskonzept“ der Berliner Verkehrsbetriebe (BVG) hat die Westberliner S-Bahn-Linien mit Wirkung vom 9. Januar 1984 in Westberliner Regie gebracht. Ein kümmerlicher Betrieb wurde zunächst auf 21 km Streckenlänge eröffnet. Die weiteren Planungen für Instandsetzungs-, Wiederaufbau- und Modernisierungsarbeiten orientieren sich an den finanziellen Möglichkeiten. Während also in einem Teil Berlins die S-Bahn zum Spielball der Verwaltungsbürokratie herabgewürdigt war, erfuhr sie jenseits der Mauer längst die

nötige technische und betriebliche Erneuerung mit neuen Zügen, Strecken, Bahnhöfen und Sicherungseinrichtungen.

Verschiedene Bahnen Westberlins haben sich ihre Eigenständigkeit bewahrt. Der damalige Beschluß der Alliierten, mit dem der Reichsbahn die Betriebsrechte auch für die Westsektoren übertragen wurden, bezog sich lediglich auf die Bereiche und Anlagen, die früher schon der Deutschen Reichsbahn(-Gesellschaft) gehört und unter deren Betriebsführung gestanden hatten. Es gibt also noch die Neukölln-Mittenwalder Eisenbahn mit 16,6 km Streckenlänge, die Osthavelländische Eisenbahn Berlin-Spandau mit 16,3 km sowie die Bahnen des nichtöffentlichen Verkehrs, darunter die Berliner Hafen- und Lagerhaus-Betriebe (BEHALA) mit 29,5 km Betriebslänge, die Rhenus-Westfälische Transport AG (WTAG) mit 13 km, die Industriebahn Neukölln mit 11,9 km, die Siemens-Güterbahn mit 23 km und die Bahn der Landespostdirektion Berlin mit ihrem Postbahnhof an der Luckenwalder Straße und 6,3 km Betriebslänge.

Berlinreisenden mit Eisenbahnambitionen werden aber noch andere Reiseziele empfohlen: Wir meinen zunächst die zerbröckelnde Denkmalsruine des Anhalter Bahnhofes und das durch die einstige „Viermächteherrschaft" mit kaum durchsichtigen Regelungen belastete, aber nun doch einer sinnvollen Lösung entgegensehende ehemalige Verkehrs- und Baumuseum im alten Hamburger Bahnhof an der Invalidenstraße, vor allem aber das im Aufbau befindliche Museum für Verkehr und Technik, für das auch die Schuppen des Bahnbetriebswerkes Anhalter Bahnhof wiederhergestellt und bis 1987 als Ausstellungshallen geöffnet werden sollen. Schon Ende 1983 wurde der erste Museumsbau, das ehemalige Verwaltungsgebäude der Markt- und Kühlhallengesellschaft an der Trebbiner Straße, dem

Linke Seite: Bahnhof Alexanderplatz, Ostberlin.
(Foto: Landesbildstelle Berlin)

Erster U-Bahnwagen mit Drehstromantriebstechnik im Betrieb in Westberlin.
(Foto: AEG-Telefunken)

Publikum zugänglich gemacht. Ein zusätzliches Reiseziel mit Blick in die Zukunft ist die Probestrecke der Magnetbahn im städtischen Nahverkehr. Die „Grundsteinlegung“ fand am 16. Juni 1983 statt. Der Fahrweg-Wanderfeldantrieb dieser M-Bahn soll auf einer 600 m langen ehemaligen Hochbahntrasse am Gleisdreieck erprobt werden.

Im Ostteil Berlins sind die Bahnhöfe Friedrichstraße, Ostkreuz, Lichtenberg und der Ostbahnhof sowie der weltstädtisch ausgebaute Alexanderplatz mit seinen ober- und unterirdischen Bahnlinien besondere Sehenswürdigkeiten für den Eisenbahnfreund. Im großen Rangierbahnhof Berlin-Wuhlheide werden etwa 33 bis 35 Güterzüge je Tag zerlegt und für weitere Bestimmungsorte zu neuen Zügen zusammengestellt. Der Rangierbetrieb spielt sich auf 22 km Gleisen und 100 Weichen ab. Elektrohydraulische Gleisbremsen zum Abstoppen der Wagen erleichtern den Eisenbahnern ihre Tätigkeit und helfen, das nicht ungefährliche Legen der Hemmschuhe allmählich aus der Welt zu schaffen. Vermerken wir schließlich, daß die Reichsbahn zahlreiche Container-Umschlagplätze unterhält, von denen der Container-Bahnhof Berlin-Frankfurter Allee einer der wichtigsten ist.

Deutsche Demokratische Republik

Anmerkungen zur Verkehrsgeographie und zu betrieblichen Besonderheiten der Deutschen Reichsbahn

Weder im westlichen noch im östlichen Teil Deutschlands gibt es Steppen, Wüsten oder größere Sumpfgebiete. Die Winter sind im

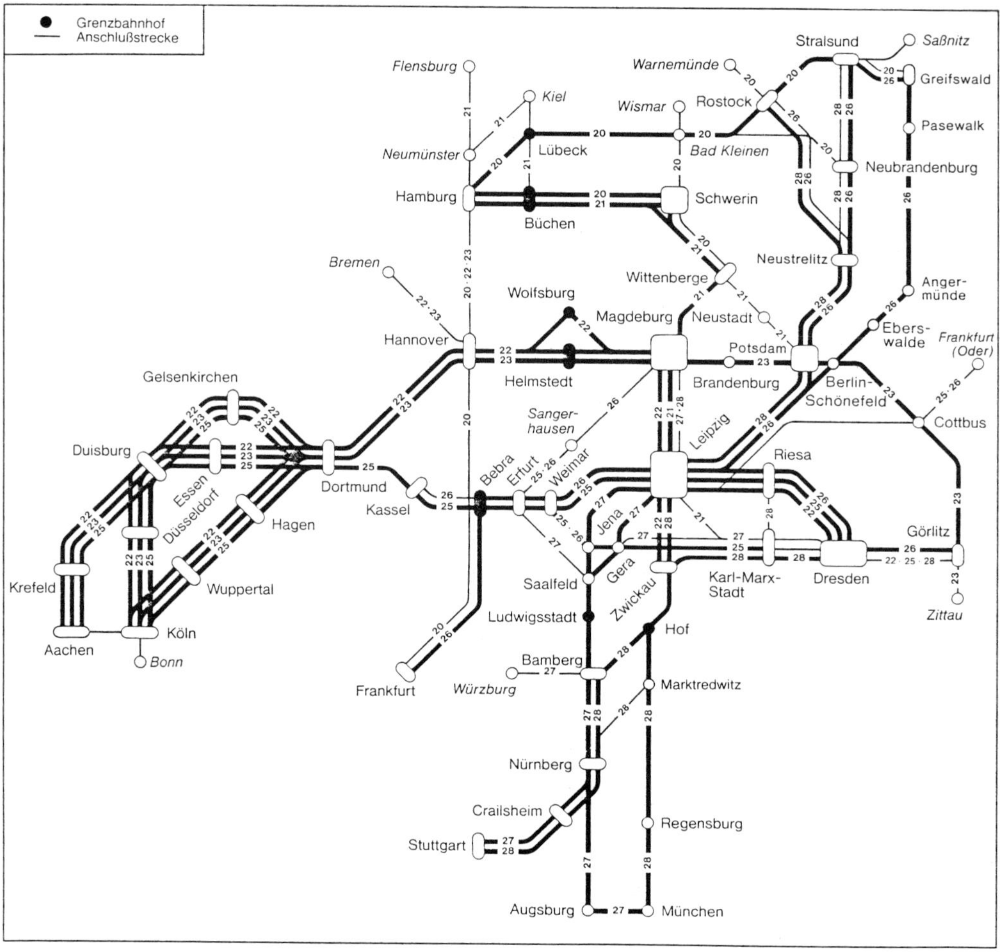

Streckenkarte der Eisenbahnverbindungen zwischen der Bundesrepublik Deutschland und der DDR mit Streckennummern.
(Zeichnung: Zentrale Transportleitung der DB)

allgemeinen nicht außergewöhnlich streng und lange anhaltend. Und es gibt – von einigen Ausnahmen auf der Schwäbischen Alb und im Elbsandsteingebirge einmal abgesehen – keine besonders schroffen Gebirgsformationen. Gigantische Flüsse wie in Asien, Afrika oder Amerika trifft man ebenfalls nicht an. Trotzdem wird der Eisenbahnreisende höchst interessante Strecken und Kunstbauten erleben können. Das gilt nicht zuletzt für das Gebiet der DDR.
Windungsarme Linienführungen weisen lediglich die Hauptstrecken im nordostdeutschen

Flachland sowie im mitteldeutschen Raum um Leipzig und Halle auf. Wenn auf ebenem Gelände trotzdem krümmungsreiche Trassen abgesteckt worden sind, dann hatte das meist politische Gründe (Länderbahngrenzen, strategische Bahnen), oder Grundbesitz und Landwirtschaft verhinderten gerade Linienführungen (Mecklenburg, Brandenburg). Besonders windungsreich sind die Eisenbahnstrecken beispielsweise im Hügel- und Gebirgsland. Im Jahre 1963, als noch eine große Vielfalt sächsischer Schmalspurbahnen in Betrieb waren, betrug im Bezirk der Reichsbahndirektion Dresden das Verhältnis der gekrümmten zu den geraden Strecken etwa 47:53. Die geneigten Strecken verhielten sich zu den waagrechten wie 82:18. Die Strecke Reichenbach (Vogtland) – Gutenfürst (Grenze zur Bundesrepublik) wird von der Deutschen Reichsbahn mit einem Windungskoeffizienten von 1,64 angegeben, wobei der Windungskoeffizient das Verhältnis der Luftlinie zur Bahnstrecke bedeutet. Die entsprechende Kennzahl für die Strecke Lößnitz – Aue beträgt sogar 2,05.

Das Ausfahren von Seitentälern, die Anlage von Spitzkehren (zum Beispiel Michaelstein auf der Strecke Blankenburg/Harz – Tanne), der Bau von Bogenkehren (beispielsweise Lößnitz auf der Strecke Karl-Marx-Stadt – Aue oder Steinerne Renne auf der Strecke der Harzquerbahn) sind eine häufige Form der Längenentwicklung, um unzulässig hohe Streckenneigungswinkel zu vermeiden. Fehlen geeignete Seitentäler und andere Umfahrungsmöglichkeiten, dann kommen Tunnel oder Kehrtunnel in Betracht. Ein typisches Beispiel für einen sogenannten Kammtunnel, mit dem steile Talschlüsse in Gebirgskamm-Nähe überwunden werden, ist der 3039 m lange Brandleitetunnel bei Oberhof im Thüringer Wald. Der Tunnel durchbricht das Brandleite-Massiv auf der Strecke von Dörrberg nach Zella-Mehlis und Suhl. Die Strecken im Thüringer Wald zeichnen sich durch viele Viadukte, Stütz- und Futtermauern und Tunnels aus. Wer von Erfurt in Richtung Oberhof reist, wird von Gräfenroda an das enge und gewundene Geratal, an dessen südöstliche Wand sich die Strecke anschmiegt, die tiefen Einschnitte und mächtigen Dämme bewundern und die Fahrt durch den Brandleitetunnel erleben können. Eine sehr reizvolle Strecke im Thüringer Wald ist die Linie von Probstzella nach Sonneberg, wo sich über die Piesau die längste Gewölbe-Reihenbrücke des Reichsbahndirektionsbezirks Erfurt befindet. Sie ist 258 m lang und 31 m hoch.

Der Thüringer Wald, ein Wintersportgebiet mit hohem Freizeitwert, weist im Reibungsbetrieb befahrene Steilstrecken bis zu 65 ‰ auf. Die Strecke Schleusingen – Suhl mit der genannten Neigung gilt als steilste Reibungsbahn der Deutschen Demokratischen Republik. Mehrere Steilstreckenabschnitte (bis zu 61 ‰) weist die Strecke Blankenburg – Tanne auf. Weitere Steilstrecken im Gebiet der Deutschen Reichsbahn befinden sich zwischen Görlitz und Weißenberg (Reichsbahndirektion Cottbus), zwischen Eibenstock unterer Bahnhof und Eibenstock oberer Bahnhof (Reichsbahndirektion Dresden) sowie im norddeutschen Tiefland (!) an der Jasmunder Steilküste zwischen den Bahnhöfen Saßnitz und Saßnitz Fährhafen.

Um den Unbilden der Witterung zu begegnen, sind zahlreiche interessante Schutzmaßnahmen getroffen worden. Dem Wind ausgesetzte Brückenfahrbahnen erhielten windbrechende Lattenschutzverschläge, die vor allem auf Schmalspurbahnen für den Rollbockbetrieb das Umwerfen hoch aufgebockter Wagen verhindern sollen. Von Windstärke 9 an dürfen jedoch keine hochbordigen Wagen mehr aufgebockt befördert werden. Aus den Hochwasserkatastrophen 1957 und 1958 im östlichen Erzgebirge und im Elbsandsteingebirge, auf den Strecken Pirna – Gottleuba und Pirna –

Schnellzuglokomotive 02 0201-0 (früher 18 201) der DR, beheimatet in Halle, ist mit 160 km/h Höchstgeschwindigkeit eine der schnellsten noch betriebsfähigen Dampflokomotiven der Welt.
(Foto: H. E. Stemmler)

Obervogelgesang, hat man gelernt. In vom Hochwasser gefährdeten Tälern werden keine Strecken mehr in der Talsohle, sondern am Hang oder auf Dämmen angelegt. Dem Schnee, wie er beispielsweise den Eisenbahnern des Erzgebirges, des Thüringer Waldes und der Lausitz zu schaffen macht, versucht man durch vermehrten Einsatz von Schneepflügen, Schneezäunen und Weichenheizungen beizukommen, mit unterschiedlichem Erfolg. Aber selbst so ebene und windungsarme Strecken wie zwischen Pasewalk und Stralsund oder zwischen Berlin und Stendal sind durch Schnee und Unwetter gefährdet.

Wer das „Eisenbahnland Deutsche Demokratische Republik" bereist, wird sehr bald bemerken, daß das dortige Eisenbahnwesen keine Langeweile aufkommen läßt, wenn man offenen Auges fährt und wandert. Nicht selten wurden die Strecken in recht breiten Flußtälern, wie im Elbe- oder im Saaletal, angelegt. Andererseits konnten die Bahnbauer in engeren Stromtälern, das trifft auch für einige Stellen des Elbsandsteingebirges zu, nur unter schwierigen Umständen Erweiterungsbauten vornehmen und manchmal auch dem natürlichen Lauf oder dem natürlichen Gefälle nicht ohne weiteres folgen. Dann waren aufwendige Kunstbauten unumgänglich, und oft mußten Flußtäler überquert werden, so daß gewaltige Brückenbauten erforderlich waren. Auf der Strecke Dresden – Plauen (Vogtland) oberer Bahnhof überbrückt die Bahnlinie zahlreiche tief eingeschnittene Täler auf kühnen Bauwerken.

Die Deutsche Demokratische Republik ist zwar nicht sehr reich an Tunnelbauten, aber der informierte Eisenbahnfreund wird so manchen interessanten Tunnel entdecken. Schon in den Jahren 1837 bis 1839 wurde der Oberauer Tunnel auf der Strecke Leipzig – Dresden von Bergleuten aus Freiberg (Sachsen) errichtet. An diesem 513 m langen Tunnel arbeiteten in Spitzenzeiten 700 Bergleute mit Hammer, Meißel und wenigen Bohrmaschinen. Das Tunnelprofil wurde bald zum Engpaß, und 1933 wurde mit dem Aufschlitzen und dem Abtragen des Gesteins begonnen. Ein am Böschungsrand stehendes Denkmal aus einer alten Portalsäule erinnert auf dieser längst elektrifizierten Strecke an diesen ersten großen deutschen Eisenbahntunnel. Der längste Eisenbahntunnel der DDR ist der bereits erwähnte Brandleitetunnel zwischen Gehlberg und Oberhof mit 3039 m. Der Küllstedter Tunnel mit 1530 m, der Blankenheimer Tunnel mit 857 m, der Förthaer Tunnel mit 544 m und der Gleisbergtunnel bei Glashütte mit 539 m gehören zu den anderen bedeutenden Tunnelbauten.

Der Brandleitetunnel hat einen Scheitelpunkt, der nur 66 m unter der Kulminationshöhe des Simplontunnels liegt! Auf den Zufahrtsrampen befinden sich der 104 m lange Tunnel „Am Zwang“ und der 233 m lange Zellaer Tunnel. Der Oberbau wurde 1973 erneuert, so daß seither die Züge den Tunnel mit 80 km/h Höchstgeschwindigkeit durchfahren dürfen. Vor dem Zweiten Weltkrieg hatte dieser bedeutende Tunnel im Thüringer Wald zahlreiche Fernreisezüge und Feriensonderzüge zwischen Berlin und Mitteldeutschland einerseits sowie Süddeutschland andererseits im „Fahrplan“. Heute hat der im Grenzgebiet zweier deutscher Staaten liegende Tunnel nur noch regionale Transitaufgaben.

Wie wir bereits wissen, wird der öffentliche

Reisezugwagen der Deutschen Reichsbahn mit Gummiwulst-Übergang.
(Foto: Messerschmidt)

Eisenbahnverkehr in der Deutschen Demokratischen Republik durch die Deutsche Reichsbahn (DR) wahrgenommen. In der „Anordnung über das Statut der Deutschen Reichsbahn“ vom 19. November 1960 heißt es, daß die Reichsbahn ein einheitliches, zentral geleitetes, nach dem Prinzip der wirtschaftlichen Rechnungsführung arbeitendes staatliches Verkehrsunternehmen ist.

Die größte Streckennetzdichte weisen die Bezirke Berlin, Karl-Marx-Stadt (Chemnitz) und Leipzig auf. Im Jahre 1978 wurden mehrere Strecken zweigleisig ausgebaut, darunter Königs Wusterhausen – Lübbenau, Berliner Außenring – Stralsund, Wittenberge – Breddin (Strecke Hamburg – Berlin) und Teilabschnitte der Linie Saalfeld – Großheringen. Auch die Elektrifizierung schreitet bei der Deutschen Reichsbahn weiter fort. Nach Kriegsende hatte man zunächst die demontierten elektrischen Ausrüstungen auf den Strecken Halle – Köthen – Magdeburg, Leipzig – Dessau-Roßlau und Leipzig – Halle durch neue Anlagen ersetzt. Danach kam die Elektrifizierung des sächsischen Dreiecks mit den Eckpunkten Leipzig – Dresden – Zwickau sowie der Linie Halle – Erfurt – Neudietendorf hinzu. Das elektrifizierte Netz der DR wies im Jahre 1973 bereits eine Gesamtlänge von 1000 km auf. Das Jahr 1973 brachte außerdem die Inbetriebnahme des Bahnstrom-Umformerwerkes Weimar sowie die Außerbetriebsetzung der letzten Eisenbahn-Drehbrücke der DR (Peenebrücke Demmin), die durch einen Brückenneubau ersetzt wurde. Bis Mitte 1982 waren etwa 1500 km Reichsbahnstrecken mit Fahrleitung ausgerüstet. Die Elektrifizierungsarbeiten danach verteilten sich im wesentlichen auf die Linien im Großraum Berlin mit dem Anschluß der Verschiebebahnhöfe Wuhlheide und Pankow sowie der Bahnhöfe Lichtenberg, Köpenick und Rummelsburg. In jüngerer Zeit wurde den elektrisch geführten Zügen auf den Verbindungen Halle – Delitzsch, Glauchau – Gößnitz und Neudietendorf – Arnstadt grünes Licht gegeben. Weitere Fahrleitungen kamen auf den Strecken von Waren (Müritz) nach Rostock – Warnemünde und nach Rostock-Überseehafen über Güstrow und Laage hinzu, womit auch das Ostseeküstengebiet schrittweise einbezogen wurde.

Zusammen mit dem „Sächsischen Dreieck“, den Strecken von Halle/Leipzig in den Richtungen Erfurt, Magdeburg und Berlin sowie der Verbindung Bad Schandau – Dresden – Berlin, sind bereits alle wichtigen Hauptstrekken der DR mit Einphasen-Wechselstrom (15 kV, 16 ⅔ Hz) elektrifiziert. Im Jahre 1962 wurde eine Versuchsstrecke zwischen Hennigsdorf (im Nordwesten Berlins) und Wustermark für den 50-Hertz-Betrieb übergeben. Drei Jahre später elektrifizierte man die sogenannte Rübelandbahn, Blankenburg/Harz – Königshütte, ebenfalls mit einphasigem Wechselstrom (25 kV) der Industriefrequenz 50 Hertz. Den Hennigsdorfer 50-Hertz-Betrieb hat man allerdings 1973 aufgegeben. Größere elektrifizierte S-Bahn-Netze gibt es in Berlin (800 V Gleichstrom), Leipzig, Halle, Dresden, Karl-Marx-Stadt, Magdeburg, Rostock und Erfurt. Im Jahre 1983 wurden das S-Bahnnetz Berlins mit 176 km Länge als das größte und die Netze von Rostock (13 km) und Erfurt (9 km) als die kleinsten genannt.

Zur Realisierung eines schnelleren Zugbetriebs wurden der zweigleisige Ausbau wichtiger Stecken sowie auch verschiedene Bahnhofsum- oder -neubauten erforderlich. So erhielt Plauen (Vogtland) im Jahre 1974 einen Bahnhofsneubau mit einem etwa 70 m breiten Empfangsgebäude in Glas-Aluminium-Verkleidung. Zu anderen Modernisierungen des Reichsbahnnetzes, auf dem 1983 rund 7300 Güterzüge und über 7400 Reisezüge täglich verkehrten, gehören der neue Hauptbahnhof mit Mitropa-Restaurant in Cottbus, das Stellwerk Grünauer Kreuz (480 Züge täglich) in Berlin, die sogenannten Dreikraftbremsen auf

Die Diesellokomotiven der Serienbauart 110.2 bis 110.8 wurde beim KLEW in Hennigsdorf gebaut. Man findet sie in vielfältigem Einsatz bei der DR. Diese Lokbauart ging auch in den Export.
(Werkfoto)

dem Rangierbahnhof in Karl-Marx-Stadt-Hilbersdorf, das Rechenzentrum der DR in Berlin, die mikroelektronischen Bordrechner auf den Triebfahrzeugen der Berliner S-Bahn sowie die bekannten Städte-Expreßzüge für den Fern-Berufs- und Dienstreiseverkehr.

Das aus dem Jahre 1911 stammende Bahnstrom-Dampfkraftwerk Muldenstein bei Bitterfeld verfeuert nach wie vor Braunkohle. Im Zuge des Wiederaufbaues wurden dort drei Dampf-Turbosätze mit etwa 11,3 MW Wirkleistung installiert. Es folgten, um zusätzlichen Energiebedarf decken zu können, je ein Umformerwerk in Karl-Marx-Stadt und Dresden, die beide den 50-Hertz-Strom aus dem öffentlichen Netz in Bahnstrom umformen.

Das „Railway Directory and Yearbook 1983" weist für die Deutsche Demokratische Republik ein Regelspurnetz von 14 248 km Streckenlänge aus. Das im Jahre 1978 noch 243 km umfassende Schmalspurnetz des öffentlichen Personenverkehrs verliert allmählich an Bedeutung, wenngleich auch einige „Wiederbelebungen" zu verzeichnen sind: Zur Verbindung von Selketalbahn und Harzquerbahn wurde die früher abgebaute Meterspurstrecke zwischen Straßberg (früher Lindenberg) und Stiege auf 13,8 km Länge wiederhergestellt. Die Selketalbahn selbst beförderte noch in den Jahren 1982 und 1983 etwa 300 000 Urlauber jährlich. Sie verbindet die Orte Gernrode, Straßberg und Harzgerode in herrlicher und

Sechsachsige dieselelektrische Güterzuglokomotive, Baureihe 120, gebaut in der Sowjetunion, sind auf den Strecken der Deutschen Reichsbahn in größerer Zahl im Dienst. (Archivbild)

malerischer Landschaft. Technik und Natur verbinden sich besonders harmonisch auch beim Schloßtunnel in Greiz, in der Umgebung des stählernen Viaduktes von Markersbach im Erzgebirge oder beim imposanten steinernen Finstergrundviadukt in der Nähe von Ernstthal. Und selbst zu Zeiten, als zwischen Flöha und Oederan noch Dampflokomotiven mit ihren Zügen die Steigung hinaufdonnerten, machten sich nur wenige Wanderer die Mühe, auf die Berge zu klettern, um das wunderbare Motiv mit dem mächtigen Hetzdorfer Viadukt zu bewundern. Inzwischen hat dort der elektrische Betrieb mit Lokomotiven der Baureihen 211, 242 und 250 Einzug gehalten.

Die Dampfzugförderung auf den Hauptstrekken geht ihrem Ende entgegen. Die großen Lokomotiven der Baureihen 01 und 01^5, zuletzt in den Räumen Saalfeld, Gera und Leipzig eingesetzt, haben ihren Dienst quittiert. Dank der betriebsfähigen Erhaltung der Lokomotive 01 2137 als sogenannte „Traditionslok" wird es noch für längere Zeit möglich sein, Sonderzüge zu fahren. Voraussichtlich wird auch die Rekonstruktionslok 01 0531 vor dem Schneidbrenner bewahrt.

Zur Statistik noch Daten einiger bedeutender Tunnel und Brücken:

Brandleitetunnel	3039 m
Küllstedter Tunnel	1530 m
Blankenheimer Tunnel	875 m
Förthaer Tunnel	544 m
Gleisbergtunnel	539 m
Tunnel bei Lauscha (Thüringen)	330 m

Göltzschtal-Brücke, Gesamtlänge 575 m, Höhe 78 m

Elstertal-Brücke, Gesamtlänge 281 m, Höhe 68 m

Brücke über die Elbe bei Wittenberge, Stützweiten 37,3 + 84,0 + 11 x 55,2 + 13 m

Strelasund-Brücke, 540 m lange Flutbrücke mit 10 Öffnungen

Ziegelgraben-Brücke (Rügendamm), zwei Öffnungen mit je 52 m Stützweite, eine Öffnung mit 29 m Stützweite als Waagebalkenbrücke über der Schiffs-Fahrrinne

Gewölbe-Reihenbrücke bei Piesau, Länge 258 m, Höhe 31 m.

Noch ein wichtiger Hinweis des Verlags: In der DDR dürfen Bahnbetriebsanlagen und Züge von öffentlich zugänglichen Plätzen aus fotografiert werden, sofern es nicht ausdrücklich (z. B. Tafel) verboten ist. Befindet man sich auf Bahngelände, sollte man sich die Erlaubnis des Dienststellenleiters einholen. Militärische Anlagen, auch wenn sie nur im Hintergrund zu sehen sind, sind auf jeden Fall tabu.

Rund um Berlin

Im Vorfeld Berlins, im Bereich der Reichsbahndirektion Berlin, liegt einer der großen Verschiebebahnhöfe der Deutschen Demokratischen Republik. Es ist der Bahnhof Seddin südwestlich von Potsdam an der Strecke Berlin – Dessau. Er hat Verbindungen zum Berliner Außenring und zur Linie Oranienburg – Nauen – Wildpark – Jüterbog. Dem Bahnhof Seddin ist der vorgelagerte Bahnhof Beelitz-Heilstätten unterstellt. Der Name Seddin ist eng mit der 1924 veranstalteten Verkehrsausstellung verbunden. Und tatsächlich wurde die riesige Verschiebebahnhofsanlage erst 1924 in Betrieb genommen, im Zweiten Weltkrieg zerstört und dann wieder aufgebaut. Ein neues Südsystem wurde 1958 für den internationalen Transitverkehr freigegeben. Erst 1967 begann der Aus- und Umbau für neue Rangiertechniken. Eine Großversuchsanlage am Hauptablaufberg Ost wurde am 19. April 1971 in Betrieb genommen. 100 km Gleise und 360 Weichen sind im Flachbahnhof von Seddin verlegt, und drei Ablaufanlagen sind vorhanden. Das neue Zentralstellwerk ersetzt 15 alte Stellwerke. Heutige Leistung: 4500 bis 5000 Wagen je Tag!

Berlin ist Sitz der 1965 gebildeten Reichsbahn-Baudirektion, der vier Gleisbaubetriebe, drei Baubetriebe, drei Industriebetriebe und andere Werke und Einrichtungen unterstehen. Der Funktionsbereich dieser Baudirektion, in deren Verantwortung auch Entwurf und Vermessung liegen, erstreckt sich über das gesamte Territorium der Deutschen Demokratischen Republik. Zu den Schwerpunkten der Gleisbau- und Streckenarbeiten gehören in der jüngeren Zeit der Ausbau des Berliner Außenringes, die Streckenverlegungen im Zusammenwirken mit dem Aufbau des Industriekomplexes Schwarze Pumpe, die Errichtung von Gleisbildstellwerken und die Erneuerungs- und Wiederaufbauarbeiten der großen Elbebrücken bei Riesa, Wittenberge und Dessau-Roßlau. Ein weiteres Arbeitsfeld waren der Überseehafen Rostock mit seiner Hafenbahn und der Ausbau der Strecke Berlin – Rostock sowie die Brückenbauten am Berliner Alexanderplatz.

Der Reichsbahndirektionsbezirk Berlin umfaßt ein Gebiet von der polnischen Grenze bis nach Nauen, Wustermark, Potsdam und Beelitz, von Oranienburg bis Jüterbog. Im Bezirk liegen die Lokomotivfabrik in Hennigsdorf, das Werk für Signal- und Sicherungstechnik in Berlin-Treptow und das Transformatorenwerk „Karl Liebknecht“ (früher AEG) in Berlin-Oberschöneweide. Außer dem Rangierbahnhof Seddin gibt es im Direktionsbezirk Berlin noch andere wichtige Verschiebebahnhöfe, darunter Frankfurt (Oder) mit Grenz-

bahnhof nach Polen, Wustermark, Berlin-Pankow und Wuhlheide.
Das Berliner Umland ist für viele Jahre einer der Schwerpunkte für die Neugestaltung von Eisenbahnanlagen, zumal die Elektrifizierung der auf Berlin zustrebenden Strecken aus den Richtungen Dresden, Leipzig/Halle, Magdeburg, Stendal und Rostock abgeschlossen ist oder demnächst fertiggestellt sein wird. Auf dem südlichen Abschnitt des Berliner Außenringes (BAR), zwischen Abzweig Glasower Damm und Schönefeld, wird dreigleisig gefahren. Der Bahnhof Berlin-Grünau wird in die Elektrifizierung der Fernbahn vom Grünauer Kreuz aus einbezogen. Besondere Probleme mußten bei den Elektrifizierungsarbeiten von parallel zu den S-Bahngleisen verlaufenden Fernbahnstrecken gelöst werden. Die unterschiedlichen Stromkreise (S-Bahn 800 V Gleichstrom, Fernbahn 15 kV/16,67 Hz) dürfen sich weder stören noch beeinflussen. In der Wahl der Frequenz für die Sicherungstechnik konnten beide Bahnsysteme nur 42 Hz als alleinige Frequenz benutzen, was zum Umbau zahlreicher Signal- und Sicherungsanlagen führte. Für die S-Bahn entstanden verschiedene neue Gleichrichterwerke, beispielsweise in Schönefeld, Karower Kreuz, Baumschulenweg, Berlin-Ostbahnhof und Karlshorst.
Eine Schlüsselstellung im Nord-Fernverkehr wird verstärkt der Bahnhof Berlin-Lichtenberg einnehmen, der in das Fernbahn-Elektrifizierungsprogramm einbezogen worden ist. Die große Güterdrehscheibe im Südwesten Berlins, nämlich Seddin, wird über Wustermark und Oranienburg durch Fahrleitungen mit Rostock verbunden. Die Bahnhöfe Schöneweide und Rummelsburg, die neue Brücke am S-Bahnhof Treptower Park, der Bahnhof Birkenwerder sowie der Bahnhof Flughafen Berlin-Schönefeld waren oder sind immer noch Schauplätze umfangreicher Oberbauarbeiten. Fahrleitungs-Quertragwerke werden mit Hilfe von Hubschraubern montiert, Betonfundamente werden gegossen, Gleise verlegt, Kunstbauten errichtet. Der BAR soll später abschnittsweise für 160 km/h Höchstgeschwindigkeit zugelassen werden.

Die Ostseeküste mit Schwerin, Rostock und Greifswald

Die Nordgrenze der Reichsbahndirektion Schwerin erstreckt sich von der Wismarer Bucht ostwärts zum Darß; im Westen des Bezirks liegt die Bundesrepublik, im Osten, Süden und Südwesten grenzen die Reichsbahndirektionen Greifswald, Berlin und Magdeburg an den Schweriner Bereich, der topographisch vom Mecklenburgischen Landrükken wesentlich mitgeprägt wird. Aber das Gebiet zeichnet sich weit mehr durch seinen Gewässerreichtum aus. Natürlich dominiert die Ostsee mit den Hafenstädten Wismar, Rostock und Warnemünde. Das Binnenland ist charakterisiert durch die Mecklenburgische Seenplatte (Schweriner See, Krakower See, Müritzsee, Plauer See). Industrieschwerpunkte mit entsprechend ausgeprägtem Eisenbahnverkehr sind Rostock/Warnemünde, Schwerin, Wittenberge und Güstrow.
Eine der wichtigsten Eisenbahnstrecken ist die Verbindung von Berlin über Neustrelitz nach Rostock-Überseehafen, von der einige Abschnitte bereits elektrifiziert sind. Eine weitere bedeutende Fernstrecke ist die Linie Berlin – Prenzlau – Greifswald – Stralsund. Ein beträchtlicher Containerverkehr fließt von und zum Rostocker Hafen. Eine Hafenbahn, das Bahnbetriebswerk, verschiedene Gleisbildstellwerke und ein Verschiebebahnhof setzen die Akzente in seinem Schienenverkehr.
Überall, wo jetzt noch kleine Dampflokomotiven für eine gemütliche Reise sorgen, gehören Urlauber und Eisenbahnliebhaber zu den Fahrgästen. Das ist auch an der Ostseeküste

Schmalspur auf der Insel Rügen zwischen Putbus und Göhren. Die Lokomotive 99 4633 wurde als sogenannte „Traditionslokomotive" der DR eingestuft. (Archivbild)

so, wo der im Volksmund als „Bäder-Expreß" bezeichnete 900-mm-Schmalspur-Zug zwischen Bad Doberan und Kühlungsborn/West hin- und herzuckelt. Großer Bahnbetrieb herrscht dagegen auf der einst berühmten Strecke Berlin – Hamburg mit den Bahnhöfen Neustadt (Dosse), Wittenberge, Ludwigslust, Hagenow Land und Schwanheide.
Doch wie bei der Deutschen Bundesbahn orientiert sich auch in der DDR das Verkehrsgeschehen an der Nord-Südrichtung, zwischen Sachsen/Thüringen und der Ostseeküste. Rostock, die nördlichste Bezirksstadt, wuchs von der ehemals kleinbürgerlichen Hafenstadt zu einer 225 000 Einwohner zählenden Großstadt heran, zum Zentrum des dortigen Seeverkehrs und der Hafenwirtschaft. Die neuen Wohngebiete (Reutershagen, Lütten Klein, Lichtenhagen und andere am linken Ufer der unteren Warnow) sind inzwischen durch Autobahn und S-Bahn schnell zu erreichen.
Die Universitätsstadt Greifswald wurde Sitz einer Reichsbahndirektion, die Anfang 1964 ein Streckennetz von etwa 1800 km umfaßte, wovon damals 210 km auf Schmalspurbahnen entfielen. Das Gebiet von Greifswald wird von den Schnellzügen Stockholm – Berlin – München und Berlin – Kopenhagen durchfahren. Die am 21. Juli 1945 gebildete Reichsbahndirektion hatte damals ihren Sitz noch in Pasewalk. Erst am 10. Oktober 1945 ging man nach Greifswald. Das Gebiet, ein ausgesprochen flaches Land – sanft gewellte Endmoränenlandschaft hat nur geringen Anteil – wird im Südwesten von der oberen Havel mit vielen Seen geprägt. Auf der Halbinsel Darß-Zingst, auf den Inseln Rügen (Schmalspur-Restbetrieb auf der Strecke Putbus – Göhren), Usedom und Hiddensee zählt man alljährlich Tausende von Urlaubern. Große Wälder erstrekken sich von Waren, Neustrelitz, Angermünde bis nach Oranienburg und Bernau. Stralsund,

größte Stadt des Bezirks, hat für den Seehafenumschlag der Deutschen Demokratischen Republik große Bedeutung, während Saßnitz die Stadt des Eisenbahnfährverkehrs nach Schweden, aber auch der Fischerei ist. Im Raum um Stralsund und Greifswald sind zwei Klappbrücken interessant, sie gehören zu den technischen Denkmalen in der Deutschen Demokratischen Republik. Wolgast und wiederum Stralsund haben wichtige Schiffswerften. Und Eberswalde im Süden des Direktionsbezirkes ist Mittelpunkt einer beträchtlichen Maschinenindustrie (Sitz der früheren Ardelt-Werke) und Standort des Reichsbahnausbesserungswerkes „8. Mai“, das Anfang 1978 auf sein hundertjähriges Bestehen zurückblicken konnte und aus diesem Anlaß mit der Produktion von zwei Fertigungsmustern eines neuen Drehgestell-Flachwagens begann. Die Ausbesserung zweiachsiger Güterwagen in Eberswalde ist inzwischen eingestellt worden.

Der Eisenbahnbau im Gebiet von Greifswald machte den frühen Ingenieuren viel Kopfzerbrechen. Man mußte mit sumpfigen Böden, mit Flüssen und Seen fertigwerden. Es gab zahlreiche Bahndammabsenkungen und Brükkenschäden. Solange die Insel Rügen keine Verbindung zum Festland hatte, wurden mit kleinen Fährschiffen die Eisenbahnfahrzeuge von Stralsund nach Altefähr trajektiert.

Am 6. Juli 1909 wurde übrigens der Eisenbahnfährverkehr Saßnitz – Trelleborg eröffnet. Eine wichtige Erdölleitung führt vom Ural nach Schwedt, wo eine große Raffinerie errichtet wurde. Von Schwedt aus verkehren Güterzüge, mitunter bis zu 3000 t Anhängelast, in den mitteldeutschen Raum um Halle und Leipzig. Eine interessante technische Leistung der Nachkriegszeit in jenem Gebiet liegt im Bereich der Nachrichtenübertragung. Zwischen Stralsund und Saßnitz wurde im Jahre 1958 die erste Richtfunkverbindung, also eine „Von-Punkt-zu-Punkt-Nachrichtenübermittlung“ auf drahtlosem Wege, eingerichtet. Man stattete die Richtfunkstrecke im Dezimeterwellenbereich (2450 bis 2700 MHz) für 24 Sprechkanäle aus. Die ersten Streckenfunkanlagen der Deutschen Reichsbahn wurden in jener Zeit auf der Strecke Dresden – Glauchau für den Dispatcherdienst bewußt unter funktechnisch ungünstigen Bedingungen erprobt, doch man baute dann dieses Netz des Streckenfunks – auch wegen des zu großen Aufwandes – vorläufig nicht weiter aus. Bei Betriebsfrequenzen von 100 MHz hatte man Senderleistungen von 10 und 100 Watt vorgesehen. Dagegen hatte der Fährschiffsfunk eine viel größere Bedeutung. So bekamen die Reichsbahnfährschiffe „Saßnitz“ und „Warnemünde“ außer ihren Funkanlagen für die Schiffsführung noch zusätzlich UKW-Funksprechanlagen. Über die Seefunkstellen kann wahlweise mit den Landfunkstellen Saßnitz, Warnemünde oder Trelleborg direkt gesprochen werden. Und man kann sogar ohne Einschaltung einer Vermittlung den Bahnselbstanschluß (BASA) auf dem Festland direkt erreichen. In Saßnitz und Warnemünde stehen die mächtigen Antennen mit ihren hohen Masten.

Im Schienennetz Nordeuropas schließen seit 1909 mehrere große Eisenbahnfährschiffe die 107 km lange Lücke zwischen Saßnitz und Trelleborg. Solche Schiffe ermöglichen den durchgehenden Eisenbahnverkehr zwischen der Deutschen Demokratischen Republik und Skandinavien über die Ostsee. Die Deutsche Reichsbahn hat auf dieser traditionellen Fährlinie die Fährschiffe „Rügen“, „Stubbenkammer“ und „Saßnitz“ eingesetzt.

Das Fährschiff „Saßnitz“ lief am 12. Juli 1958 auf der Neptun-Werft vom Stapel. Als erstes Schiff der Deutschen Demokratischen Republik erhielt die „Saßnitz“ damals eine 510-kVA-Drehstrom-Anlage, die die gesamte Stromversorgung übernahm. Die Raumgestaltung übernahm der volkseigene Betrieb VEB Schiffsmontage in Rostock. Anstatt der drei Gleise der bisherigen Schiffe hatte die „Saß-

nitz“ vier Gleise von insgesamt 390 m Länge erhalten. Das etwa 135 m lange und 19 m breite Fährschiff wird von vier Dieselmotoren angetrieben. Es kann 40 zweiachsige Güterwagen oder 14 Schnellzugwagen aufnehmen. Die Garage auf dem Personendeck hat eine Kapazität von 40 Pkw. Außerdem haben 900 Passagiere Platz an Bord.
Am 20. Juli 1977 ist das Fährschiff „Rostock“ hinzugekommen. Mit 158,42 m Länge ist es die größte Eisenbahnfähre der Deutschen Reichsbahn. Das 21,6 m breite Schiff hat fünf Gleise mit einer nutzbaren Länge von insgesamt 605 m. Somit können 49 Güterwagen transportiert werden. Das auf einer norwegischen Werft gebaute Schiff mit 9785 t Wasserverdrängung, 17 500 PS (ca. 12 500 kW) und einer Höchstgeschwindigkeit von 20,5 Knoten besitzt zwei Flächenruder, ein Bugflächenruder und eine Bugstrahlrudereinrichtung, um den komplizierten Anlegevorgang exakt durchführen zu können.
Die schwedischen Fährschiffe „Svealand“ und „Götaland“ haben je 570 m Gleisanlagen und ein Fassungsvermögen für je 45 Güterwagen. Die Schwedischen Staatsbahnen betreiben darüber hinaus noch das Fährschiff „Skane“.
Das Saßnitzer Fährbecken II hat ein schwedisches Unternehmen (Armerad Betong Vägförbättringar AB) federführend innerhalb von 24 Monaten bauen lassen.
Die Deutsche Demokratische Republik ist übrigens durch eine Fährverbindung (Fährschiff „Warnemünde“) auch an Dänemark angeschlossen. Die dem Schwedenverkehr dienenden alten Fährschiffe aus der Zeit vor dem Ersten Weltkrieg, nämlich die vier Dampfschiffe „Preußen“, „Deutschland“, „Kungen Gustaf V“ und „Drottningen Victoria“ gibt es nicht mehr. Die damalige Zufahrt zum Fährhafen enthielt zwischen Stralsund und Altefähr eine zusätzliche kurze Fährstrecke, die erst 1928 durch den Bau des Rügendammes als Landverbindung ersetzt wurde.
Nachdem die Deutsche Bundesbahn und die Dänischen Staatsbahnen ihre neu eingerichtete Fährlinie Großenbrode – Gjedser in Betrieb nahmen und damit einen großen Teil des Nordlandverkehrs an sich zogen, warben die Schwedischen Staatsbahnen mit Erfolg für die als „Königsweg“ bezeichnete Fährstrecke Trelleborg – Saßnitz, und so haben beide großen Trajekte über die Ostsee ihre spezifischen Verkehrsströme erhalten.

Großraum Magdeburg und Ostharz

In Magdeburg, immer noch eine stolze Stadt des Schwermaschinenbaues, sind neue Wohnviertel, vor allem im Norden der Stadt, entstanden. Und vom Elbeufer aus bietet die einstige Hansestadt eine schöne, aufgelockerte, meist unverbaute Silhouette. Heute ist Magdeburg ein bemerkenswerter Verkehrsknotenpunkt und Hochschulstadt.
Der Reichsbahndirektionsbezirk Magdeburg grenzt an die Bezirke Schwerin, Berlin, Halle und Erfurt. Im Norden wird der Bereich etwa durch die Prignitz, im Osten durch den Fläming, im Süden durch den Harz und im Westen durch den Elm begrenzt. Ein Charakteristikum stellen die Wasserstraßen dar, darunter die Elbe und die Saale, der Mittellandkanal und der Elbe-Havel-Kanal. Der Großraum Magdeburg ist außerdem gekennzeichnet durch eine starke metallurgische und metallverarbeitende Industrie, durch den Abbau von Bodenschätzen, darunter Braunkohle, Kali und Salz. Eine ausgeprägte Baustoff- und optische Industrie gehören ebenso dazu wie die Landwirtschaft. Beide Wirtschaftsformen, hier Industrie, dort Agrarwirtschaft, bestimmen die Struktur des Güterverkehrsaufkommens auf Schiene und Straße. Wichtige Produktionszentren im Eisenbahnnetz der Region sind beispielsweise Staßfurt, Calbe an der Saa-

Bahnhof Rübeland im Harz. (Foto: H. E. Stemmler)

le, Brandenburg, Dessau (Waggonbau), Schönebeck, Köthen, Genthin, Rathenow und Tangermünde. Für das Dresdener Verkehrsmuseum wurde übrigens im Reichsbahn-Ausbesserungswerk „Otto Grotewohl" (Dessau) die von Siemens im Jahre 1899 gebaute erste Drehstrom-Versuchslokomotive wieder in den Originalzustand zurückversetzt. Auf der 750-mm-Spur-Werksbahn des Kombinats „Wilhelm Pieck" in Mansfeld sind 1984 sogar noch Dampflokomotiven eingesetzt. Magdeburgs „Pioniereisenbahn" fährt auf 600-mm-Spur. Die großen Verschiebebahnhöfe Magdeburg-Rothensee und Magdeburg-Buckau, die mit Wendezügen betriebene S-Bahn (auf gemeinsam mit der Fernbahn benutzten Gleisen) und die Hafenbahn mit einem fast 100 km umfassenden Streckennetz machen Magdeburg zur interessanten „Eisenbahnstadt". Das Schiffshebewerk Rothensee an der Kreuzung der Elbe und des Mittellandkanals bildete lange Zeit eine technische Sensation. Die Strecken Berlin – Brandenburg – Magdeburg und Belzig – Magdeburg – Marienborn erhielten nach 1945 eine neue Aufgabe als Transitstrecken zwischen der Bundesrepublik und Berlin. Die Elektrifizierung der Marienborner Strecke über Magdeburg könnte von Berlin aus teilweise auch von den drei südlichen Transitstrecken genutzt werden. Mit nur rund 90 km zusätzlicher Elektrifizierung, ausgehend von Berlin, würde bei Roßlau bereits das mitteldeutsche elektrische Bahnnetz erreicht. Im Knoten Magdeburg laufen acht Hauptstrecken zusammen, aus den Richtungen Halberstadt, Leipzig/Halle, Erfurt/Sangerhausen, Berlin, Marienborn, Oebisfelde, Schwerin/Wismar/Rostock über Stendal, sowie aus der Richtung Falkenberg/Wittenberg/Roßlau.

Mit Magdeburg verkehrswirtschaftlich verflochten sind der Harz und seine Bahnen. Landschaftliche Schönheiten und eisenbahntechnische Besonderheiten wecken immer aufs neue die Aufmerksamkeit der Eisenbahnfreunde. Wir denken hierbei an die mit 25 kV/50 Hz elektrifizierte Rübelandbahn (Blankenburg – Königshütte) mit ihren Steilstrecken, Tunnels und zahlreichen Brücken. In Blankenburg, Michaelstein und Elbingerode wurden Gleisbildstellwerke gebaut. Bergwärts können Züge mit einer Masse von 600 t und talwärts sogar mit bis 1200 t von den sechsachsigen Elektrolokomotiven der Baureihe 251 befördert werden.
Die frühere Gernrode-Harzgeroder Eisenbahn, heute Selketalbahn, beginnt in 211 m Höhe über NN in Gernrode und führt über Alexisbad (325 m über NN) nach Harzgerode (400 m über NN) und nach Straßberg (363 m über NN). Zur Verbindung dieser herrlichen Schmalspurbahn mit der Harzquerbahn wurde die nach dem Zweiten Weltkrieg abgebaute Strecke zwischen Straßberg, dem früheren Lindenberg, und Stiege wiederhergestellt. Diese meterspurige Strecke ist 13,8 km lang und verläuft weitgehend auf der früheren Trasse.
Die Harzquerbahn ist wohl die „typischste“ aller DDR-Schmalspurbahnen. Man überquert das Harzmassiv zwischen Wernigerode und Nordhausen auf 60,5 km Länge. In Drei-Annen-Hohne zweigt die Brockenbahn nach Schierke ab, die als leider nicht mehr öffentliche Bahn weiter zum Brocken auf 1142 m Höhe führt. Auf 19 km Länge muß diese Bahn Steigungen von 1:30 überwinden. An durchschnittlich 155 Tagen im Jahr tobt auf dem sagenumwobenen Brockengipfel der Sturm, und an 200 Tagen muß mit einer geschlossenen Schneedecke gerechnet werden. Die Haarnadelkurven an der „Steinernen Renne“ mit 60 m Halbmesser hat wohl jeder Dampflokomotivführer noch in Erinnerung. Nicht umsonst wurden dort mit Erfolg die schmalspurigen Mallet-Rimrott-Lokomotiven verwendet. Im Jahre 1972 waren sie noch zwischen Harzgerode und Alexisbad im Einsatz. In den Jahren 1983 und 1984 gab es dann auf der Harzquerbahn immerhin noch zahlreiche Dampflokomotiven der 1′E1′-Einheitsbauart, überwiegend von Öl- auf Kohlefeuerung (wie im Lieferzustand) zurückgebaut. Es sind die stärksten Schmalspurlokomotiven der DDR. Eine andere technische Besonderheit ist das im Jahre 1958 in Blankenburg (Harz) gegründete Forschungs- und Entwicklungswerk der Deutschen Reichsbahn (FEW-DR); zum Aufgabengebiet gehören Rationalisierungen, die Entwicklung von Gleisbaumaschinen, Gleisbremsen und Anlagen für die Fahrleitungsmontage und die Wagenreinigung.
Der Harz hat viel zu bieten: Die Zweiseil-Umlauf-Seilschwebebahn in Thale (Harz) verbindet das Bodetal mit dem 250 m höher gelegenen Hexentanzplatz. Während die erzgebirgische Seilbahn von Oberwiesenthal als Großkabinenbahn im Pendelsystem betrieben wird, arbeitet die Seilbahn von Thale als Kleinkabinenbahn im Umlaufsystem. Jede der dreißig Kabinen bietet vier Plätze. Alle 24 Sekunden verläßt eine Kabine die Berg- bzw. die Talstation. Auf einer horizontalen Entfernung von 678 m bewältigt die Seilbahn einen Höhenunterschied von 244 m. Damit gilt sie als steilste Kabinenbahn der DDR. Halberstadt hat ein bekanntes Ausbesserungswerk, das im Jahre 1978 den Eigenbau der 26,4 m langen Reisezugwagen „Bauart Halberstadt“ aufnahm. Dieses Reichsbahn-Ausbesserungswerk gehört in die Reihe der mitteldeutschen Werke, wie dasjenige in Dessau (elektrische Lokomotiven), das RAW „Einheit“ in Leipzig und das RAW „Ernst Thälmann“ in Halle. In Bernburg (Bezirk Halle) gibt es eine 2 km lange, 600-mm-spurige Pionier-Eisenbahnstrecke, auf der Škoda-Diesellokomotiven fahren. Wo immer sich große und kleine Ei-

senbahnen in der Öffentlichkeit präsentieren, gibt es für uns viel zu entdecken.

Mitteldeutsches Verkehrskreuz Leipzig/Halle und sächsisch-thüringische Grenzgebiete

In Leipzig, dem Ausgangspunkt der ersten deutschen Fernbahn, wurde anstelle der verschiedenen Einzelbahnhöfe mehrerer Bahngesellschaften einer der mächtigsten Bahnhofsbauten der Welt errichtet. Der Leipziger Hauptbahnhof, im Dezember 1915 feierlich eingeweiht, besitzt 26 Bahnsteiggleise unter sechs Hallen. Das Empfangsgebäude hat eine Breite von fast 300 m, und schon im Jahre 1924 zählte man täglich 500 abzufertigende Züge, die im Hauptbahnhofsvorfeld schon damals auf ungefähr 150 km Gleisen und 920 Weichen zu dirigieren waren. Der Schriftsteller Artur Fürst charakterisierte einmal die Größenordnung des Leipziger Hauptbahnhofsgebäudes so: „Wenn man allein die Baustoffe von sechs stark beteiligten Geschäften in einem Bahnzug befördern wollte, so hätte man dazu nicht weniger als etwa 13600 Eisenbahnwagen nötig."
Heute ist Leipzig, in seiner Einwohnerzahl von einst 750000 auf unter 590000 geschrumpft, das „Schaufenster" der sozialistischen Wirtschaft. Die Leipziger Messen gehören zu den bedeutendsten der Welt. Vom Jahre 1458 an wurden schon Messen veranstaltet. Nach dem Dreißigjährigen Krieg überflügelten die Leipziger Messen diejenigen von Frankfurt am Main, und mit dem Beitritt Sachsens zum Deutschen Zollverein ging es weiter aufwärts. Schließlich gibt es seit 1920 die Technische Messe zwischen dem Deutschen Platz und dem 91 m hohen Völkerschlachtdenkmal, einem Kolossalmonument aus Granitporphyr, für das man sich 15 Jahre lang bei sechs Millionen Mark Baukosten abmühte.
Es gibt noch einen dritten Superlativ dieser größten sächsischen Stadt: Die 1409 gegründete „Universitas Lipsiensis" ist heute gekennzeichnet durch den Namen „Karl-Marx-Universität" und das 142 m hohe Sektions-Hochhaus. Die Leipziger nennen es „Weisheitszahn". Wissenschaftlich entwickelte Arbeitsorganisation im Leipziger Reichsbahn-Ausbesserungswerk „Einheit" wurde übrigens auch durch Ausbildungsunterstützung der Universität ermöglicht, die Leiter für Fach-Arbeitsgemeinschaften ausbildete.
Zu den zahllosen „Klischeebildern" Leipzigs gehören die prächtige Kulisse des Alten Rathauses (vom neuen Rathaus mit seinem 115 m hohen Mittelturm spricht man kaum), das Gewandhaus, das frühere Reichsgericht, die Thomaskirche, die Deutsche Bücherei, das Ringmesshaus, die Petersstraße und das Buchhändlerhaus, der ehemalige Sitz des Börsenvereins des Deutschen Buchhandels. Und in der Tat: Leipzig war die größte Buchstadt aller Zeiten (Merian 9/XXX): „Eine solche Konzentration und Pracht wird es kaum noch einmal geben." In der Deutschen Demokratischen Republik hat sich das Verlagswesen nach Ostberlin verlagert, obwohl Leipzig noch Sitz des Börsenvereins der DDR geblieben ist. In Leipzig erschien natürlich auch bedeutende Eisenbahn-Fachliteratur. Die Verkehrswissenschaftliche Lehrmittelgesellschaft mbH (Schriftenreihe „Die Fahrzeuge der Deutschen Reichsbahn im Bild", „Leitfaden für den Dampflokomotivdienst"), der Dr. Max Jänekke Verlag („Die Kolbendampfmaschine"), der Fachbuchverlag („Konstruktion und Berechnung von Lokomotiven", „Die Entwicklung der elektrischen Lokomotiven bei der DR") zählten zu diesen für uns wichtigen Verlagshäusern.
Sicherlich war die zentrale Lage Leipzigs ein Grund für das Wachsen zur Kapitale des internationalen Buchhandels und zum Welthandelsplatz. Es war ein Kreuzungspunkt zwi-

Der Leipziger Hauptbahnhof. (Foto: H. E. Stemmler)

schen Nord und Süd sowie Ost und West, zwischen Skandinavien und Italien, dem Baltikum, Rußland und Frankreich, zwischen Prag und den Niederlanden. Sicherlich trug auch die zunehmende Bedeutung der Leipziger Universität, die von Prager Professoren und Studenten gegründet wurde, zum Ruhm der Stadt bei.

Der Stadtkern bot den späteren Eisenbahngleisen keinerlei Transit, selbst die Straßenbahn hatte Schwierigkeiten, sich im Stadtinnern zu halten. In Richtung Süden beschreibt die Eisenbahn großräumige Schleifen, die auch von der S-Bahn benutzt werden. Auwälder, Wiesen und Braunkohlengruben kennzeichnen die Umgebung Leipzigs. Die S-Bahnstrecken dringen in diese Gebiete vor. Nach Berlin, Hamburg und Düsseldorf folgte Leipzig als vierte deutsche Stadt mit einem S-Bahnnetz; den Probebetrieb startete man schon Anfang 1968 zwischen dem zentral gelegenen Hauptbahnhof, der übrigens außer seinen 26 Hallengleisen auch noch fünf vor der Halle endende Außengleise mit Bahnsteigen besitzt, und dem Technischen Messegelände. Zunächst fuhren Doppelstockzüge mit elektrischen Lokomotiven der Baureihe E 11, später kamen Triebwagenzüge, schließlich Wendezüge mit Lokomotiven der Reihen 211 und 242 in den Schnellbahn-Dienst. Die Höchstgeschwindigkeit der blau-gelben S-Bahnzüge beträgt 100 km/h. Im Berufsverkehr gibt es auf einem Großteil des herzförmigen Rundkurses (Linie A) eine 20-Minuten-Zugfolge mit starrem Fahrplan. Die anderen Linien verlaufen in Richtung Osten (Wurzen) und nach Südwesten zum größten Neubau-Wohngebiet in Leipzig-Grünau, wo auch eine neue Straßenbahnlinie hinführt. Der Gedanke, das Stadtgebiet in Nord-Süd-Richtung zu unterfahren, ist vorläufig kein Diskussionsthema, obwohl er schon alt ist. Er wurde beim Bau des Haupt-

Der Bayrische Bahnhof in Leipzig zählt zu den ältesten noch erhalten gebliebenen und darüber hinaus noch in Betrieb befindlichen Kopfbahnhöfen Deutschlands. (Foto: R. R. Rossberg)

bahnhofes bereits erfolgreich vertreten. Im Ostteil des Empfangsgebäudes entstand damals ein Untergrundbahnhof für eine zweigleisige Tunnelstrecke zum Bayrischen Bahnhof. 700 m Teilstrecke wurden fertiggestellt. Doch dann mußten die Arbeiten in den Krisenjahren zwischen den beiden Weltkriegen eingestellt werden. Die Zufahrt im nördlichen Gleisvorfeld des Hauptbahnhofes schüttete man zu. Obwohl Leipzig nach 1945 den größten Teil seines internationalen Fernverkehrs verlor, ergaben Schätzungen der Jahre 1980 und 1981 immerhin noch ein tägliches Beförderungsaufkommen von knapp über 200 000 Personen.
Der Bayrische Bahnhof aus dem Jahr 1842 dient immer noch dem öffentlichen Verkehr. Die Gleise sind längst mit Fahrleitungen überspannt. Vom Empfangsgebäude stehen freilich nur noch die Portal-Fassade und der renovierte Westflügel. Der vierbogige Portikus wurde inzwischen restauriert. Obwohl dieser Kopfbahnhof weiterhin in Betrieb bleiben soll, will man in seinem Kernbereich ein überregionales Eisenbahnmuseum unterbringen. Der Bayrische Bahnhof ist der älteste noch existierende Kopfbahnhof Deutschlands und – wie Fachleute vielfach meinen – der älteste noch in Betrieb befindliche Kopfbahnhofsbau der Welt. Er ist ca. 140 m breit und 550 m lang.

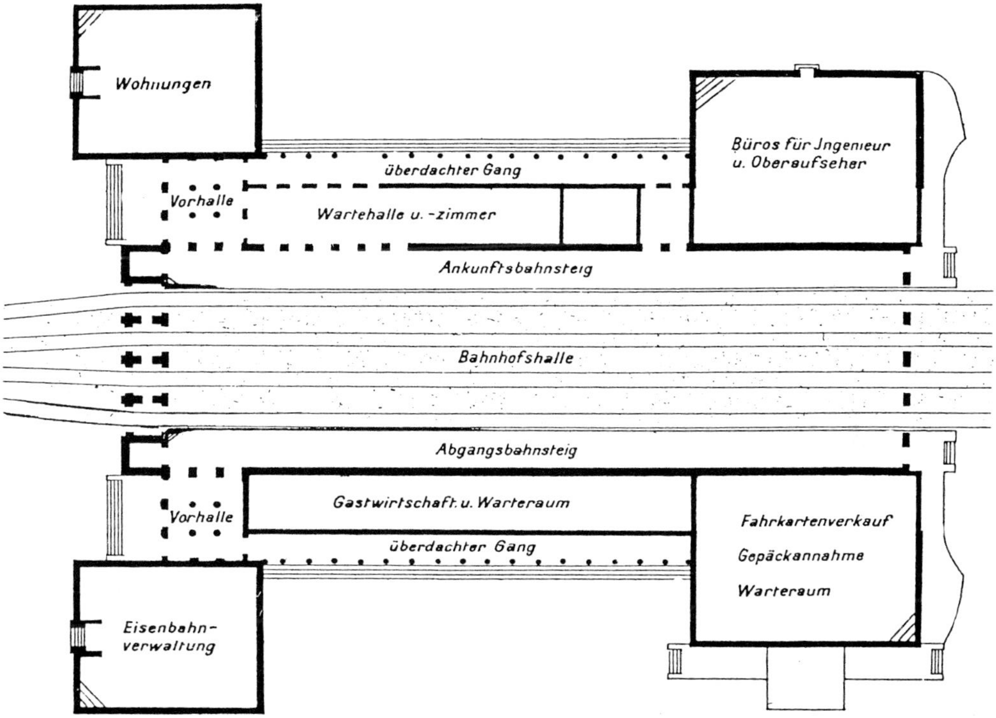

Grundriß des Bayrischen Bahnhofes in Leipzig um 1850. Ein Teil der 550 m langen und 140 m breiten Bahnhofsanlagen wird voraussichtlich einem künftigen Eisenbahnmuseum zur Verfügung stehen.
(Zeichnung: Archiv)

Eigentlich war dieser 1844 endgültig fertiggestellte Bahnhof ein Hauptbahnhof, und zwar für den Leipziger Fernverkehr nach dem Süden. Das Bahnhofsprojekt stammt vom Architekten C. A. E. Pötzsch, nach dessen Plänen bereits der Dresdner Bahnhof in Leipzig geschaffen worden war. Im Bayrischen Bahnhof war auch die Verwaltung der Sächsisch-Bayrischen Eisenbahn untergebracht. So bekommt Leipzig, wo auch Friedrich List wirkte, eine zusätzliche historische Bedeutung. Und nur wenigen ist bekannt, daß die Messestadt die erste sächsische Staatsbahndirektion erhielt, die über zwanzig Jahre Bestand hatte. Erst die Neuordnung des mitteldeutschen Eisenbahnwesens machte Halle (Saale) und Dresden zu Direktionssitzen. Die Verkehrsinteressen Preußens und Sachsens trafen sich eben in Leipzig, und die Verwaltungsgrenzen verliefen mitten durch den Hauptbahnhof. Die Diskussion um eine logischere mitteldeutsche Direktion in Leipzig endete im Zweiten Weltkrieg ergebnislos.

Der nach Leipzig reisende Eisenbahnfreund findet in dieser historisch gewachsenen Situation vieles zusätzlich Interessante. Anziehungspunkte sind die Bahnbetriebswerke Leipzig West (früher Leipzig Hbf West und Leipzig Hbf Nord), Leipzig Süd, Leipzig-Wah-

ren (Verschiebebahnhof) und Engelsdorf (Verschiebebahnhof, Ausbesserungswerk).
In früherer Zeit hatten außerdem die Bahnbetriebswerke Leipzig-Plagwitz und Leipzig Bayr. Bahnhof große Bedeutung. Eine technische Sehenswürdigkeit war lange Zeit der monumentale Postbahnhof mit nicht weniger als 36 Lade-Bahnsteigen und Hallenüberdachung.
Erwähnen wir noch die riesige Mitropa-Gaststätte im Hauptbahnhof und den vorgelagerten Verkehrsknotenpunkt der Stadt mit Straßenbahnlinien eines weit über 200 km Länge umfassenden Streckennetzes (bei über 300 km Gleislänge) mit 1458 mm Breitspur. Außer den täglich beförderten 800 000 Fahrgästen gibt es nachts übrigens auch „Güterfracht per Straßenbahn". Eine Pionier-Eisenbahn mit Dampflok-Betrieb auf 381-mm-Spur fährt im Naherholungsgebiet Auensee. Ein Leipziger Spezial-Uhrenbetrieb, der schon im Jahre 1928 auf dem Kroch-Hochhaus am damaligen Augustusplatz die Uhrenanlage mit Glocke und den beiden beweglichen Hammermännern schuf, sorgt für den genauen Lauf der 18 Uhrensäulen im Leipziger Stadtgebiet sowie der 26 Bahnsteig-Uhren und der sechs Giebelschmuck-Uhren des Hauptbahnhofs. Das Leipziger Schwermaschinenbaukombinat (TAKRAF) entwickelt und baut Schienen-Schwerlastfahrzeuge für viele Bahnen der Welt. Deutschlands erste Fernbahn verband Leipzig und Dresden. Ein Obelisk in den Leipziger Anlagen des Schwanenteichs, zwischen Hauptbahnhof und Opernhaus, erinnert noch an die Leipzig-Dresdner Eisenbahn: „Erste große Verkehrsbahn Deutschlands".
Auf den Leipziger Messen sind viele bedeutende Schienenfahrzeuge erstmals der Öffentlichkeit präsentiert worden, darunter die elektrische Lokomotive der Baureihe 212 für die DR (1982), die Serien-Doppeltriebwagen G I für die Berliner U-Bahn (1982), der elektrische Triebzug MXA für die Budapester Verkehrsbetriebe (1983), die elektrische Industrie-Doppellokomotive EL 21 für die Sowjetunion (1982 und 1983) und viele andere Lokomotiven, Güter- und Reisezugwagen für das In- und Ausland. So ist Leipzig, übrigens mit zwei Flughäfen (davon einer gemeinsam mit Halle), auch eisenbahntechnisch eine „Schaufensterstadt" mit jugendlicher Frische geblieben. Jedenfalls erhalten die elektrischen Lokomotiven in der Beschaffung und im Einsatz einen gewissen Vorrang vor den ebenfalls in Leipzig gezeigten elektrischen Nahverkehrstriebzügen der Baureihen 270 für die Berliner S-Bahn und 280 (kein Serienbau). Im Jahre 1982 wurde jedoch in Leipzig bereits ein vom Görlitzer Waggonbau entwickeltes Reisezugwagen-Drehgestell GP 200 für 200 km/h gezeigt. Allerdings ist man noch weit davon entfernt, mit so hohen Geschwindigkeiten in der DDR zu reisen.
Das Umland Leipzigs ist von der Industrie geprägt und somit kein Freizeit- und Urlaubsland. Viele Mitteldeutsche müssen auf eine attraktive Umgebung verzichten, obwohl man sich sehr bemüht, Naherholungsgebiete zu schaffen. Ein großer Teil von Leipzigs weiterer Umgebung bietet „nur" einen riesenhaften Braunkohlen-Tagebau (Böhlen) und mächtige Industriekomplexe (Bitterfeld, Leuna oder Delitzsch). Wegen des nach Westen sich vorschiebenden Tagebaues in Zwenkau mußte die Strecke Leipzig – Zeitz im Raum von Leipzig-Knauthain neu trassiert werden. Parallel zur neuen zweigleisigen Strecke verläuft das ebenfalls verlegte Flußbett der Weißen Elster, das Ende 1977 geflutet wurde.
Halle an der Saale, die tausendjährige Stadt, nur rund 35 km von Leipzig entfernt, steht meist nicht auf der Liste lohnender Reiseziele. Urlauber fahren an die Ostsee, in die Sächsische Schweiz, vielleicht nach Dresden oder in den Thüringer Wald. Während der Messezeiten reist man nach Leipzig. Von Halle wird leider nur wenig Notiz genommen. Freilich,

derjenige, der sich mit den Eisenbahnen befaßt und Bescheid weiß, setzt vor Halle in sein Merkbuch drei Sterne. Der Blick ins Lexikon klärt schon ein bißchen auf: Stadt mit 250 000 Einwohnern, Industrieschwerpunkt mit den Chemie-Giganten Leuna und Bitterfeld, mit Braunkohle- und Kali-Abbau. Wo Industrie ist, sucht man nicht lange nach Eisenbahnen. Und betrachten wir den Bereich der Reichsbahndirektion Halle, der bis in die Bezirke Leipzig, Potsdam, Cottbus, Karl-Marx-Stadt und Gera hineinreicht, dann wird die Bedeutung der Schienenwege mit den gewaltigen Transportschwerpunkten von Industrie und Landwirtschaft sichtbar.
Leipzig und Halle sind Großstadtzentren mit außergewöhnlicher Bevölkerungsdichte und pulsierendem Berufsverkehr. Und das führte schon im Jahre 1928 zur Städteschnellverbindung Leipzig – Halle mit den elektrischen Triebwagenzügen der Gattung ET 41/ES 41. Nur ein einziger Triebwagen dieser Bauart überlebte den Krieg. Auch die Deutsche Reichsbahn der Deutschen Demokratischen Republik richtete bald wieder einen Städteschnellverkehr zwischen der „Welthandelsmetropole Leipzig“ (mit dem Friedrich-List-Denkmal vor dem Hauptbahnhof) und der Saale-Stadt ein. 1957 führte man hier auch den ersten DR-Städteschnellverkehr mit Wendezugbetrieb ein. In den Industriegebieten des Reichsbahndirektionsbezirks Halle ist kein Ort weiter als 4 bis 5 km von einem Bahnhof entfernt. Es gibt im Bezirk über 1100 Brücken und mehr als 700 Stellwerke, deren Zahl durch die Einführung neuer Stellwerktechnik allerdings etwas abgenommen hat. Die mächtigsten Verkehrsknotenpunkte des Bezirks sind außer Halle und Leipzig vor allem die Lutherstadt Wittenberg, Falkenberg (Elster), Bitterfeld, Merseburg und Großkorbetha. Die wichtigen Zubringerstädte für die Leuna-Werke sind Merseburg, Bad Dürrenberg, Halle, Weißenfels, Naumburg und Leipzig. Die meisten Pendler fahren zu diesem größten Industriebetrieb der Deutschen Demokratischen Republik mit der Bahn.
Halle, Stadt vorm Harz, zwischen Saaletal und Kyffhäusergebirge, hat in ihrem Bezirk 33 Landschaftsschutzgebiete und etwa 150 Naturschutzreservate. In Halle werden der Komponist G. F. Händel (Geburtshaus und Instrumentensammlung), die romanische Zwingfeste Giebichenstein sowie die Ur- und Frühgeschichte in einer der renommiertesten Sammlungen Mitteleuropas gewürdigt. Aber bleiben wir bei der Eisenbahntradition dieser außerordentlich lebendigen Stadt: Der Reichsbahndirektionsbezirk Halle gilt als eine Art Erprobungszentrum für die Neubau-Triebfahrzeuge der Deutschen Reichsbahn. Die Lokomotiven der Gattungen E 11, V 60, V 180 und V 100, aber auch die ölgefeuerte Lok der Reihe 44 machten hier ihre Probefahrten und -einsätze. Eine Schlüsselposition nimmt der Güterbahnhof Halle (Saale) ein, der inmitten des Industriegebietes der Chemiewerke Leuna, Buna, des Elektrochemischen Kombinats Bitterfeld und von ORWO Wolfen liegt und in enger Wechselbeziehung mit diesen Werken steht. Die Betriebsführung dieses zweiseitigen Flachbahnhofes stützt sich auf drei Systeme, nämlich auf das „Südsystem“ für die Richtungen Süd-Nord, auf das „Nordsystem“ für die Richtungen Nord-Süd und auf den „inneren Bahnhof“ für den Ortsgüterverkehr. Die Automatisierung des Betriebsablaufes wird laufend verbessert.
Halle hat eine S-Bahn, durchgehend mit 15 kV und Bahnstromfrequenz elektrifiziert und mit Lichtsignalen ausgerüstet. Die S-Bahn ist in der Lage, täglich 50 000 bis 60 000 Personen zu befördern. Das Grundstreckennetz ist kein Ring, sondern ein „U“. Es besteht aus Fernbahnstreckenabschnitten, einigen Neubautrassen und einem erneuerten Linienabschnitt der ehemaligen Halle-Hettstedter Eisenbahn. Bei der Deutschen Reichsbahn wird der Be-

Die Göltzschtalbrücke zwischen Reichenbach (Vogtland) und Plauen (Strecke Leipzig – Hof) gilt als größte steinerne Brücke Mitteleuropas. (Archivbild)

griff „S-Bahn“ nicht einheitlich definiert. Im „Eisenbahn-Jahrbuch 1976“ heißt es unter anderem: „Die Erklärung des Wortes ist unterschiedlich. So bedeutet S-Bahn in Rostock „Stadtbahn“, in Berlin, Halle, Leipzig und Dresden „Schnellbahn“. Zwei Bedingungen jedoch sollten unbedingt erfüllt sein, ehe der Name „S-Bahn“ benutzt wird, nämlich 1.) ein starrer Fahrplan mit einer angemessen dichten Zugfolge und 2.) ein besonderer S-Bahntarif, der nicht erheblich über dem der anderen öffentlichen Nahverkehrsmittel liegt.“ Grundsätzlich unterscheiden sich die S-Bahnen der vier Bezirksstädte Leipzig, Halle, Magdeburg und Dresden von der Berliner S-Bahn dadurch, daß sie über kein besonderes Gleichstromnetz verfügen, sondern den Einphasenwechselstrom von 16 ⅔ Hz und 15 kV der Fernbahn benutzen. Nur wenige Wochen nach Eröffnung des Betriebs der Leipziger S-Bahn folgte Halle, das sich übrigens auf einen Vorläufer berufen kann. 1967 gab es nämlich bereits zwischen dem Hauptbahnhof und Halle-Neustadt/Zscherbener Straße einen mit Leichttriebwagen durchgeführten Schnellverkehr. Heute erreicht man mit der Hallenser S-Bahn über Halle-Nietleben auch Halle-Dölau. Viele neue Stationen kamen hinzu. Im Jahre 1981 hatte die Saalestadt bereits über 30 km S-Bahnstrecken. Die Straßenbahn beförderte um die gleiche Zeit auf ihrem etwa 150 km langen Gleisnetz täglich rund 300 000 Fahrgäste. Man erreicht mit ihr auch das Industriegebiet mit Ammendorf, dessen Waggonbau im Jahre 1983 den zwanzigtausendsten Wagen, einen Weitstrecken-Reisezugwagen für die Sowjetunion, auslieferte.

Den in „Sachen Eisenbahn“ Reisenden dürften jedoch noch mehr die großen Bahnbetriebswerke Halle G und Halle P sowie die Fahrzeug-Versuchsanstalt VES-M (Versuchs- und Entwicklungsstelle für die Maschinenwirtschaft der DR) interessieren. Die VES-M ist auch deshalb berühmt geworden, weil sie eigene Entwürfe und Konstruktionsunterlagen, beispielsweise für die großen Dampflokomotiven 18 314, 19 015 und 19 022, schuf. So ist Halle, mit seiner in der Nähe liegenden „Waggonbau-Stadt" Ammendorf, ein wirkliches Eisenbahnerlebnis. Man sollte sich's nicht entgehen lassen, wenngleich die früher dort so charakteristische Dampfatmosphäre verschwunden ist. Alte Eisenbahntradition findet man übrigens auch in der thüringischen Stadt Altenburg an einer der ältesten deutschen Ferneisenbahnen, nämlich Leipzig – Altenburg – Werdau – Plauen – Hof. Am 19. September 1842 verkehrte auf dem Abschnitt Leipzig Bayrischer Bahnhof – Altenburg (Thür.) der erste Zug. Der Altenburger Herzog ließ damals einen Kopfbahnhof in Altenburg bauen. Erst später entschloß man sich zur Begradigung der Strecke und zum Bau eines Durchgangsbahnhofes. Aber von einer der beiden Kopfbahnhof-Hallen blieb im Straßenbild eine Seitenwand erhalten, wenngleich man die Fassade im Laufe der vergangenen Jahrzehnte mehrfach veränderte. Gut zu erkennen ist noch die Obergeschoßarchitektur am Längsbau. Ein weltberühmtes Bauwerk dieser sächsisch-bayrischen Strecke ist gottlob noch heute in voller Pracht zu bewundern: die Göltzschtalbrücke, die größte steinerne Brücke Deutschlands, erbaut in den Jahren 1846 bis 1851. Der Mittelbau der 575 m langen Brücke ist etwa 78 m hoch. Er besteht aus zwei übereinander angeordneten Bögen von oben 31 m und unten 29 m lichter Weite. Nicht weit davon entfernt, im Zuge derselben Strecke, steht das im Jahre 1851 dem Verkehr übergebene 281 m lange Bauwerk der Elstertalbrücke bei Jocketa. Die im Zweiten Weltkrieg zerstörte 68 m hohe Steinbrücke wurde wieder aufgebaut. Sie schwingt sich über das Tal der Weißen Elster und gilt als Bauwerk von kulturhistorischer Bedeutung. Für Spezialisten sei angemerkt: In die Göltzschtalbrücke wurden etwa 26 Millionen Ziegel und mehr als 64 000 Kubikmeter Granit, Sand und Bruchstein „investiert". Dieses Monumentalbauwerk und die kleinere Schwester über das Elstertal sind damals ohne Verwendung motorbetriebener Hebezeuge errichtet worden!

Randnotizen zur Reichsbahndirektion Erfurt

Das Gebiet der Reichsbahndirektion Erfurt umfaßt eine der schönsten Naturlandschaften. Die südlichen Ausläufer des Harzes gehören ebenso dazu wie der Thüringer Wald, das Saaletal und ein Teil des Frankenwaldes. In diesem Gebiet, dessen Mittelpunkt der Eisenbahnknoten Erfurt (Rangierbahnhof mit über 300 Dreikraftbremsen) bildet, liegen die Goethestadt Weimar, Gotha (Waggonfabrik, kartographisches Institut) und Meiningen mit seinem großen Ausbesserungswerk. Die am stärksten belasteten Strecken dieses Gebiets sind die Linien (Halle –) Weißenfels – Apolda – Weimar – Erfurt – Gotha – Eisenach und die Saaletalbahn Großheringen – Saalfeld sowie (Leipzig –) Gera – Plauen (Vogtland). Probstzella ist heute ebenso Grenzbahnhof (Richtung Bayern) wie Gerstungen (Richtung Bebra).
Ein herrliches Erlebnis ist die Gebirgsbahn Triptis – Lobenstein mit der 36 m hohen Ziemestal-Brücke, einer stählernen Brücke auf Gußpfeilern, sowie mit der steinernen Saalebrücke und dem Hemmkoppen-Tunnel. Diese Reise auf eingleisiger Strecke erscheint ebenso interessant wie eine Fahrt über den Rennsteig Probstzella – Sonneberg – Eisfeld. Der Steinbogenviadukt bei Lauscha, der 330 m

lange Lauschaer Tunnel und der 769 m über NN gelegene Bahnhof Ernstthal und das tief eingeschnittene Steinachtal machen die Schönheiten Thüringens hautnah „lebendig“.
Von besonderer eisenbahntechnischer Bedeutung sind der „Eisenbahnbrennpunkt“ in der Universitätsstadt Jena und die Oberweißbacher Standseilbahn Obstfelder Schmiede – Lichtenhain mit 250 ‰ Neigung. Sie hat 1800 mm Breitspur und kann auf ihren Spezialwagen regelspurige Fahrzeuge befördern. Die obere Flachstrecke von Lichtenhain nach Cursdorf (678 m über NN) wird im 600-Volt-Oberleitungsbetrieb befahren.
Die thüringischen und angrenzenden Eisenbahnlinien zeichnen sich durch großartige Ingenieurbauten aus. Anschauliches Beispiel hierfür ist der unter Denkmalschutz stehende 3038 m lange Brandleitetunnel bei Oberhof. Die mittlere Höhe der Tunnelsohle liegt 639 m über NN. Beispielhaft sind auch der 38 m hohe Ilmtal-Viadukt bei Weimar sowie der 185,5 m lange und 38 m hohe Oschütztal-Viadukt bei Weida. Die Bezirksstadt Gera war nach Halle (Saale) die zweite Stadt im damaligen Deutschland, die 1892 einen elektrischen Straßenbahnbetrieb eröffnete. Heute findet man dort auch eine Pioniereisenbahn.

Dresden und Sachsen

Nur wenigen ist bekannt, daß es in der Deutschen Demokratischen Republik etwa 600 Museen gibt. Eine größere Zahl dieser Museen befindet sich in Dresden, einer traditionellen Stadt der Kunst und der Wissenschaften. Und weil das Verkehrsmuseum in Nürnberg, das Deutsche Museum in München und das im Kriege stark beschädigte Verkehrs- und Baumuseum am Lehrter Bahnhof in Westberlin außerhalb der DDR-Staatsgrenze liegen, beschloß man, ein Verkehrsmuseum in der Deutschen Demokratischen Republik zu gründen. Was lag näher, als dieses Museum der 1952 ins Leben gerufenen Hochschule für Verkehrswesen in Dresden anzugliedern? Durch glückliche Umstände konnte der Restbestand des ehemaligen „Sächsischen Eisenbahnmuseums“ in die Neugründung einbezogen werden. Das alte, bereits 1877 entstandene „Sächsische Eisenbahnmuseum“ wurde im Zweiten Weltkrieg aufgelöst. Aber es waren noch verkehrshistorisch wichtige Exponate vorhanden, und man kann nun schon eine bemerkenswerte „Geschichtstafel“ vorweisen:

1952 Gründung und Einrichtung des Museums zunächst in der Ladestelle Neudorf
1954 Das zerstörte „Johanneum“ wird zur Verfügung gestellt und 1955 wiederhergerichtet
1956 Zur 750-Jahr-Feier Dresdens findet die erste Ausstellung des Verkehrsmuseums statt
1959 Eröffnung der Schiffahrtsausstellung
1965 Beginn der ständigen Ausstellung „Einspurfahrzeuge“
1967 Sonderausstellung „Eisenbahn- und Luftverkehr in der Sowjetunion“
1968 Am 19. März wird der einmillionste Besucher gezählt
1970 Eröffnung der ständigen Ausstellung „Luftverkehr“
1972 Erste Eisenbahnfahrzeugschauen und Fahrten mit Traditionsfahrzeugen
1976 Am 14. Juli wird der viermillionste Besucher gezählt
1977 Eröffnung des zweiten Teiles (erster Teil 1976) der umgestalteten Ausstellung „Eisenbahnverkehr (Entwicklung der Triebfahrzeuge)“

Das Verkehrsmuseum Dresden enthält sehr viel Wertvolles, darunter die alte sächsische Lokomotive „Muldenthal“ und einen Wagen der „Großen Berliner Pferde-Eisenbahn“. In den Abteilungen Eisenbahn, Schiffahrt, Luft-,

Elektrische Lokomotive 250 003 in Flöha/Sachsen. (Foto: K.-F. Seitz)

Nahverkehrszug der DR mit Diesellok 110 661 bei Aue in Sachsen. (Foto: K.-F. Seitz)

Kraft- und Städtischer Nahverkehr werden der geschichtliche Werdegang der Verkehrsmittel sowie die technischen und wirtschaftlichen Bedingungen, unter denen sie entstanden sind, dargestellt. Zahlreiche Originale, Modelle, Bild- und Schriftdokumente erläutern die technikhistorischen Themen. Darüber hinaus steht eine öffentliche, etwa 11 000 Bände und Zeitschriften umfassende Fachbibliothek zur Verfügung.

Eine andere, nicht minder wichtige Dresdner Einrichtung ist die Hochschule für Verkehrswesen „Friedrich List", die am 8. September 1982 den 30. Jahrestag der Eröffnung beging. In diesem Zeitraum wurden weit über 16 000 Diplomingenieure und -ökonomen für das Transport- und Nachrichtenwesen ausgebildet.

Das etwa 530 000 Einwohner zählende Dresden, nach Berlin und Leipzig die drittgrößte Stadt in der DDR, hat sich auch durch seine Hochschule für Musik, durch seine Technische Universität und durch das einzigartige Hygiene-Museum einen hervorragenden Ruf verschafft. Die Baudenkmäler und Kunstschätze sind weltbekannt. Namhafte Industriebetriebe, der Elbehafen, Straßenbahn und S-Bahn, der Anschluß an das Container-Verkehrsnetz und leistungsfähige Bahnhöfe machen Dresden zu einem Schienenverkehrszentrum und zu einem Knotenpunkt für den Zielort- und Transitverkehr von und nach dem Südosten Europas.

Der Reichsbahndirektionsbezirk Dresden umfaßt das gesamte sächsische Erzgebirge und das Vogtland. Die wichtigsten Eisenbahnstrecken verbinden Dresden mit Karl-Marx-Stadt, Zwickau, Werdau und Gera sowie mit Görlitz, Leipzig und Berlin. Viele dieser Strecken haben Gebirgscharakter, darunter Dresden – Plauen im Abschnitt Tharandt – Klingenberg und im Bereich Glauchau – Zwikkau – Reichenbach. Die zahlreichen sächsischen Schmalspurbahnen verlieren allmählich an Bedeutung. Eine der ältesten dieser 750-mm-Spur-Bahnen, nämlich Freital-Hainsberg – Kurort Kipsdorf, konnte am 3. Oktober 1983 noch ihr hundertjähriges Bestehen feiern. Ob die Dampflok- und Schmalspur-Romantik im Osterzgebirge noch eine Zukunft hat, wagt wohl heute niemand zu sagen. Aber jeder Eisenbahnfreund wird begeistert sein, wenn er in wildromantischer Landschaft den Dampfzug einen Höhenunterschied von 350 m überwinden und in Kipsdorf (534 m über NN) ankommen sieht. Für die 26,3 km lange Strekke braucht der Zug rund anderthalb Stunden! Noch höher hinaus dampft die Schmalspurbahn von Cranzahl nach dem 892 m hoch gelegenen Kurort Oberwiesenthal. In der Nähe des Bahnhofs befindet sich die Talstation der 1173 m langen Seilschwebebahn zum Fichtelberg, die einen Höhenunterschied von 303 m zu bewältigen hat.

Sicherlich gehört eine weitere erzgebirgische Schmalspurbahn, die Strecke Wolkenstein – Jöhstadt, zu den auf lange Sicht nicht zu erhaltenden Strecken. Und gerade diese Bahn hat durch ihre Vielzahl von Kunstbauten und durch ihre Streckenführung bis an die sächsisch-böhmische Grenze das Prädikat einer „Urlaubsbahn" verdient. Doch schon im Januar 1984 hat man den Abschnitt Niederschmiedeberg – Jöhstadt „vorübergehend" stillgelegt.

Zu den großartigsten eisenbahntechnischen Bauten des Dresdener Direktionsbezirks gehören neben den bereits erwähnten Brücken über das Göltzschtal und über das Elstertal bei Jocketa die Elbbrücken bei Riesa, der Dresdener Hauptbahnhof mit einer fast 30 m hohen Mittelhalle und zusätzlichen Seitenhallen, der nahezu 43 m hohe Steinbogenviadukt über die Freiberger Mulde zwischen Tharandt und Freiberg, der eindrucksvolle, 326 m lange, im Bogen liegende Granit- und Sandstein-Viadukt über das Flöhatal bei Hetzdorf/Flöha und die Bahrebachtalbrücke in Karl-Marx-Stadt im Zuge der Strecke nach Leipzig.

Auf dem größten Verschiebebahnhof der Deutschen Reichsbahn in Dresden-Friedrichstadt werden täglich rund 4400 Wagen bewegt. Seine Hauptaufgabe ist das Bilden und Zerlegen von Güterzügen für den Verkehr zwischen der Tschechoslowakei, Österreich, Ungarn und den Balkanländern einerseits und den skandinavischen Ländern andererseits. Der große Gefällebahnhof besitzt ein zeitgemäßes Ablaufspeicher-Stellwerk. Zwei weitere Gefällebahnhöfe wurden in Zwickau und in Chemnitz-Hilbersdorf (Karl-Marx-Stadt) angelegt. Die Anlage in Karl-Marx-Stadt, ein einseitiger Gefällebahnhof, hat eine Längenausdehnung von etwa 3 km, eine größte Breite von 260 m, 50 km Gleise und 400 Weichen. Der Ende der siebziger Jahre um- und neugebaute Hauptbahnhof von Karl-Marx-Stadt verfügt über eine 25 000 m^2 bedeckende Haupthalle und 16 Bahnsteige bei einem täglichen Aufkommen von etwa 500 Zügen. Seit dem 29. Mai 1965 ist Karl-Marx-Stadt an das elektrifizierte Bahnnetz angeschlossen. Die Pionier-Eisenbahn (600-mm-Spur) und die „Städtische Drahtseilbahn Augustusburg" (Standseilbahn an der Strecke Karl-Marx-Stadt – Bärenstein) sowie die Karl-Marx-Städter Straßenbahn mit nur 925 mm Spurweite haben ihre besonderen Reize. Auf den Bus- und Straßenbahnlinien werden täglich etwa 345 000 Personen befördert.

Der Raum um Zwickau und Ölsnitz (Steinkohlenbergbau), das Gebiet von Freital, Riesa und Gröditz (Stahlproduktion) und die Region von Freiberg (Erzvorkommen) tragen zu einem bemerkenswerten Wirtschaftspotential und Verkehrsgeschehen in Sachsen bei. Der Grenzbahnhof Bad Schandau/Děčin stellt sowohl für den Reise- als auch für den Güterfernverkehr in Nord-Südost-Richtung einen wichtigen internationalen Transitbahnhof dar.

Letzter Bahnhof auf deutschem Boden im Verlauf der Strecke Dresden – Pirna – Bad Schandau – Tschechoslowakei ist Schöna. Die zweigleisige, elektrifizierte Transitstrecke, auf der internationale Güterzüge mit bis zu 100 km/h verkehren, ist eine der ganz wenigen Linien des Direktionsbezirks, die keine nennenswerten Steigungen aufweisen. Man fährt im Tal der Elbe und kann eine wunderschöne Natur-, mitunter aber auch manche Industrielandschaft vor dem Wagenfenster vorbeieilen sehen. Im Abzweigungsbahnhof Heidenau beginnt die Müglitztalbahn nach Altenberg, die sich an Felshängen entlangschlängelt und mehrere Tunnel, Dämme und Brücken aufweist und wegen der verschiedenen zutage tretenden Gesteinsschichten auch geologisch Interessierten etwas bietet. Der Haltepunkt Geising in 590 m Höhe über NN gehört zu einem Städtchen, das früher vom Zinnbergbau lebte, heute jedoch als Luftkurort bekannt ist. Mit der in Bad Schandau anfangenden 8 km langen, meterspurigen Kirnitzschtalbahn zum Lichtenhainer Wasserfall erreicht man eine Fels- und Waldlandschaft, die vor allem von Wanderern geschätzt wird. So sind eben Dresden und seine Region recht liebenswerte Zielorte nicht nur für Schienenverkehrsfreunde aus aller Welt. Dresden hat übrigens noch einen zweiten großen Personenbahnhof in Dresden-Neustadt. Er wurde als reiner Durchgangsbahnhof mit acht Bahnsteigen errichtet. Sowohl die Bahnsteighalle als auch das Empfangsgebäude sind 177 m breit und bedecken zusammen eine Grundfläche von annähernd 20 000 m^2.

Eine Kuriosität ist die Bahn im Stadtteil Dresden-Loschwitz, die dort vom Elbeufer hinauf zum 84 m höher gelegenen Ortsteil Oberloschwitz fährt. Es ist weder eine Schwebebahn noch eine „richtige" Seilbahn, nein, es ist eine Kombination, eine am Seil gezogene und auf Schienen fahrende, jedoch an einem Stahlgerüst hängende Schwebeseilbahn, sozusagen ein „fliegender Omnibus" mit Fahrwerk-Greifarm und Gleitschiene. Diese Bahn nimmt eine technische Sonderstellung ein. Im Äußeren ähnelt sie der Wuppertaler Schwebebahn, weicht jedoch im Seilrollen-Antrieb (Seiltriebscheibe mit 4 m Durchmesser) und in der Streckenneigung von maximal 400 ‰ gänzlich von ihr ab. Die 52 Personen fassende „Omnibuskabine“ fährt mit etwa 9 km/h Geschwindigkeit und erreicht die Bergstation in ungefähr drei Minuten. Die andere Bergbahn beginnt ebenfalls in Loschwitz, im Südosten Dresdens. Sie führt als Standseilbahn mit Meterspurgleis zum rund 100 m höher gelegenen Stadtteil Weißer Hirsch und in die nahegelegene Dresdner Heide. Die 544 m lange Schienenstrecke mit 300 ‰ Höchstneigung führt durch zwei Tunnel und über eine größere Brücke. Die Standseilbahn wurde bereits 1895, damals mit Dampfmaschinen-Seilantrieb, eröffnet. Heute fährt sie elektrisch, mit 80 kW Leistung. Beide Loschwitzer Bergbahnen dienen sowohl dem Berufs- wie Ausflugsverkehr. Frühere Sensationen sind immer noch etwas Besonderes, finden auch heute noch Bewunderer . . .

Streiflichter aus der Reichsbahndirektion Cottbus

Im Jahre 1957 wurde in Lübbenau der Grundstein für eines der größten konventionellen Kraftwerke Europas gelegt. Sein weithin sichtbares Charakteristikum sind die sieben 140 m hohen Schornsteine. Lübbenau gehört zum Reichsbahndirektionsbezirk Cottbus, der als das Kohle- und Energiezentrum der Deutschen Demokratischen Republik bezeichnet wird. Der Direktionsbezirk grenzt an Polen und an die Tschechoslowakei; dadurch ist ein beträchtlicher internationaler Verkehr zu verzeichnen. Zum Bezirk gehört die Grenzstadt Görlitz, die auf 15 Grad östlicher Länge liegt, also auf dem Meridian, nach dem sich die im Jahre 1893 bei den deutschen Eisenbahnen eingeführte Mitteleuropäische Zeit (MEZ) richtet.

Das Lausitzer Bergland und das Zittauer Gebirge charakterisieren einen wesentlichen Teil des Direktionsbezirks Cottbus, der eine Besonderheit aufweist: In den Kreisen der berühmten Waggonbau-Städte Bautzen und Niesky, aber auch in Hoyerswerda, Spremberg, Cottbus, Calau und Lübben gibt es eine zweite Amtssprache, nämlich Sorbisch. Viele Bahnhofsschilder sind doppelsprachig. Die mächtige steinerne Neißebrücke bei Görlitz führt die Eisenbahn nach Polen. Andere Grenzbahnhöfe des Cottbusser Bereichs nach Polen sind Horka, Forst (Lausitz) und Guben (Wilhelm-Pieck-Stadt). Den Anschluß zur Tschechoslowakei bilden die Bahnhöfe Ebersbach (Sachsen) und Zittau.

Cottbus selbst ist der Eisenbahnknotenpunkt mit dem größten Bahnbetriebswerk des Bezirks. Wichtige Strecken, die durch den Direktionsbezirk führen, sind vor allem Berlin – Cottbus – Görlitz, Leipzig – Falkenberg – Cottbus, Falkenberg – Horka – Görlitz und Dresden – Görlitz. Man begegnet im Industriegebiet um Senftenberg zahlreichen Rohbraunkohle- und Braunkohlenbrikett-Transporten, an denen die Eisenbahn mit Pendel- und Ganzzügen einen großen Anteil hat. Auffallend sind die vielen elektrifizierten Strecken eines umfangreichen Grubenbahnnetzes, das die Tagebaustandorte mit den Brikettfabriken, Kraftwerken und Versandbahnhöfen verbindet. Daß hier in der Personenbeförderung der Berufsverkehr dominiert, liegt auf der Hand. Es gibt aber auch einen beachtlichen Urlauberverkehr in den Spreewald, in das Lausitzer und Zittauer Gebirge (Schmalspurbahn Zittau – Kurort Oybin/Jonsdorf).

Das rund 100 000 Einwohner zählende Cottbus erhielt im Rahmen der Neugestaltung aller Verkehrsanlagen auch einen modernen Bahnhof, dessen aus 18 Einheiten bestehende Empfangshalle eine Spannweite von 23,75 m und eine Länge von 108,4 m hat. Der sogenannte „Hausbahnsteig“, zwischen Empfangsgebäude und Post gelegen, ist 336 m lang und grenzt an die Innenhöfe des Bahnpostamtes und der Bahnhofsdienststellen. Das Kernstück dieser „Reiseverkehrsanlage Cottbus“ konnte nach vierjähriger Bauzeit im Oktober 1978 dem Betrieb übergeben werden. Die zweite Ausbaustufe mit Brücken- und Gepäcktunnelbauten sowie mit der Umgestaltung des Ostkopfes schloß sich unmittelbar an. Ein Mitropa-Restaurant, die Selbstbedienungsgaststätte und die zeitgemäße Küche sowie ein Selbstbedienungspostamt gehören zu den kundenfreundlichen Akzenten dieses Bahnhofskomplexes der Deutschen Reichsbahn.

Quellen und Literaturhinweise

BDE Mitgliederhandbuch 1982/83. Bundesverband Deutscher Eisenbahnen, Köln

Berger, Historische Bahnhofsbauten Sachsens, Preußens, Mecklenburgs und Thüringens. transpress VEB Verlag für Verkehrswesen, Berlin (Ost)/Motorbuch, Stuttgart

Bley, Berliner S-Bahn. Alba-Buchverlag, Düsseldorf

Bohle-Heintzenberg, Architektur der Berliner Hoch- und Untergrundbahn. Arenhövel, Berlin

Buddensieg/Rogge, Industriekultur (Peter Behrens und die AEG). Mann-Verlag, Berlin

Kirsche, Bahnland DDR. Eisenbahn-Kurier, Freiburg (Breisgau)

Kubinszky, Bahnhöfe Europas. Franckh'sche Verlagshandlung, Stuttgart

Kursbuch der deutschen Museums-Eisenbahnen. Verlag Uhle & Kleimann, Lübbecke

Loyal, Eisenbahn-Reiseführer in die Vergangenheit. Franckh'sche Verlagshandlung, Stuttgart

Rogl, Die Nordsee-Inselbahnen. Alba-Buchverlag, Düsseldorf

Rossberg, Der elektrische Zugbetrieb der Deutschen Reichsbahn. Eisenbahn-Kurier, Freiburg (Breisgau)

Schivelbusch, Geschichte der Eisenbahnreise. Carl Hanser Verlag, München

U-Bahn Stuttgart – Zukunft des öffentlichen Nahverkehrs. Technisches Referat der Stadt Stuttgart

Wo sind wir jetzt? Alfred Griegers Streckenbeschreibungen. Paul Neff Buchhandlung, Stuttgart

Blickpunkt, Zeitung der Deutschen Bundesbahn. Frankfurt (M)

Die schöne Welt. Das Ideen-Magazin der Deutschen Bundesbahn. Süddeutscher Verlag, München

Pressedienst der Hauptverwaltung der DB. Frankfurt (M)

Eisenbahn-Kurier. Freiburg (Breisgau)

Eisenbahn-Magazin. Alba Publikation, Düsseldorf

Hamburger Blätter, Organ der Freunde der Eisenbahn. Hamburg

LOK-MAGAZIN. Franckh'sche Verlagshandlung, Stuttgart

Eisenbahn-Jahrbuch. transpress VEB Verlag für Verkehrswesen, Berlin (Ost)

Jahrbuch des Eisenbahnwesens. Hestra-Verlag, Darmstadt

LOK-MAGAZIN Jahrbuch. Franckh'sche Verlagshandlung, Stuttgart

Ortsregister

Bundesrepublik Deutschland

Berlin

Deutsche Demokratische Republik